知念実希人

誘《ゆう》拐《かい》遊《ゆう》戯《ぎ》

実業之日本社

実業之日本社文庫

目次

プロローグ

胸が、肺が痛い。心臓の鼓動が頭に響く。全身に打ちつける雨が体温を奪っていく。口を大きく開けて必死に酸素をむさぼりつつ、上原真悟《うえはらしんご》は国立代々木《よよぎ》競技場第一体育館を左手に眺めながら走り続けていた。一歩踏み出すたびに膝に走る焼け付くような痛み以外、下半身の感覚はなくなりつつあった。

朝十時からの十四時間、ほとんど休みを取ることもなく走り続けている。普段から鍛えているとはいえ、四十歳の体はいたるところが悲鳴を上げていた。

『こちら指揮本部、指定時刻まであと二分二十秒』

左耳に差しこんだイヤホンから、通信担当捜査員の声が聞こえてくる。しかし、答える余裕などなかった。

あと百四十秒以内に目的地に着かなければ、少女の命が危険に晒《さら》される。

『指揮本部より各局。まもなく指定時刻となる。捕捉班は周囲の警戒を……』

歩道と平行に走る線路を山手線《やまのて》が通過する音で、指令の声が聞こえなくなる。左手を耳に当てようとした瞬間、足が縺《もつ》れた。バランスを崩し顔からアスファルトに倒れこむ。

耳からイヤホンが外れ、肩に担いでいたボストンバッグが地面を滑っていった。

「大丈夫ですか?」

通りかかったサラリーマン風の男がバッグを拾おうとする。

「それに触るな!」

水たまりに頰をつけたまま、真悟は怒鳴りつける。男は驚きの表情でバッグに伸ばしていた手を止めた。

這《は》うようにしてバッグに近づくと、真悟はそれを両手で抱えるように持つ。

「すみません。驚かせてしまって」

謝罪しつつ立ち上がった真悟は、ストライキを起こしかけている足に活を入れ、再び走り出す。

バッグを捨てれば楽に走れるだろう。しかし、それはできなかった。女子中学生を誘拐した犯人をおびき寄せるための三千万円分の札束が、この中に入っているのだから。

正面に横たわる太い車道が真悟の行く手を遮る。深夜にもかかわらず交通量の多い車道の奥には、目的地である代々木公園が見えた。せわしなく左右を見回した真悟は、近くに歩道橋を見つけ、駆け寄っていく。

歩道橋を上ろうとした瞬間、刃物で刺されたような痛みが膝に走った。酷使した膝関節はもはや完全に壊れていた。ズボンの上からでも大きく腫れ上がっているのが見てとれる。真悟は唇を固く嚙《か》んで痛みを誤魔化すと、階段を一気に駆け上がっていった。

歩道橋を渡った真悟は代々木公園の入り口に向かって走る。時刻は午前零時、代々木公園の原宿《はらじゅく》門はすでに閉まっていた。バッグを担ぎ直すと鉄柵状の門に飛びつき、よじ登る。

門を越え、倒れこみながら園内に入った真悟の耳に、電話の鳴る音が聞こえた。

どこだ!?　真悟は辺りを見まわす。

「あっちだ。あの売店だ！」

ホームレスのような格好をした中年の男が草むらから飛び出し、三十メートルほど先にある売店を指さした。知った顔だった。警視庁捜査一課特殊犯捜査第一係の刑事、真悟の同僚だ。ホームレスに変装して、園内に潜んでいたのだろう。

本来この男は犯人に気づかれないよう、園内に展開しているであろう数十人の刑事たちとともに、この周囲に潜んでいなくてはならないはずだ。にもかかわらず話しかけてきたということは、それほどの緊急事態なのだろう。イヤホンが外れている真悟には、タイムリミットまであとどれだけ余裕があるのか分からなかった。

身を翻《ひるがえ》した真悟は売店へと走る。シャッターが下りた売店の前で、公衆電話が着信音を鳴らしていた。真悟は飛びつくように受話器を取る。

『やあ、上原さん。お疲れさま』

受話器から不自然に甲高い声が響く。ボイスチェンジャーによって変換された声。

「〝ゲームマスター〟……、だな……」

必死に声を絞り出して、真悟は犯人の名を呼んだ。

『ああ、そうだよ。ゲームマスターだよ』

「指示……どおりに……来たぞ。こ……れで、いい……だろ」

喘《あえ》ぐような呼吸を続けながら、真悟は途切れ途切れに言葉を吐き出していく。

『いや、残念だけど、今回のミッションは失敗だね』

小馬鹿にするような声に真悟は目を剝《む》いた。

「午前零時、までに、言われたとおり、金を持ってきたぞ！　間に合ったじゃないか！」

『いや、間に合ってないよ。上原さんが受話器を取ったのは零時零分十二秒、十二秒のタイムオーバーだね。罰ゲームをしなきゃ』

笑い声が鼓膜を揺らす。

「待ってくれ！　たった十二秒じゃないか！　金ならここにあるんだ。だから……」

『だめだよ。ルールを守らないと〝ゲーム〟は面白くない。じゃあね、上原さん。君と遊べて楽しかったよ』

「待て。頼むから話を……」

『ミッション・インコンプリート』

回線が切れた。真悟は力なく崩れ落ち、その場に膝をつく。

手から離れた受話器が、振り子のようにゆっくりと左右に揺れていた。

第一章　ゲームスタート

1

平成二十七年十月三十一日、午前九時十八分。デスクに置かれた電話が鳴り響いた。

加山楓《かやまかえで》は手にしていた予定表を反射的に放り捨てると、ワンコールも鳴り止《や》まないうちに身を乗り出して受話器をとる。警視庁本部庁舎六階にある、刑事部捜査一課特殊犯捜査係、通称〝特殊班〟の控室。そこに詰めていた係長以下、十五人の特殊班刑事たちが一斉に立ち上がる。椅子の倒れる音が空気を震わせた。

「はい、特殊班！」

ショートカットの黒髪を搔《か》き上げ、楓は素早く言う。心臓の鼓動が加速する。

この部屋に置かれているいくつもの電話の中で、楓が受話器を取った一台だけが特別な意味を持っていた。〝誘拐専用電話〟、この電話が鳴るということは、都内のどこかで『身代金を目的とした誘拐が強く疑われる事件』が起きたことを意味していた。

『こちら通信指令。高輪《たかなわ》署管内で誘拐と思われる所在不明事案が発生』

受話器からオペレーターのかすかに上ずった声が聞こえてくる。

楓は細く息を吐く。二十九歳で特殊班に赴任してからの五年間、営利誘拐事件を想定した訓練は数えきれないほど繰り返してきた。その経験が心臓の動きを鎮めていく。

「了解、高輪署ですね。詳細をお願いします」

楓はタイトなスーツの胸ポケットからペンを取り出すと、机に置かれたメモ用紙の上に『高輪署』と走り書きする。それを見て、数人の刑事が顔をしかめた。

「所轄は高輪かよ。縁起悪《わり》いな……」刑事の一人が舌打ちまじりに独りごちた。

『不明者は高校三年生、十七歳の女性。氏名は佐和奈々子《さわななこ》。自宅は白金一の……』

楓は用紙に『17才』、『女子』、『サワナナコ』の文字に続き、住所を書きこんでいく。

『自宅にはすでにマル被からの架電あり。それを受けた母親が通報してきました』

表情を引き締めた楓が『マル被　カデン有』とメモに記した瞬間、刑事たちの間から小さなどよめきが起こった。マル被からの架電、つまり誘拐犯からの電話があったということだ。身代金目的の誘拐事件であることは、もはや疑いようもなかった。

「マル被からの架電内容は？」楓は早口で訊《たず》ねる。

『娘を誘拐した。無事に返してほしければ五千万円用意しろと伝えてきました。その後、「お母さん、助けて」という声が聞こえてきたということです。母親は間違いなく娘の声だったと言っています』

楓は『五千万』、『母　娘の声を確認』とメモをしていく。

「その他にマル被からの要求はありませんか？」

乾燥した唇を舐《な》めて湿らすと、楓は質問を重ねていく。誘拐事件は時間との戦いだ。

そして、初期段階での情報量は捜査のスピードを大きく左右する。

『あと、……すぐに警察に通報するように指示されたとのことです』

「通報するように？　父親が母親にそう指示を出したということですか？」

『いえ、違います。マル被がそう言ったとのことです』

「マル被が!?」

楓の声が跳ね上がる。同時に周囲を取り囲む刑事たちから「マル被がどうした？」

「何があったんだ？」と詰問するような声が飛んだ。

「黙れ。加山の邪魔をするな」

事態を見守っていた係長が指示を飛ばす。刑事たちは背筋を伸ばして口をつぐんだ。

「マル被が通報を指示したんですね？」

楓が確認すると、オペレーターははっきりと『そうです』と答えた。唇を固く結んで
『マルヒ　通報を指示』とメモすると、刑事たちの表情が歪《ゆが》んだ。

誘拐犯からの電話では通常、「警察に通報するな。通報したら人質を殺す」というセリフが枕詞《まくらことば》のように使われる。犯人が警察への通報を指示したことなど、楓はこれまで一例しか知らなかった。不吉な予感が胸をよぎる。

「他にマル被の指示は？」

『二時間以内にまた連絡をする、それまでに父親にも連絡を入れたうえ、捜査員と家で連絡を待つようにとのことです』

「二時間……」

警視庁の内規によると、誘拐専用電話に一報が入ってから二時間以内に特殊班捜査員が被害者宅に入ることとなっている。偶然だろうか？　楓は口元を指先でなぞる。

『あと、通話を終える前に、マル被がなんというか……、ちょっとおかしなことを言いだしたらしいんですけど……』

「おかしなこと？　いったい何ですか？」

『マル被は名乗ったそうです。自分は……〝ゲームマスター〟だと』

おずおずとオペレーターが口にした言葉を聞いた瞬間、楓の思考は白く塗りつぶされた。手から受話器が滑り落ちそうになる。

「ゲームマスター……」

自らの口から零《こぼ》れたつぶやきが、楓にはやけに大きく聞こえた。

喧騒《けんそう》が部屋を満たす。体格のよいスーツ姿の男たちの顔に、動揺が浮かんでいた。

数十秒前、オペレーターからの報告を聞き終えた楓は、前のめりに取り囲んでくる同僚刑事たちに事件について報告をはじめた。誘拐犯が警察への通報を指示したことを告げると、刑事たちの間から戸惑いのざわめきが上がった。そして犯人がゲームマスターと名乗ったと楓が口にした瞬間、部屋の空気が大きく揺れた。

ゲームマスター、四年前に特殊班を、いや警視庁の全職員を手玉に取った犯人。その名は、特殊班内においては禁忌《きんき》に近いものだった。

「分担を発表する」係長の声が響く。同時に、部屋に満ちていた喧騒が消え去った。

楓を含む十五人の刑事たちは、背筋を伸ばして係長の言葉に神経を集中させる。

「被害者対策、我那覇《がなは》、加山、若林《わかばやし》の三名」

名を呼ばれた楓は、腹の底から「はい！」と声を出す。被害者宅に詰めて犯人からの連絡を待つとともに、被害者家族のケアを行う被害者対策。身代金目的誘拐事件においては最も重要な役割の一つだった。

固太りした体をくたびれたスーツに包んだいかつい顔の中年刑事と、緊張に表情をこわばらせた若い刑事も、覇気の籠もった返事をした。特殊班の主任である我那覇と、去年着任したばかりの新顔の若林だ。

係長が淡々と、逆探知を行うためＮＴＴの担当支店に向かう者、指揮本部が立ち上がる高輪署に詰めて犯人捕捉班として動く者を振り分けていく。それを尻目に、楓は壁にかかっている車のキーを取り、控室の出口へと向かった。

扉の前に立った楓は、我那覇に視線を送る。我那覇は「早く行け」というように、無精ひげの生えた角ばった顎をしゃくった。頷《うなず》いた楓は扉を開けて外に出る。

廊下の奥に、警視庁記者クラブに詰めている顔見知りの新聞記者がいた。楓は口の中で小さく舌を鳴らすと、髪の毛先を指で巻きながらゆっくりと歩いていく。

楓が所属している警視庁捜査一課特殊犯捜査係、〝特殊班〟もしくは〝ＳＩＴ〟と略されるこの部署が扱う事件は、誘拐や人質立て籠もりなど『現在進行形の事件』だ。それらの事件は、報道されることにより被害者が危険に晒される可能性があるので、特殊班の控室は記者の出入りが禁止されていた。それゆえ、特ダネを狙う記者たちは常に特殊班刑事の動向に目を配っている。事件が起きていることを記者たちに悟られぬように、受け持ちの場所まで移動する。それが特殊班刑事の最初の仕事だった。

すれ違う寸前、小太りの中年記者は横目で視線を送ってきた。楓は目を逸《そ》らすことなく微笑《ほほえ》むと、小さく会釈する。慌てて会釈を返してきた記者の脇をすり抜けた楓は、悠然と廊下を進み、扉を開いて非常階段へと入ると、駆け足で地下まで降りていった。

地下駐車場に出た楓は、小走りに特殊班専用の覆面パトカーに近づき、トランクを開けた。トランク内の機器を確認していると、我那覇と若林がやってきた。

「若林、運転しろ。加山は後部座席だ」

我那覇がドスの利いた声で指示を飛ばす。楓は若林に向かってキーを放り、トランクを閉めて後部座席に乗りこんだ。キーを受け取った若林が、運転席に座ってエンジンをかける。楓が臀部《でんぶ》に振動を感じた瞬間、車は急発進した。

けたたましいサイレンを鳴らしながら、覆面パトカーは霞《かすみ》が関《せき》の警視庁本部庁舎を飛び出し、内堀《うちぼり》通りを進んでいく。楓は胸に手を当てると深呼吸を繰り返した。

特殊班が扱う誘拐・人質立て籠もり・ハイジャック・企業恐喝等の事件は、発生頻度が極めて少ない。そのため、特殊班刑事の日常業務は主に訓練となっていた。しかし、訓練はあくまで訓練でしかない。身を焦がすような緊張感は、実際の誘拐事件に遭遇しなければ経験できなかった。

楓は四年前、特殊班に着任して一年ほどのときに経験した誘拐事件を思い出す。一瞬、脳裏に柔らかい笑みを浮かべる男の顔がよぎり、楓は軽く頭を振った。

「あの、今回の犯人が名乗ったゲームマスターって名前、たしか四年前の……」

ハンドルを切りながら、若林がおずおずと言う。

「運転に集中しろ」我那覇が脅しつけるように言う。

若林は「はい」と黙りこむが、数十秒後、再びしゃべりだした。

「たしか我那覇さんと加山さんは、四年前の捜査に参加したんですよね」

「ああ、うるせえなあ。たしかに四年前、ゲームマスターとか名乗る馬鹿が高輪台で女子中学生を誘拐したうえ、警察に通報するようにガイシャの家族に指示してきたよ」

我那覇は脂の浮いた頭髪をがりがりと掻く。

「そいつは刑事の一人に身代金を持たせると、制限時間を区切って東京中を走りまわらせた。結局、代々木公園で制限時間に間に合わなくて、連絡は途切れちまったよ」

我那覇は振り返って楓を見ると、「あとはお前が説明しろ」と顎をしゃくった。

「……翌日、人質だった中学生は荒川《あらかわ》の河川敷で、遺体で発見された。何度も刃物で刺されたうえ、喉を切り裂かれて」

楓は感情を交えることなく淡々と言う。四年前に起きた〝高輪台女子中学生誘拐殺人事件〟、それは特殊班史上最大の汚点と言っても過言ではなかった。

あの日も、私は被害者対策を命じられた。そして、あの人がそばにいてくれた。楓の脳裏に再び忘れたはずの男の姿が浮かぶ。奥二重の目、薄い唇、細いあごのライン。精悍《せいかん》ながら、どこか少年の面影も残す顔を思い出し、胸に鋭い痛みが走る。

「で、お前はさっきからなにが言いたいんだよ」我那覇は運転席の若林を睨《にら》みつけた。

「いえ、ですから、今回のホシがもしかしたら、四年前の事件に関係があるのかと」

「模倣犯に決まってんだろ。あの頃、週刊誌があの事件の詳細を面白おかしく書き飛ばしまくったからな。それを見て真似《まね》しただけだ。ゲームマスター、桃井一太《ももいいちた》は三年前に首を吊《つ》って死んじまったんだからよ」

そのとおりだ。あのゲームマスターのわけがない。楓は自分に言いきかせる。覆面パトカーはサイレンを鳴らしながら、桜田《さくらだ》通りを南下していった。

「サイレン消せ……」

六本木《ろっぽんぎ》ヒルズを左手に眺めながら進み、麻布十番《あざぶじゅうばん》の駅を通過する頃、我那覇が押し殺した声で言う。警視庁から白金までは、五キロほどしか離れていない。地下駐車場を出てからわずか十分ほどで、被害者宅近くまでやってきていた。

若林は指示どおりサイレンを消すと、車の屋根の回転灯を車内に取りこむ。

「ガイシャの自宅には五分以内に着きます」カーナビを眺めながら若林が報告する。

我那覇はズボンのポケットからスマートフォンを取り出し、電話をかけはじめた。

「こちら特殊班の我那覇。間もなくそちらに到着予定。なにか変わったことは？」

相手はすでに被害者宅に詰めている高輪署の刑事だろう。警視庁から特殊班の刑事たちが派遣されてくるまで、被害者宅には所轄署の刑事が詰めている。

『特に問題はありません。マル被からの架電もなしです』

スマートフォンから漏れてくる声が楓の耳にも届く。

「了解。特殊班刑事三名が、これからそちらに入る。目立たず入れるところは？」

『裏門がありますので、そこから入るのがいいと思われます』

「それでは裏門近くに車を停《と》める。準備を整えておいてくれ」

我那覇は通話を終えると、若林がハンドルを切って車を細い路地へと滑りこませた。

「ここがガイシャ宅です」三分ほど路地を進んだところで若林は車を停めた。

「でけえ家だな、こりゃ」サイドウィンドウから外を眺めながら、我那覇がつぶやく。

二メートル以上はある白い壁の奥に、三階建ての洋館が見えた。

「白金にこんな家を持ってるなら、五千万の身代金ぐらいは簡単に出すぞ。……こりゃ、やっかいなことになるかもしれないな」

渋い表情の我那覇に、楓も「ですね」と同調する。被害者家族が富裕層の場合、人質を解放してもらおうと、警察の態勢が整う前に身代金を渡そうとすることがある。

営利誘拐事件において、事件解決の最大のチャンスは身代金受け渡しの瞬間だ。そのためには、予《あらかじ》め現場に大規模にして緻密《ちみつ》な捜査網を敷く必要がある。

捜査網が不十分な状態で受け渡しを行えば、犯人に金だけ取られて逃げられるリスクが高くなる。それに、金を渡したとしても人質が無事に解放される保証などないのだ。

「機材のセットは俺と若林で行う。加山、お前は被害者ケアだ」

楓は「はい」と表情を引き締める。動揺する被害者の家族を慰め、落ちつかせ、そして捜査に協力してもらう。それは身代金誘拐事件において、最も重要な仕事の一つだ。

「それじゃあ、私から行きます」楓は車を出て裏門に向かった。

以前は宅配業者等を装って被害者宅に入っていたが、逆に怪しまれる可能性があるということで、いまは勝手口などから一人一人目立たないように入ることになっていた。

楓が近づくと、鉄柵状の門がゆっくりと開いた。

「高輪署の者です。どうぞこちらへ」

若い刑事が洋館へと案内する。裏口から屋敷に入った楓は、柔らかい絨毯《じゅうたん》が敷き詰められた廊下を進み、リビングダイニングへと通された。二十畳はありそうな部屋。床には光沢のある人工大理石が敷き詰められ、家具は落ちついた雰囲気ながら高級感を醸し出している。壁際には本格的な暖炉すら備えつけられていた。

この家には十分な資産がある。犯人はそれを知ったうえで、娘を誘拐したのか？

思考を巡らせながら楓は部屋を見回す。暖炉のそばのソファーにワンピース姿の中年女性が座り、目の前のローテーブルに置かれた電話に血走った視線を向けていた。

「奥さん、誘拐事件専門の刑事が参りましたよ」

所轄刑事が女性に声をかける。彼女は血の気が引いた顔を上げ、虚《うつ》ろな目を向けてくる。年齢は四十前後といったところだろうか？　整った顔立ちをしているが、いまは表情筋が弛緩《しかん》しきっている。

「はじめまして。警視庁捜査一課特殊犯捜査係の加山楓です。このたびは大変なことに巻きこまれてしまい、心中お察しいたします。お嬢さんが無事に戻られるように全力を尽くしますので、どうぞよろしくお願いいたします」

楓はできるだけ柔らかく、そしてゆっくりとした口調で話す。

「こ、こちらこそよろしくお願いします。佐和真奈美《まなみ》です。あの、奈々子の母です」

かすれた声で佐和真奈美と名乗った女の表情に、かすかな希望と、それより遥《はる》かに濃度の高い落胆が浮かんだ。おそらく、〝誘拐専門の刑事〟が自分より若い女だったことに不安をおぼえているのだろう。その反応には慣れていたので、特に気にならない。

「私がご家族のサポートをさせていただきます。それと並行して、他の刑事が通話を録音する装置や、高輪署に立ち上げる指揮本部とここを繫《つな》ぐ装置を設置していきます」

説明していると、多くの資材を手にした我那覇と若林が、リビングに入ってきた。

「真奈美さん、御主人はどちらに？ 事件のことについて連絡はしましたか？」

「もちろんしました。犯人から、あの……電話があってすぐに。警察への連絡も、あの、指示どおりにしろって主人が。その……許可をもらってから」

真奈美は何度もつかえながら言う。緊張のあまり舌が縺れてしまっているようだ。

「真奈美さん、大丈夫です。ゆっくり深呼吸をしましょう」

楓は真奈美の背中をゆっくりと撫《な》でる。真奈美は小さく頷くと、深呼吸を繰り返した。

「それで、いまご主人はどちらにいらっしゃるんですか？」楓は再び訊ねる。

「名古屋に出張中で、こちらに向かっています。途中で銀行に寄って、お金を持ってくるそうです。五千万円なら個人の口座にありますので、支店長に用意してもらうそうです。多分、昼前には引き出して帰ってこられるとか……」

やはり、すぐに身代金を用意できるか。これが吉と出るか凶と出るか……。楓が頭の中で状況を整理していく間も、我那覇と若林が、資材のセッティングを続けていた。

「お金を用意できるんですね。いいことです」

少しでも落ちつかせ、そのうえで信頼関係を結ぶため、楓は優しく言う。

「お金を渡せば奈々子は帰ってくるんですか？」

「その可能性が高くなります。けれど、犯人がお嬢さんを解放せず、さらにお金を要求してくる可能性もあります。だから、ただ身代金を渡せばいいというわけではないんです。あらゆる状況に対応できるように、こちらでしっかり手配いたします」

微笑みながら、楓は暗に「先走って身代金を渡しても、人質が返ってくるとは限らない」ということを匂わし、協力を取り付ける下地を作っていく。

「あの、犯人は自分のことを、ゲームマスターだって言ったんです。たしかそれって、何年か前に、この辺りで中学生の女の子を誘拐して、……殺した」

「真奈美さん、ご存じかもしれませんが、あの事件の犯人は三年前に自殺しています。なぜそう名乗ったのかは分かりませんが、今回は全く別の犯人ですよ」

諭《さと》すような口調で言うと、真奈美は唐突に両手を伸ばし、楓の肩を摑《つか》んだ。

「刑事さん、お願いします。あの子は一人娘なんです！　私にはあの子しかいないんです！　どうか、どうか奈々子を助けてやってください！」

「全力を尽くします」

楓は真奈美の背中に手を添えて、ソファーに座らせる。できることなら「絶対に助け出します」と断言したい。しかし、そんなことはできるはずがなかった。誘拐されてすぐに人質が殺されるケースも、決して少なくないことを知っているから。

「それにしても、大きなお宅ですね。ご主人はどのようなお仕事を？」

真奈美の精神的な負担を減らすために、楓は大きく話題を逸らすとともに、この家に住む家族についての情報収集に入る。誘拐犯が被害者の周囲にいることも少なくない。

「小さな貿易会社の社長をやっています。義父が開いたもので、主人は五年ほど前に跡を継いで社長に就任しました」

真奈美はうつむきながら弱々しい声で答える。楓が「そうなんですね」と相槌《あいづち》を打ったとき、リビングダイニングに電子音が響き渡った。楓は目を見開いてローテーブルに置かれた電話機を見る。まさか、もう犯人からの連絡が？　あまりにも早すぎる。

楓が視線を向けると、我那覇は険しい顔で頷いた。録音装置のセットはできているということだろう。誘拐事件の際、捜査の方針を決定するのは、所轄署の講堂に設置される指揮本部だ。そのため、被害者宅の電話機に取り付ける自動録音機には、通話音声を無線で指揮本部に飛ばす機能がついている。

楓は腕時計を確認する。針は十時七分を指していた。誘拐専用電話に一報が入ってから一時間も経《た》っていない。指揮本部もまだ立ち上がっていないだろう。また、特殊班の刑事が最寄《もよ》りのＮＴＴ支店に、警視庁刑事部長名のサインが入った『電話逆探知要請書』を持って向かっているだろうが、逆探知の準備は整っていないはずだ。

所轄署に設置される指揮本部に対し、被害者家族に寄り添い、犯人からの連絡を受ける被害者宅は、前線基地のような役目を担うので〝前線本部〟と呼ばれている。指揮本部が稼働していないいま、この前線本部が事件の指揮をとるしかない。

「真奈美さん」楓は真奈美に向き直る。「電話をとってもらいます。いまから指示することをよく聞いてください」

「えっ？　えっ!?」真奈美は表情をこわばらせる。

「大丈夫です。私たちがサポートします。まず、できるだけ犯人との会話を長引かせてください。身代金に関しては、用意しているがもう少し時間がかかると言ってください。あと、娘さんを電話に出してほしいと要求してください。分かりましたね？」

楓は早口で言う。しかし真奈美は視線を宙空に彷徨《さまよ》わせ、返事をしなかった。

「娘さんのためです。一緒に頑張りましょう！」

楓が力強く言うと、真奈美は「は、はい」とかすれ声で答えた。

楓は視線で受話器を取るよう真奈美に促しつつ、ローテーブルの上に置かれていたヘッドホンを手に取り、片耳に当てた。受話器に触れたまま、真奈美が助けを求めるような視線を送ってくる。楓は大きく頷いた。

「あ、あの……、佐和ですが」受話器を取った真奈美が怯《おび》えた口調で言う。

『やあ、奥さん。ゲームマスターだよ』

ヘリウムを吸ったときのような、甲高い声がヘッドホンから響く。四年前と同じ声。

「あのですね。いま、主人が銀行にお金を下ろしにいっています。ちゃんと払います。でも準備するのにもう少し時間がかかるんです。だから……」

真奈美は必死に、楓に指示されたとおりのセリフを口にしていく。しかし、その声は犯人の耳障りな声によって遮られた。

『焦らなくていいよ。逆探知の用意もできていないだろうし、ゆっくり話せるからさ』

こちらの状況を見透かされている？　ヘッドホンを持つ楓の手に力がこもる。

「あの、奈々子は……奈々子は無事なんですか？　声だけでも聞かせてください」

『奥さん、警察には通報したんだよね？』

「は、はい。だって、そうしろってあなたが……」

『ああ、そんなに焦らなくてもいいって。ということは、もう特殊班の刑事がお宅に到着して、この通話も聞いているってことだね』

真奈美が訴えかけるような眼差《まなざ》しを向けてくる。楓は小さく顎を引いた。

「はい、すぐそばにいます。三人の刑事さんが」

真奈美の上ずった声を聞きながら、楓は状況を整理していく。犯人は逆探知の準備ができていないことを見透かし、特殊班の刑事が被害者宅にやってくることも知っていた。誘拐事件の際に警察がどのように動くかよく調べている。

ゲームマスターを名乗るこの犯人は、いったいなにがしたいのだろう？

本物のゲームマスター、桃井一太の信奉者だろうか？　四年前、特殊班を、いや警視庁を翻弄《ほんろう》し、一度は逃げ切ったゲームマスター。ネットなどにはあの男を熱狂的に信奉する者すらいる。今回の犯人があの男の狂信的なフォロワーだとしたら、ゲームマスターと名乗り、警察への通報を指示したことも理解できる。

『やあ、刑事さんたち。お仕事ご苦労さん。ゲームマスターだよ。また僕と遊ぼうよ』

楓の思考は、自分たちに向けられた犯人の声によって遮られる。

『君たちの考えていることは分かっているよ。僕を偽者だと思っているんだろ。けれどおあいにく様。僕は本物さ。四年前に君たちと楽しいゲームを繰り広げた張本人だよ。君たちがいつまでも捕まえにこないから、またゲームをすることにしたんだ』

からかうように犯人は言う。我那覇のぶ厚い唇が歪んだ。

『じゃあ、今回のゲームのルールを説明するよ。刑事さんたちさ、僕の声が聞こえているんだろ？　ヘッドホンなんか使っていないで、ちゃんと受話器を取ってよ』

楓、我那覇、若林はヘッドホンを耳に当てたまま顔を見合わせる。誘拐事件の際、刑事が犯人と通話をすることは少なくないが、それは被害者の家族になりすまして交渉する場合がほとんどだった。しかし今回の犯人は〝特殊班の刑事との通話〟を要求している。それはまさに、四年前と同じ状況だった。我那覇が楓に向かって目配《めくば》せをする。楓は頷くとヘッドホンをテーブルに置き、真奈美に向かって手を差し出した。誘拐事件では基本的に、犯人の要求を拒否してはならない。人質を取られている以上、主導権は犯人にある。電話に出るしかなかった。受話器を受け取りながら、楓は細く息を吐く。

特殊班には一つの係につき、女性刑事が二人ほど配属されている。理由の一つは、誘拐事件に際し被害者をサポートする能力に優れているため。もう一つは、被害者家族の母親や姉妹などに成り代わって、犯人との交渉や身代金受け渡しを行うため。それゆえ特殊班の女性刑事は、被害者家族になりすましての交渉術を徹底的に叩《たた》きこまれる。

「もしもし。電話代わりました」楓は慎重に話しはじめる。

『おっ、女の刑事さんだね。名前は?』犯人の楽しげな声が受話器から響いてくる。

「加山楓です。よろしく」楓は気さくに犯人に自己紹介をする。フランクに話をして、信頼関係を構築していくという、交渉術の基本だった。

『加山楓……。楓さんって呼んでいいかな?』

「ええ、もちろん。あなたのことはゲームマスターって呼べばいいの?」

『……ねえ、楓さん。君も僕が偽者だと思っているでしょ?』

どう答えるべきだ? 楓は頭を動かす。電話の相手が四年前の誘拐事件を起こしたゲームマスターのわけがない。しかし、そのことを指摘すると、犯人が逆上する恐れもあった。この犯人はゲームマスターを崇拝するあまり、いつの間にか自分がゲームマスターであるという幻想に取り憑《つ》かれているのかもしれないのだ。

「正直、混乱しているの。たしかにあなたの手口は見事で、四年前の事件と同じぐらい洗練されている。けど、ゲームマスターだった桃井一太は三年前に自殺した」

楓は戸惑う演技をする。受話器からかすかに忍び笑いが聞こえてきた。

『桃井一太? あんな下らない男が本当にゲームマスターだとでも? 違うよ。あの男は僕が用意したスケープゴートだ。よかったら証拠を見せてあげようか?』

「証拠? あなたがゲームマスターだっていう証拠? もしあるなら、ぜひ教えて」

『楓さん。君さ、……四年前の事件のときも、被害者の家にいたでしょ』

「なんでそのことを!?」反射的に楓は叫んでしまう。

誘拐や立て籠もりという重要犯罪を取り扱う仕事柄、特殊班刑事の素性は徹底的に隠されているはずだ。あの事件の際に私が被害者宅に詰めていたのを知っていたのは、ごく一部の捜査関係者と、あとは……。楓は身を震わせる。たしかに四年前の事件の際、楓はほんの数秒だがゲームマスターと会話し、名を名乗っていた。

『これで分かったかな、僕が本物のゲームマスターだって？』

犯人は勝ち誇るように言う。しかし、楓はすぐには答えることができなかった。

桃井一太、自宅で首を吊ったあの男こそゲームマスターだったはずだ。部屋からは、プリペイドの携帯電話、拘束用の手錠と目隠し、血液のついたナイフなど、様々な証拠が発見された。手錠とナイフからは被害者のＤＮＡが検出され、携帯電話は誘拐の際、連絡に使われたものだと証明された。全ての証拠が、桃井一太こそゲームマスターだと示していた。けれど、それらの証拠が真犯人によって用意されていた物だとしたら……。

『楓さん。聞こえてる？』

「え、ええ。ちゃんと聞こえてる」我に返った楓は慌てて答える。

『それで、僕が本物のゲームマスターだって納得したかな？』

言葉に詰まった楓は隣に視線を送るが、我那覇も口を半開きにしたまま硬直していた。

『やっぱり君たちじゃないな……』受話器の奥で犯人がつぶやいた。

意味が分からず、楓は「えっ？」と声を漏らす。

『君たちじゃ、僕の遊び相手にはならない。残念だけど君たちとはゲームはしない』

「待って。要求なら何でも聞くから」通話を打ち切られる気配を感じ、楓は慌てる。

『そう？　それじゃあとりあえず、最初の要求を言うよ。ちゃんとよく聞いていてね』

犯人は一度言葉を切ると、ぼそりとつぶやくように言った。

『……上原真悟』

「うえはら……しんご……」楓は懐かしいその名前をおうむ返しする。

『そう、四年前に僕と遊んでくれた刑事さん。あの刑事さんを呼ぶことが最初の要求だよ。正午ちょうどにまた連絡するから、それまでに上原さんを呼んでおいて。もしできなかったら……、分かっているよね？』

「待って。あの人はもう……」

『もう刑事を辞めて、いまは警備員をやっているんだろ』

「なんで、そのことを……？」

『当然じゃないか。あの人は四年前、僕と最高のゲームをした相手。親友みたいなものだよ。親友のことなら、どんなことでも知っておきたいでしょ』

犯人の口調に暗い熱が籠もっていく。

『人質を殺されたくなかったら、正午までに上原真悟を呼ぶんだ。もし次に電話したとき、そこに上原真悟がいなかったら交渉決裂だ。四年前と同じことになるよ』

犯人は、ゲームマスターは再び忍び笑いを漏らした。

2

表参道《おもてさんどう》交差点近くのカフェの窓際の席で、上原真悟はせわしなく腕時計に視線を落としていた。時刻は午前十時四十三分、約束の時間まではあと二分だ。緊張を希釈しようと、カップに残っているコーヒーをあおる。心地《ここち》よい苦みが口の中に広がった。

空になったカップをソーサーに戻すと、真悟は大きく息をつく。こんなに緊張している自分が嫌になる。まるで初デートの待ち合わせをしている中学生のようだ。毎月一回のこのイベントのたびに、真悟は同様の自己嫌悪に晒されていた。

横目で窓ガラスに視線を向ける。しわの寄った地味なスーツを着た、くたびれた中年男が映っていた。この一年でかなり痩せたせいでスーツのサイズが合っておらず、やけに貧相に見える。彫りが深いせいか、頰骨や目の下のクマが目立つ。

深いため息をつきながら、真悟はこれからのスケジュールを頭の中で確認する。ここで少し話したあと、近くにある寿司《すし》屋に移動して昼食をとり、その間のどこかで……。

緊張のせいか息苦しくなってきた。真悟は胸を押さえて深呼吸を繰り返す。この一年、ずっと先延ばしにしてきた。しかし、今日こそは伝えなくては。

ふと真悟は視線を上げる。掌《てのひら》の下で心臓が一度大きく跳ねた。カフェの入り口に、紙袋を手にした女性が立ち、店内を見回していた。

メッシュの入った明るい茶髪、アイシャドーの引かれた少し垂れた目、濃く紅が差された細い唇、ジーンズとセーターをラフに着こなした長身で細身の体。上原優衣《ゆい》、いや、いまは水田《みずた》優衣になってしまった一人娘がそこにいた。

店内を彷徨っていた優衣の視線が、片手を上げる真悟をとらえた。ほとんど表情を動かさないまま近づいてくると、優衣は真悟の対面の席に腰掛けた。

「優衣、久しぶり。元気だったか」

声をかけながら、真悟は緩みそうになる口元に力をこめる。優衣は注意しなければ気づかないほど小さく頷くと、メニューを手に取り気怠《けだる》げに眺めはじめる。

「……モンブランのケーキセット、飲み物はオリジナルハーブティーってやつで」

ウェイトレスに注文をすると、優衣は無言で窓の外を眺めはじめた。

「モンブラン、美味《うま》そうだな。優衣は子供のときからモンブラン好きだったもんな」

居心地の悪さをおぼえつつ、真悟は話しかける。優衣は目だけ動かして、テーブルに置かれたコーヒーカップに視線を向けた。

「……真悟さんはなにも食べないの？」

「甘い物はあまり好きじゃないからな。それに、このあと食事だし」

真悟は弱々しく微笑んだ。優衣に〝真悟さん〟と呼ばれるたびに、胸に痛みが走る。妻と、優衣の母親と別れてから、優衣は〝真悟さん〟と呼ぶようになった。

最後に〝お父さん〟と呼んでくれたのはいつだっただろう？　真悟は記憶を探る。脳裏に「お父さん」とじゃれついてくる、小学生や中学生時代の優衣の姿が浮かんだ。

もともとはとても仲のよい父娘《おやこ》だった。中学生の頃など、非番の日は二人でよくカラオケに行っていた。親の贔屓目《ひいきめ》かもしれないが優衣の歌唱力は素晴らしく、その透き通るような声を聞くことが何よりの幸せだった。

優衣が高校生になった頃から少しずつ距離が出てきたが、それでも一般的な男親と思春期の娘としては極めて良好な関係だった。

理想的な父娘でいられるはずだった。けれど、……自分が全てを壊してしまった。

「今日ってなに食べにいくの？」優衣は窓に顔を向けたまま、抑揚のない口調で言う。

「この近くにいい寿司屋があるんだ。そこを予約しているんだけど、いいかな？」

「寿司屋？」真悟に視線を向けた優衣は、不思議そうにつぶやいた。

「優衣、寿司好きだっただろ？　だからと思ってな」

「そりゃあ好きだけどさ、この辺りの寿司屋って高いんじゃないの？　大丈夫？」

「昼はそんなに高くはないって」

たしかに生活に余裕はなかった。三年前から派遣で警備員の仕事をやっているが、給料は決してよくはない。離婚する際に財産はほぼ全て妻にゆずったので、その給料でなんとかやりくりしていた。ただ、一年ほど前に思わぬ臨時収入があった。その金にはほとんど手をつけてはいないので、その気になればある程度の贅沢《ぜいたく》はできる。

「なら、いいんだけどさ……」

肩辺りで切りそろえられた髪をいじりながら優衣がつまらなそうにつぶやくと、ウェイトレスがモンブランとティーカップを持ってやってきた。表情を緩ませた優衣は、フォークを手に取って、モンブランを崩しはじめる。

真悟は目を細める。幸せそうにケーキを口に運ぶその姿は、小学生のときと変わらなかった。大学生になって髪を明るい茶色に染め、やや濃い目のメイクをするようになった娘の変わらない一面が嬉《うれ》しかった。

「なあ、大学はどうだ？」

「どうって？」フォークを持った手を止めて、優衣はぶっきらぼうに言う。

「いや、楽しいのかって思って……」

「べつに。まだ二年生だから、たいしたこともしていないしね」

父娘の間に重い沈黙が満ちる。優衣と会うといつも決まって、このように会話が止まってしまう。黙々とモンブランを口に運ぶ優衣を前にしながら、真悟は会話のきっかけを必死に探す。二年前、使い慣れた携帯電話をスマートフォンに替えたのも、話のネタになるかもと思ったからだった。優衣が何気なく「スマートフォンにしないの？」と訊ねてきた翌日には、真悟は家電量販店に向かっていた。その翌月会ったときに、優衣はぶつぶつと文句を言いながらも、スマートフォンの様々な設定をやってくれた。

モンブランを食べ終えた優衣は、「はい、これ」床に置いていた紙袋を真悟に手渡してくる。「え……？」と受け取った真悟の手に、ずしりとした重みが伝わってきた。

「真悟さん、もうすぐ誕生日でしょ」

真悟の口から思わず「ああ……」という呆《ほう》けた声が漏れる。言われてみればあと二週間ほどで四十四歳の誕生日だ。しかし、プレゼントをもらえるなどと思ってもいなかった。真悟は紙袋の中を覗《のぞ》きこむ。そこには、古い名作映画のタイトルが十数個まとめてあるDVDセットが入っていた。真悟の数少ない趣味が、古い洋画の鑑賞だった。

「これ、優衣が選んでくれたのか？」

「違う、私じゃないよ。お母さんが真悟さんに渡せって」

「あ、ああ、……そうなのか。お母さんは元気か？」

内心の落胆を悟らせないように、真悟はつとめて明るい声で言う。

「元気も元気、世界中を飛び回っているよ。いまも東南アジアのどこかに出張中」

優衣は肩をすくめる。優衣の母親である水田亜紀《あき》とは高校時代の同級生で、高校二年生から交際を続けていた。高校を卒業して真悟は警視庁に入庁し、亜紀は都内の一流私立大学へと進学した。真悟が新宿《しんじゅく》署の刑事になり、亜紀が大手の電機メーカーの営業に就職したのを機に二人は結婚し、その数年後に優衣を授かった。亜紀は一時会社を休職して子育てに専念し、真悟は目標だった警視庁捜査一課特殊班の刑事になるため、必死に捜査に入れこんだ。その頃までは、夫婦関係も良好だった。

しかし、優衣が幼稚園に入ると亜紀は会社に復帰し、その後、真悟も特殊班に配属されて家を空けることが多くなった。顔を合わせることが減ったその頃、夫婦間に小さな亀裂が生じた。その亀裂は年月をかけてじわじわと広がっていき、優衣が中学生になる頃には家庭内別居のような状態にまでなっていた。

そして、あの事件が起きた。打ちのめされた自分は、完全に家庭を顧みることがなくなり、娘という最後の絆《きずな》によってなんとか保っていた夫婦関係に止《とど》めを刺してしまった。

離婚してからこれまで、亜紀がプレゼントを贈ってくることなどなかった。これはきっと、〝あのこと〟を知った亜紀が、俺に同情したからだろう。

「……真悟さん、ちょっと真悟さんってば」

物思いに耽《ふけ》っていた真悟は、優衣に声をかけられて我に返る。

「あ、ああ、ごめん。ちょっとぼーっとして」

「急に黙りこまないでよ。不安になるじゃない」

優衣は唇を尖《とが》らせながら胸元に光る星形のペンダントを指先でいじる。それが、苛《いら》ついているときに見せる、優衣のクセだった。

真悟の口元が緩む。万年筆、ノートパソコン、エレキギター、自転車。誕生日のたびに優衣はそのとき欲しいものを吟味してねだってきた。それらのプレゼントを優衣は一つたりとも無駄にすることなく、とても大切にしてくれた。十四歳の誕生日に贈ったペンダントは特に大事にして、いまも常に身につけている。

真悟にとってそのペンダントは、優衣と自分との絆のように感じられていた。

この数年、優衣との関係はどこかぎくしゃくしている。しかし月に一回は、優衣はこうして一緒に食事をしてくれる。離婚する際、真悟が唯一出した条件が、月に一回でいいから優衣と会わせてほしいということだった。必死で頼みこむ真悟の前で、亜紀は大きくため息をつきながら、「優衣が嫌がらなければね」と認めてくれた。

いくらつれない態度をとられても、まだ優衣と自分の間には絆がある。だからこそ、〝あのこと〟を伝えなくてはならない。真悟は覚悟を決めると、優衣の目を覗きこむ。

「なあ、優衣。ちょっと聞いてほしいことがあるんだ」

「なに？　あらたまって」優衣の顔に軽い緊張が走る。

言え、言うんだ！　喉元まで言葉がせり上がってきたとき、ズボンからジャズミュージックが流れだした。

「……電話、かかってきてるよ」優衣が気まずそうに指摘する。

こんなときに、いったい誰だ？　真悟はポケットからスマートフォンを取り出し、電源を切ろうとする。しかし、電源ボタンを押しかけた親指は、液晶画面に表示された名前を見て動きを止めた。

加山楓。脳裏に、黒髪をボブカットにした女性の姿が浮かぶ。

なんで楓が？　彼女とは長い間、連絡を取っていなかった。

「出ないの？」優衣が不思議そうに訊ねてくる。

「ちょっと待っていてくれ」真悟は席を立つと、早足でカフェの出入り口に向かう。カフェから出ると、真悟は『通話』のアイコンに触れた。

『お久しぶりです、上原さん』

聞こえてきた懐かしい声が感情を揺さぶる。

「楓か。なんの用だ？」

『上原さんにお願いしたいことがあるんです』

楓の声はどこまでも硬かった。真悟は違和感をおぼえる。二人でいるとき、楓はいつも〝上原さん〟ではなく〝真悟さん〟と呼んでいた。

「いまはちょっと忙しいんだ。またあとでいいか？　あと二時間もすれば……」

『いえ、いま聞いてください！』楓の切羽詰まった声が鼓膜を揺らす。

「……なにがあった？」

『都内で女子高生が誘拐されました。身代金目的の誘拐事件だと思われています』

「おい、待て！　なんで俺にそんな情報を漏らす？」

声が大きくなる。営利誘拐事件において、情報の管理は基本中の基本だ。

『指揮本部の許可は得ています。上原さんの協力が必要なんです』

「なにを言っているんだ。俺はもう刑事じゃないんだぞ」

『マル被が指示したんです。上原さんを呼ぶように』

「なんの冗談だ？　なんにしろ、俺は二度と誘拐事件にかかわる気なんてない！」

真悟は声を荒らげる。楓なら理解してくれる。そう信じていた。四年前、壊れていく自分を誰よりも近くで見ていたのだから。

『……ゲームマスター』

陰鬱な楓のつぶやきを聞いて、真悟は身を震わせる。

「いま……、なんて言った？」嘔気《おうき》をおぼえ、真悟は口元を押さえた。

『ゲームマスターです、上原さん。マル被はゲームマスターだと名乗っているんです』

「模倣犯だ！　ゲームマスターは死んだ！」

『分かっています。私もそう思いました。けれど、今回のホシは上原さんや私の名前まで知っていたんです。もしかしたら……』

ゲームマスターが生きている？　激しい眩暈《めまい》が襲いかかってくる。

約三年前、自殺した桃井一太を被疑者死亡で書類送検し、高輪台女子中学生誘拐殺人事件は幕を下ろしたはずだった。けれど、もし桃井一太が真犯人ではなかったとしたら。ゲームマスターがまた生きていて、再び動き出したのだとしたら……。

なぜか胸の奥が熱くなっていく。物心ついた頃から、ずっと刑事にあこがれていた。四年前、あの事件のあと警察を退職し、ゲームマスターを追ったのも、そうしなければ自分が〝刑事〟ではなくなってしまう気がしたからだった。警察を辞めたときではなく、桃井一太に自ら命を絶たれたとき、自分は刑事でなくなり、空っぽになってしまった。

あの日から、ずっと惰性《だせい》で生きていた。けれど……。

俺はまた刑事に戻れるのかもしれない。興奮を押し殺しながら真悟は口を開く。

「……どこに行けばいい？」

楓が息を呑《の》む音が聞こえてきた。

『ありがとうございます。被害者宅は港区《みなと》白金一丁目……』

その住所を脳に刻みこんだ真悟は「三十分以内に行く」と言って通話を終え、スマートフォンをズボンにねじこむ。シャツの上から心臓を押さえると、掌に心臓の鼓動が伝わってきた。いま俺は生きている。久々に感じる生の実感が体温を上げていく。

「真悟さん？」

背後から声をかけられ、真悟は慌てて振り返る。そこには優衣が立っていた。

「なんかあったの？　全然戻ってこないからさ」

不満げな優衣を前にして、真悟は頰を引きつらせる。ゲームマスターの名を聞いた瞬間、優衣のことさえも頭から消え去っていた。

「悪い、優衣。急に大切な用事ができたんだ。これで払っておいてくれないか」

財布から取り出した一万円札を優衣に手渡しながら、真悟は首をすくめる。一万円札を受け取った優衣は、真悟の顔をまじまじと凝視したあと、あっさりと頷いた。

「うん、わかった。じゃあまた来月ね」

「いいのか？　わざわざ都合をつけてもらったのに」

「気にしなくていいよ。こんなにお小遣いもらったし。この前、家庭教師のバイト辞めたから、最近金欠だったんだ。それに……」

一万円札をひらひらと振った優衣は、濃い紅が差された唇の端を上げた。

「真悟さん、なんか久しぶりにいい顔しているからさ。刑事やっていたときみたいな」

3

大粒の雨が降る中、土手の上で傘をささず、真悟は虚ろな目を正面に向けていた。河川敷では、雨合羽《あまがっぱ》を着た多くの人々が行き来している。その大部分は、鑑識の捜査員だった。女子中学生を誘拐しゲームマスターと名乗った犯人に、東京中を駆け巡らされた翌日の夕暮れどき、真悟は荒川の川沿いで立ち尽くしていた。

昨夜、代々木公園で犯人からの最後の連絡を受けたあと倒れた真悟は、そのまま病院へと搬送された。重度の脱水と、酷使した両膝のひどい炎症のため入院した真悟に、一時間ほど前、同僚の刑事から連絡が入った。それを聞いた真悟は主治医の制止を振り切り、タクシーでこの場所、荒川にかかる千住新橋《せんじゅしんばし》のそばまでやってきていた。

捜査員の多くは巨大な橋の下に集まっている。真悟はおぼつかない足取りで、河川敷へと続く階段を一段下りる。大きく腫れ上がっている膝から激痛が走る。真悟はゆっくりと階段を下りると、雨でぬかるむ河川敷を進んだ。橋に近づくにつれ、心臓の鼓動が加速していく。

制服警官に警察手帳を見せ、張られた規制線をくぐる。数メートル先に、雨合羽を着ている捜査員の背中が並んでいた。真悟の足音に気づいたのか、捜査員の一人が振り向く。酒の飲みすぎで赤く変色した団子鼻、瞼《まぶた》がむくんで腫れぼったい目、知っている顔だ。警視庁捜査一課殺人班の刑事である重野《しげの》という男だった。

誘拐犯からの連絡が途絶えて半日以上経った今朝、高輪署に設置された指揮本部は報道協定を解き、公開捜査に踏み切った。それとともに、捜査の中心は特殊班から殺人班に移りつつあった。

「おい、なにしに来やがった?」重野がドスの利いた声を上げる。「お前の出る幕じゃねえんだよ。入院中なんだろ、さっさと消えろ」

他の捜査員たちも振り返る。雨に打たれた体に視線が突き刺さっていく。

真悟は無言のまま足を動かす。前にいた捜査員が道を開けた。その隙間から覗く光景が網膜に映った瞬間、時間が停止した気がした。

橋げたのそばに人が倒れていた。セーラー服を着た小柄な少女。こちらを向く泥で汚れた顔は苦痛で歪み、顎から胸元にかけて赤黒いものがこびりついている。そして少女の喉元は、そこにもう一つの口が開いているかのように、大きく切り裂かれていた。

「お前のせいだ。お前が間に合わなかったからだよ」重野が耳元で囁《ささや》く。

俺のせい……。俺のせいであの子はこんな姿に。娘の無事を必死に祈り続けていた被害者の両親の姿が脳裏に蘇《よみがえ》る。真悟はその場にひざまずくと、土下座をするように両手で抱えた頭を垂れた。どこからか悲痛な叫び声が聞こえてくる。その声が自分の口から零れていることに、真悟はすぐには気づかなかった。

頭を抱えたまま真悟はかすかに顔を上げ、少女の遺体を見る。意志の光が消え、すでに白濁しはじめている瞳が、恨めしそうに真悟を見つめていた。

「お客さん、この辺でいいんですか」

記憶の中を彷徨っていた真悟は、運転手に声をかけられ「え？」と我に返る。優衣と別れたあと、すぐにタクシーを拾って楓から聞いた住所に向かっていた。

「たぶん、そこだと思いますよ」

運転手はフロントグラスの向こう側を指さす。高い塀に囲まれた洋館が見えた。

「それじゃあ、ここで降ろしてください」

料金を払ってタクシーを降りると洋館を見上げた。再び四年前の記憶が頭をよぎる。

本当にあそこへ行くのか？　また四年前のような経験をすることになるかもしれないのに？　逡巡《しゅんじゅん》する真悟の耳に『ミッション・インコンプリート』という声が蘇った。

ゲームマスター。三年前に死んだはずの誘拐殺人犯が生きていた。もしそれが本当なら、俺以外にあいつを逮捕することはできない。人生の全てを捨ててあいつを追った俺以外に。胸の奥にともった炎が葛藤を燃やし尽くしていく。

これはチャンスだ。正真正銘、最後のチャンスだ。あの殺人鬼を逮捕し、そして失った人生を少しでも取り戻すための。それをみすみす逃すわけにはいかない。

自らを鼓舞するように息を吐いた真悟は、屋敷の裏手に回っていく。タクシーの中であらためて楓と連絡を取り、裏門から屋敷内へと入るよう指示を受けていた。

裏門の前までやってくると、スーツ姿の若い男が中から開けて招き入れてくれる。

「上原さんですね。特殊犯捜査係の若林です。どうぞこちらへ」

真悟はうなずくと、あとについて歩きながら若林を観察する。年齢は三十前後。特殊班の刑事としてはかなり若い。きっと、この一、二年で異動してきたのだろう。

特殊班刑事は多くの場合、所轄署の刑事課で実績を上げた刑事が拾い上げられる。真悟も新宿署の刑事課に所属していた十年ほど前、新型合成麻薬を売買していた組織の元締めを逮捕し、その組織を壊滅させるきっかけを作った功績で特殊班に配属された。

若林に「こちらです」と促され、真悟は広いリビングダイニングへと入る。そこには四人の男女がいた。真悟の視線はまず、寄り添うようにリビングテーブルの椅子に座る中年の男女をとらえる。被害者の両親だろう。二人とも血の気の引いた顔に悲痛な表情を浮かべている。細身で小柄な母親がうつむいているのとは対照的に、固太りして体格のよい父親は、鋭い視線を向けてきた。

真悟は会釈すると、視線を二人から移動させる。ソファーのそばに置かれたローテーブルの前に、いかつい男が胡坐《あぐら》をかいていた。

我那覇か。渋い表情になる。同時期に特殊班に配属されたライバル心もあってか、我那覇とは馬が合わなかった。我那覇は敵意を含んだ視線を向けてくる。退職してから四年も経つ真悟が、営利誘拐という重大事件にかかわることが気にくわないのだろう。

さらに視線を動かした真悟は、窓の前に立つ人物を見て奥歯を嚙みしめる。

「お久しぶりです、上原さん」淡々とした口調で挨拶しながら、楓は軽く頭を下げる。

しかし、その口元がかすかに震えていることを真悟は見逃さなかった。

三年前、最後に会ったときにボブカットだった黒髪はさっぱりとしたショートに切りそろえられていた。少し痩せたような印象を受けるが、意志の強そうな二重の目、形のよい鼻、小さな唇、それらは記憶の中のままだ。

「ずいぶん痩せたな、上原。髪も薄くなったんじゃないか？」我那覇が声をかけてくる。

「お前は相変わらず太っているな、我那覇。髪が薄くなったのはお互い様だろ」

上原が言葉を返すと、我那覇は大きく舌打ちをした。

部屋を一通り見渡した真悟は、ゆっくりと夫婦に近づいていく。

「はじめまして、上原真悟といいます。被害にあったお子さんのご両親ですね？」

「佐和好継《よしつぐ》です。これは妻の真奈美」好継と名乗った男は真悟を値踏みするように見る。

「この度はとんだことで、心中お察しします」

「なんで犯人はあなたを呼んだんだ？　さっき、そこの刑事さんたちから聞いた話だと、あなたはもう何年も前に刑事を辞めているらしいじゃないか」

「はい、四年前に退職しています。犯人がなぜ私を呼んだかは分かりません」

真悟が答えた瞬間、好継は勢いよく立ち上がった。

「分からないで済むか！　これには娘の命がかかっているんだぞ！　娘の身になにかがあったら、どうやって責任を取るんだ！」

睨んでくる好継の怒声を浴びながら、真悟は冷静に目の前の男を観察する。

家族が誘拐されるという極限状態は、人が普段かぶっている仮面をはぎ取りその本性をさらけだす。この佐和好継という男は、他人に命令することに慣れ、かつ激情型のようだ。この手の男に弱みを見せると、捜査に色々と口出しをしてくることが多い。

「申し訳ありませんが、私はなにも責任は取れません」真悟ははっきりと言った。

「なっ⁉」好継は絶句する。

「ご指摘のとおり、私はもう警察を退職しております。この事件になにも責任を負っていません。警察からの要請で、善意で協力しているに過ぎません」

「でも、犯人はあなたを……」

「犯人の真意は分かりませんが、誘拐事件では要求を拒否しないことが大切です。ですから、私はここに来ました。私はもう刑事ではありませんが、一般市民として娘さんが助かってほしいと思っています。そのためには協力を惜しまないつもりです。娘さんを助けるために、ご両親にもご協力いただければ幸いです」

真悟はまっすぐに好継の目を覗きこんだ。

「……分かりました。よろしくお願いします」

十数秒の沈黙のあと、好継はうなだれると、力なく再び椅子に腰掛けた。

なんとか家主を納得させることができた。これで捜査に加わることができる。真悟は好継から楓に視線を移す。

「犯人はまた電話をかけてくるって言ったのか？」

「はい、正午に電話をするので、それまでに上原さんを呼んでおくようにと」

正午か……。腕時計に視線を落とすと、時計の針は十一時二十八分を指していた。

「奥さん、ちょっとよろしいですか？」

真悟に声をかけられた真奈美は、緩慢に顔を上げる。

「もしよろしければ、娘さんの部屋を拝見できないでしょうか？」

「娘の……部屋ですか？」

「はい。誘拐事件の場合、犯人が身近な人物であることも少なくないんです。部屋を見ることで犯人の手がかりが摑めるかもしれません」

「分かりました。ご案内します」

犯人の手がかりという言葉に反応したのか、真奈美は慌てて部屋の出口に小走りで向かっていく。真悟があとを追おうとすると、立ち上がった我那覇が肩を摑んだ。

「なんの真似だ。お前は大人しくここで待機していろ」

我那覇は佐和夫婦には聞こえないよう、小声で言う。

「俺はもう刑事じゃない。好きなようにさせてもらうさ。じゃなきゃ、協力を拒否するぞ。そうなったら困るだろ」

我那覇が言葉に詰まった隙に、真悟は肩に置かれた手を振り払い、真奈美に続いて廊下に出た。真奈美は「こちらです」と廊下を進んでいく。

「奥さん、少し娘さんのことについて伺ってよろしいですか？」

並んで歩きながら、真悟は話しかける。真奈美はか細い声で「……はい」と答えた。

「最後に娘さんと会われたのはいつになりますか？」

「昨日の夕方、午後五時頃だと思います。そのとき、家を出る奈々子と話をしました」

「ということは、昨夜、娘さんは家に帰らなかったんですか？」

「はい。ちょうど今日が創立記念日で、あの子の通っている高校がお休みなんです。あの子、友達の家に泊まって、一緒に試験の勉強をすると言っていました。だから、てっきりその子の家にいるものだと。私がちゃんと確認しておけば……」

真奈美は口元を手で押さえると、正面玄関の脇にある階段を上がっていった。

「ご自分を責めないでください。奥さんにはなんの責任もありませんよ」

慰めの言葉をかけながら、真悟は頭の中で状況をまとめていく。いまの話を聞くと、佐和奈々子が誘拐されたのは昨日の午後五時から今朝までの間ということになる。

二階へと上がった真奈美は、廊下の右手にある扉を開けた。

「ここが奈々子の部屋になります。どうぞご覧ください」

「ありがとうございます。少し一人で調べさせていただいてもよろしいでしょうか？」

頷いて階下へと降りていく真奈美を見送った真悟は、扉を閉めて部屋の中を見回す。

なかなか広い部屋だった。ゆうに十畳はあるだろう。本棚には少女マンガが目立ち、壁には大きなポスターがいくつも貼ってある。勉強机には友人らしき数人の少女と写った写真が写真立てに入れて飾られていた。

真悟はポスターに近づく。極彩色の模様の中に、ギターやマイクを手にした人物のシルエットが浮かび上がっている。ポスターの中心に、斜めに〝ユメキス〟と殴り書きされていた。これがバンド名だろうか。そのとき、扉が開いて楓が顔を覗かせた。

「なにをしているんですか？」

「言っただろ。犯人に繋がるような証拠がないか調べているんだよ。なにか用か？」

「我那覇さんに呼び戻してくるよう言われました。正午前にマル被から入電がある可能性もあるからって」

「指定時間より前に入電があったら、今回の犯人はゲームマスターじゃない。あいつは異常なほど時間にこだわった。ホシがゲームマスターじゃないなら、俺は必要ない」

「真悟さん……。まだゲームマスターに囚《とら》われているんですね」

楓が哀《かな》しげにつぶやく。『真悟さん』、ひさしぶりにそう呼ばれた瞬間、軽く心臓が跳ねた。一瞬、細く引き締まった裸身が頭をよぎり、真悟は軽く頭を振る。

楓と男女の関係になったのは、あの事件が起こる半年ほど前からだった。五年前、楓が特殊班に配属され、主任だった真悟は指導係に指名された。特殊班の基礎を厳しく、そしてときには優しく教えこむうちに、妻と家庭内別居の状態になっていた真悟と、その頃、長年付き合っていた恋人と別れたばかりだった楓との距離は近づいていった。

自分たちの関係が外に漏れないように、二人は細心の注意を払いながら逢瀬《おうせ》を重ねた。

優衣が成人する頃には妻と別れ、楓と新しい家庭を作る。真悟はそんな身勝手な未来を漠然と想像していた。あの事件が起こるまでは。

四年前、楓は打ちのめされた真悟の支えになろうとしてくれた。しかし、真悟は楓を拒絶してしまった。少女を救うことができなかった自分を赦《ゆる》せなかった。

やがて二人の間には距離が開いていき、三年前、桃井一太が命を絶ったのを機に、ほとんど連絡を取らなくなった。

「この三年、なにをしていたんですか?」楓のつぶやきが、部屋の空気を揺らす。

「生きていたさ、……ただ生きていた」

真悟は自虐的に答える。それ以外に、この三年間を表現する方法が見つからなかった。ただ惰性で生きていた。だからこそ、一年ほど前に〝あのこと〟が分かったとき、絶望や恐怖より先に、安堵《あんど》すら感じてしまった。

「楓はどうしていた?」

「相変わらず、訓練漬けの毎日でした。立て籠もり七件、企業恐喝を四件、誘拐を二件経験しました。全部、うまく解決できました。あと……恋人ができました」

「そうか。よかったな」

真悟は少し引きつった笑みを浮かべて頷く。そんな資格はないというのに、一瞬動揺してしまった自分が恥ずかしかった。

「今回のホシ、本当にゲームマスターだと思うか？」

真悟は表情を引き締める。楓の顔からも笑みが消えた。

「分かりません。最初は模倣犯だと思いました。けれど、ホシは四年前に私が被害者宅にいたことを知っていたうえ、真悟さんを指名してきました」

四年前の事件のとき、ゲームマスターは被害者宅にいる刑事全員の氏名を教えるように要求してきた。その際、偽名を使うと人質に危険が及ぶかもしれないという指揮本部の指示で、真悟と楓を含む刑事たちは本名を名乗っていた。

「それだけでゲームマスターだとは断言できないだろ。たしかに特殊班がかかわった事件は厳重に情報管理される。けどな、いまはインターネットであらゆる情報がやりとりされている時代だ。どこから情報が漏れるか分からない。あと、あの事件にかかわった捜査員なら、そのことを知っていても不思議じゃない」

「四年前の捜査関係者が、今回の事件を起こしたっていうんですか!?」

「あくまで可能性の問題だ。あらゆる可能性を検討する必要があるんだよ」

「……この部屋に来たのも、その〝可能性〟を検討するためですか？」

「そうだ。このヤマ、狂言誘拐ってことはないか？」

「ガイシャは女子高生ですよ」楓は眉をひそめる。

「高校生なんてもう大人みたいなもんだ。色々と知識をつけてきているが、分別はまだ十分じゃない。家出ついでに親から金を奪おうと考えても、べつに不思議じゃないだろ」

「いくらなんでも……」

「だから、可能性を検討しているだけだよ。もちろん、ホシが本物のゲームマスターである可能性も含めてな」

「だとすると、桃井一太はゲームマスターではなかったことになりますね」

陰鬱な声で楓はつぶやく。桃井一太は、荒川区に住んでいた二十二歳の無職の男だった。子供の頃から刑事ドラマの大ファンで、刑事にあこがれ、高校卒業後に警視庁の採用試験を受けるが、採用されることはなかった。それでも夢を諦められず、翌年以降も各都道府県警察の採用試験を片っ端から受けるものの、ことごとく不採用となる。

夢に破れた桃井一太は、親が所有するアパートの一室に籠もり、インターネットの掲示板などに警察に対する逆恨みを書き連ねる生活を送りはじめた。しかし、ついにはそれだけでは満足できなくなり、有り余る時間を使って綿密な誘拐計画を立て、警察への復讐《ふくしゅう》を実行に移した。親が所有するバンを使って、塾帰りにアパートの近くを歩いていた女子中学生を誘拐し、必死に人質を助けようとする警視庁を翻弄し嘲笑《あざわら》ったすえ、人質を殺害して荒川の河川敷に遺棄したのだ。

それがこれまで考えられてきた事件の全容だった。しかしいま、桃井一太がスケープゴートだったという可能性がにわかに浮上してきている。部屋に重い沈黙が降りた。

「……そろそろ行きましょう」楓が小さな声で言う。「正午まであと十五分です」

「ああ、そうだな」

真悟は楓と連れだって部屋を出る。

俺はゲームマスターに生きていてほしいのだろうか？　今回のヤマがゲームマスターによるものであってほしいのだろうか？

真悟の疑問に答えてくれる者は誰もいなかった。


壁時計の短針と長針が頂点で重なると同時に、電子音が空気を震わせた。正午の着信。間違いなく犯人からの連絡だ。ローテーブルの前に座った真奈美は受話器に手を伸ばしながら、落ちつきなく周囲に視線を送る。

「大丈夫です。打ち合わせどおりにやってください」

ヘッドホンを片耳に当てた楓が言う。真奈美は不安げに頷くと、受話器を取った。

「もしもし、佐和です」

『やあ奥さん。元気かな？』

ボイスチェンジャーによって変換された甲高い声が、真悟が耳に当てているヘッドホンに流れてくる。四年前の記憶が蘇り、真悟は奥歯を食いしばった。

事件の一報を受けてから三時間近くが経ち、捜査態勢はすでに整っている。通話は録音されるだけでなく、高輪署の講堂に設置された指揮本部、そして警視庁本部庁舎六階の刑事総務課内に設置された対策本部にも無線で流されていた。またNTTの支店には、特殊班の捜査員とNTTの技術者が待機して、逆探知の準備も整えている。

「お金は用意できました。だから奈々子を返してください！」

『奥さん、そんなに焦らないでよ。こんなに早く身代金を用意したのは褒《ほ》めてあげるよ。さすがは社長さんだね。けれど、僕が要求したのはそれだけじゃないでしょ？』

犯人の言葉を聞いて、真奈美の視線がゆっくりと真悟に移動した。

『上原真悟は呼んだのか！　あの男がそこにいなけりゃ、娘をぶっ殺すぞ！』

唐突に犯人が怒鳴った。声量にボイスチェンジャーがハウリングをして声が割れる。

「呼んでいます！　呼んでいますから奈々子に手は出さないで！」真奈美が叫んだ。

『ああ、それならいいんだ。驚かせてごめんね』犯人は一変して猫なで声で言う。

似ている。ヘッドホンから響く声を聞いて、真悟は顎を引いた。

ボイスチェンジャーを通しているので、声が似ているのは当然だ。しかしそれだけではなく、電話の向こう側から漂ってくる雰囲気が、四年前の犯人と酷似していた。

あのときもゲームマスターは、意図的なのかそれとも素なのかは不明だが、突然激高したり、そうかと思ったら急に上機嫌になったりと情緒不安定な様子を見せた。

『上原さん、聞いているんでしょ。僕とお話ししてよ。そうじゃなきゃ、奈々子ちゃんの可愛《かわい》い顔に傷をつけちゃうよ』

犯人は歌うように言う。息を乱したまま、真奈美が受話器を真悟に差し出してきた。

真悟は一瞬躊躇《ちゅうちょ》したあと、それを手に取ると「もしもし……」とかすれ声で言う。

『やあ、上原さん、久しぶり。君とまた話せて嬉しいよ』

「ゲームマスターか？」

『そうだよ。声に聞き覚えない？　って機械を通した声だから、分かるわけがないか』

「……生きていたのか？」

『あれ？　上原さんまで僕が桃井一太だと思っていたわけ？　あの男はたんなる駒だよ。ゲームを成り立たせるための捨て駒。警察への恨みを晴らさせてやるって言ったら、なんでも協力してくれたよ。たしかにあの男は女の子を誘拐して、監禁して、遺体を河川敷に捨てた。けど、それだけさ。あのゲームを仕切っていたのは全部僕だ。もちろん、あのかわいそうな女の子の喉を切り裂いたのもね』

大きく切り裂かれた少女の首元がフラッシュバックし、真悟は口元に手をやる。

『どうしたの、上原さん。黙りこんじゃってさ。おーい、聞いているかい？』

「ああ、聞いている。……なんで俺を呼んだんだ？」

『また君と遊びたいからに決まっているじゃないか。君とのゲームは本当に楽しかった。だから、君のことを徹底的に調べた。その証拠を見せてあげるよ』

唐突に回線が切れた。真悟は大きく目を見開く。

「おい、どうしたんだ？　おい！」

必死に話しかけるが、受話器からはピーピーと電子音が聞こえてくるだけだった。

「なんで回線が切れた⁉」ヘッドホンを耳に当てたまま我那覇がだみ声を上げる。

「俺にも分からない！」

「分からないで済むか！　証拠っていうのはいったいなんなんだ？」

我那覇は顔を紅潮させながら、ヘッドホンをテーブルに叩きつけた。

「俺の方が聞きたいくらいだ。なにがなんだか……」

そこまで言ったとき、右の腰に振動を感じた。真悟はゆっくりと、ポケットからスマートフォンを取り出す。液晶画面には、『非通知』と表示されていた。

真悟は『通話』のアイコンに触れると、顔の横にスマートフォンを持ってくる。

『サプラーイズ！』甲高い声が鼓膜を揺らす。

「ゲーム……マスター……？」

真悟が震える声でその名を口にすると、楓、我那覇、若林が目を大きく見開いた。

『そうだよ。僕だよ。驚いたかな？』

「なんで、俺の番号を……？」

『徹底的に調べたって言ったでしょ。上原さんが刑事を辞めたことも、離婚したことも、いまは警備員をしていることも知っているよ。あと、君が隠していることもね』

真悟は立ちくらみをおぼえる。これが現実に起こっていることなのか、それともゲームマスターに囚われ続けた自分が見ている夢なのか、分からなくなりつつあった。

『ところで、さっき僕のことをゲームマスターって呼んでくれたね。僕が本物のゲームマスターだって信じてくれたのかな？』

「それは……」真悟が言いよどむと、電話から独り言のようなつぶやきが聞こえてきた。

『ミッション・インコンプリート』

「いま……、なんて……？」全身の毛が逆立った気がした。

『四年前、僕が最後に言った言葉だよ。覚えているかい？』

忘れられるわけがなかった。この四年間、何度もそのセリフが耳に蘇り、うなされてきたのだから。ゲームマスターが最後にその言葉を放ったことを、真悟は報告書にも書かなかったし、誰にも言ったことがなかった。あのやりとりを知っているのは、自分ともう一人だけのはず……。真悟は確信する。電話の相手がゲームマスター、四年前警察を翻弄し、嘲笑い、そしていたいけな少女の喉を切り裂いた殺人者であることを。

『ようやく僕がゲームマスターだって信じてくれたみたいだね。それじゃあ、そろそろルール説明といこう。そこにいる他の刑事さんたちにも聞かせたいから、よかったらスピーカーモードにしてくれるかな』

真悟は硬い表情で指示どおりにすると、「やったぞ」とつぶやく。

『ありがとう、上原さん。それじゃあ最初の指示だよ。十四時までに池袋《いけぶくろ》のジュンク堂書店本店に、身代金をリュックに入れて上原さんが持ってきて。十四時になったらあらためてこの番号に指示を入れる。もし指示に従わないなら、残念だけど人質は殺させてもらうよ。それじゃあ、ミッション・スタート』
陽気な声がリビングの空気をいびつに震わせた。

4

「まだ行かないんですか!?」佐和真奈美の金切り声がリビングに響いた。

ソファーに腰掛けた真悟は両腕を組んだまま、ちらりと腕時計に視線を落とす。時刻は十二時三十五分、ゲームマスターからの最初の指示を受けてから、三十分ほど経っている。すでに身代金は紙幣番号が控えられ、さらに目印としてブラックライトで発光するアントラセンを塗られたうえでリュックに収まっている。いつでも指定した場所に行ける状態だ。しかし、真悟はまだ白金の佐和邸で待機していた。

「大丈夫ですよ。池袋ならここから三十分ぐらいで行けます。いまは犯人が現れたらすぐに逮捕できるように、準備を整えているんです」

楓が諭すような口調で言うが、真奈美は首を激しく左右に振る。

「もし途中でなにかあったらどうするんですか？　早く出てください！　早く」

「うるさい！　騒ぐな！」真奈美の隣に座る好継が怒声を上げる。「お前が奈々子を甘やかすからこんなことになったんだろ！　俺が出張だからってあいつを……」

「いまさらそんなこと言わないで！」

真奈美は両手で耳を塞ぐ。好継は大きく舌打ちすると、頭をがりがりと掻いた。

重苦しい部屋の空気を吸いながら、真悟は無線機に視線を注ぐ。真奈美の言うとおり、途中でどんなトラブルがあるかも分からない。早めに移動した方がいいに決まっている。しかし、いまだに指揮本部から、池袋へ向かえという指示はなかった。

指揮本部からの連絡が途絶えているわけではなかった。犯人確保のための態勢を整えつつあることや、先ほど脅迫電話の逆探知に成功したことなどの連絡はあった。

脅迫電話を中継したのは新宿の中心街に近い基地局で、そこから犯人の居場所を突き止めるのは困難だということだった。犯人の電話番号も特定できているが、そこから情報が割れる可能性も低いだろう。きっと犯人は他人名義のプリペイド携帯を使っている。

「まだ指示はないのか？」真悟は警察無線の前に陣取る我那覇に近づき、小声で話しかけた。

「待機してろってよ」

真悟は胸に「そうか……」と手を当てる。落ちつこうとするのだが、胸の奥に焦燥がわだかまっていた。指揮本部からの指示があまりにも遅すぎる。

「上原。本気で身代金を運ぶつもりじゃねえよな」我那覇が低い声で言う。「もう刑事でも何でもねえお前に、そんな重要任務を任せられるわけがねえだろ」

きっと、指揮本部もそれで揉《も》めているんだろうな。真悟はこめかみを掻いた。

「お前が運ぶぐらいなら、代わりに俺がやってやる」

黙っている真悟に苛ついたのか、我那覇は真悟の肩に手を置き、睨みつけてきた。真悟はその手を摑むと、皮肉っぽく唇を歪める。

「その体で走れるのか？　膝は大丈夫なのかよ？」

中高と柔道部に所属し、インターハイに出場経験まである我那覇は、その九十キロを超える体重と長年の猛稽古のせいで膝に爆弾を抱えている。それに対して真悟は高校時代は中距離の陸上選手として活躍した。

言葉に詰まった我那覇は、大きく舌を打ち鳴らすと、再び無線機の前で胡坐をかいた。

まあ俺も、いまはそれほど走れないだろうけどな。真悟は内心でつぶやく。

四年前の事件の際、ゲームマスターは刑事が走って身代金を運ぶようにと指示をしてきた。そのため、最も長距離を走る能力の高かった真悟が運搬係に指名されたのだ。そしてゲームマスターは品川《しながわ》、秋葉原《あきはばら》、上野《うえの》、高田馬場《たかだのばば》、新宿、そして銀座《ぎんざ》と、制限時間を設けて次々に受け渡し場所を変更していった。

犯人が目的地周辺で監視していて、車などを使用すると気づかれてしまうかもしれないため、真悟は自らの足で東京中を移動し続けなくてはならなかった。

けれど、今回ゲームマスターは移動手段について指示を出さなかった。もしかしたら、すでに俺が長時間走ることのできる体ではないと知っているのかもしれない。

「上原さん、大丈夫ですか？」我那覇と入れ替わるように、楓が近づいてきた。

「ああ、大丈夫だ」真悟は小さく頷く。

「本当に犯人はゲームマスターだと思いますか？」楓は声をひそめる。

「たぶんな。俺とあいつしか知らないはずのことを口にしていたんだから」

真悟は指揮本部にもそのことを報告していた。

「上原さん、また運ぶ気ですか？」

楓の顔に暗い影が差す。真悟はやや強引に顔の筋肉を動かして、笑みを浮かべた。

「あいつのご指名だからな。まあ、指揮本部が許可しないと動けないけどな」

「……連絡、遅いですね」楓は無線でやりとりをしている若林に視線を向ける。

「なあ、いまは誰が特殊班の担当管理官をしている？」

「管理官ですか？　近衛《このえ》警視です」

「……近衛さんか。なら大丈夫だ」

真悟は口角を上げる。近衛は四年前の事件の際、特殊班の係長を務めていた男だった。現場叩き上げの刑事で特殊班歴は長く、真悟とも親しかった。

警視庁捜査一課は三十二の係によって構成され、トップである捜査一課長、参謀役である二人の理事官、そして十六人の管理官がそれらを統括している。

誘拐や立て籠もり事件に対応する第一特殊犯捜査の二班は、一人の管理官が指揮していた。今回のような営利誘拐事件では、その特殊班担当管理官は指揮本部に詰め、犯人捕捉という最も重要な任務の責任者として幹部たちを補佐する。

「近衛さんがいるなら、俺はあいつを追える」

真悟は顎を引くと、壁時計に視線を送った。

いったい何をぐずぐずやっているんだ。部屋の中央、いくつものスチール机を組み合わせて作られたオペレーションデスクの前で、近衛司《つかさ》は小さく舌打ちした。

高輪署の講堂に作られた指揮本部、その上座にはひな壇が作られている。そこでは、刑事部長、捜査一課長、捜査一課参事官、鑑識課長などの、捜査員たちから暗に〝幕僚〟と呼ばれている警視庁刑事部の幹部たちが顔をそろえ、なにやら相談をしていた。

あんたらが決断しないと、俺たちは動けないんだよ。犯人捕捉班への指示を無線担当捜査員に告げながら、近衛は横目で幕僚たちに湿った視線を投げかけ続ける。

身代金目的の誘拐事件は、他の凶悪犯罪と比べても桁違《けたちが》いの警察官が動員される。千人態勢など当然で、場合によっては三千人近い警察官が、人質救出と犯人逮捕のために投入されることになる。そして、その大量の警察官をどのように動かすか決定するのが、ひな壇にいる幕僚たちの仕事だった。

「捕捉班、池袋に到着、ジュンク堂に向かっています」

「了解。到着し次第、各階に展開、怪しい人物がいないか監視させろ」

入ってきた報告に指示を返しながら、近衛は首元を拭う。手の甲にべっとりと、粘着質な汗がこびりついた。空調を最大出力で使ってはいるが、百人をゆうに超える人数が詰めこまれた講堂内の不快指数は極めて高い。

誘拐事件においての捜査員たちの任務は、犯人捕捉・犯人追跡・被害者対策・犯人割り出し・逆探知・現場下見・必要機材に分けられ、各任務に捜査一課の管理官が責任者として割り当てられることが多い。中でも、被害者対策・逆探知・犯人捕捉の任務は特に重要とされ、誘拐事件の訓練を積んでいる特殊班の刑事たちが中心になって当たる。当然、彼らを統括する管理官も、誘拐事件の経験が豊富な者が担当する。

管理官になる前から、長年特殊班の刑事として誘拐事件の経験を積んできた近衛は、今回は犯人捕捉の責任者となっていた。

自分たちのように誘拐事件の経験がある管理官なら、幕僚の指示を受けなくてもある程度はやるべきことを行える。事実、逆探知の責任者である管理官は、犯人からの電話の逆探知を終え、さらに上原の携帯電話に対する逆探知の準備も整えていた。しかし、経験の浅い管理官たちはそうはいかない。

「まだ待機だ。方針が……」「少し待ってくれ……」「豊島《としま》区までは移動しても……」

数人の管理官の上ずった声が、近衛の耳に入ってくる。人事や管理部門から捜査一課に回ってきた、現場経験の少ない管理官たちがパニックになりかけているのだ。

犯人捕捉の責任者である近衛は、特殊班の刑事を中心に組織された犯人捕捉班をジュンク堂書店池袋本店に向かわせ、池袋周辺にもう一班を待機させるように指示も出している。さらに、〝トカゲ〟と呼ばれるオートバイ部隊も池袋に展開させていた。

トカゲの一部はすでに店に到着し、店内にかなりの客がいて捜査員を潜りこませるのは容易だと状況を伝えてきている。犯人を捕捉するための人員の配置は着々と進んでいる。しかし、最も重要な指示を捜査員たちに伝えられず、近衛は苛立っていた。犯人らしき人物が見つかった場合、その人物に職質をかけるのか、それとも尾行するのか。犯人が単独犯の場合は当然職務質問をし、必要なら逮捕するが、複数犯が疑われる場合は尾行してアジトを突き止めなくてはならない。その重要な決断には、幕僚たちの判断を仰ぐ必要があった。しかし、犯人の指示から三十分近く経っているというのに、幕僚たちは険しい表情で話しこむだけで、決断を下していなかった。

方針が決まらない理由には見当がつく。まず最初に決めなくてはならないことで意見が割れているのだろう。近衛は大きく息を吐くと、大股でひな壇に近づいていく。

「だが、もう警官じゃない。失敗したときは誰が責任を……」

「上原はもともと優秀な特殊班刑事で……」

「四年前の失敗は、あの男のせいでも……」

ひな壇に近づくにつれて幕僚たちの声が耳に入ってくる。近衛は口の中で小さく舌を鳴らした。予想どおりだ。身代金の運搬を上原に任せるかどうかで揉めているのだ。

「どうした、近衛？」近衛に気づいた参事官の一人が声をかけてきた。

「捕捉班の配置、間もなく完了します」近衛は覇気の籠もった声で報告をする。

「分かった。捕捉班は待機させておけ。もうすぐ指示を出す」

「いつですか？」

間髪をいれず、近衛は鋭い声で言う。参事官は「いつ？」と訝《いぶか》しげに目を細めた。

「捜査方針が決まらないため、現場が混乱しかけています。すでにホシの最後の入電から三十分以上経っています。いつ指示は出るんですか？」

「うるさい！　もうすぐだから邪魔をするな！」

眼鏡《めがね》をかけたもう一人の参事官、角田《かくた》がヒステリックに声を上げる。

「もうすぐなんて曖昧な答えじゃ困るんですよ！」

近衛は鋭い声を返す。角田は細い唇を歪めて言葉を失った。他の幕僚たちも目を大きくして近衛を見る。その隙を逃すことなく、近衛は言葉を続けた。

「上原真悟に身代金を運ばせてください！」

「その男はもう警官じゃない！　そんな奴《やつ》に任せて、なにかあったらどう責任を……」

角田が上ずった声で言うが、近衛の鋭い視線を浴びてその声は尻すぼみになる。

「責任うんぬんなんて話は、事件が終わったあとで考えてくださいよ。まずはガイシャの女子高生を助けるのが最優先だ。違いますか？」

「……その上原真悟という男に身代金を運ばせるのが、最善の策だというのか？」

実質的にこの捜査を仕切っている捜査一課長の城之内《じょうのうち》が、腹の底に響く声で訊ねる。

かつて警視庁捜査一課の刑事として様々な事件を解決に導き、去年捜査一課長に就任した男からのプレッシャーに気圧《けお》されながらも、近衛は頷いた。

「私は特殊班で五年近く上原と働きました。あの男はとても優秀でした。ブランクはありますが、十分に今回の任務をこなせるはずです。それに誘拐事件においては、ホシの要求を拒否しないことが基本です。今回のホシが本当に四年前のゲームマスターなのかは分かりませんが、上原にこだわっていることは間違いありません。もし上原に身代金を運ばせなければ、ガイシャの身に危険が及ぶかもしれません」

話し終えた近衛は、緊張しながら城之内の言葉を待つ。険しい表情で数十秒沈黙したのち、城之内は口を開いた。

「身代金の搬送は上原真悟に任せます。それでいいですね？」

捜査一課長の言葉に、幕僚たちが頷いていく。渋々ながら角田もそれに倣った。

「上原真悟にすぐに池袋に向かうように伝えろ。その他の指示は適宜出していく」

立ち上がった捜査一課長の声が講堂に響き渡った。

「上原、本部からの命令だ。池袋に向かえ」

指揮本部からの無線を受けた我那覇の声を聞いて、真悟はソファーから立ち上がった。

「俺が身代金を運ぶんだな」

「ああ、そうだよ」我那覇は虫でも追い払うように手を振る。

「行けるんですか？　もう行ってもいいんですか!?」

真奈美が甲高い声を上げた。隣に座る夫の好継も、五千万円が入ったリュックサックを片手に椅子から腰を浮かす。

「はい、いまから池袋に向かいます。身代金をお預かりしてよろしいでしょうか?」

真悟が近づくと、好継はリュックサックをゆっくりと差し出した。真悟の手がリュックに触れると、好継はぐいっと顔を近づけてくる。

「ぜひこの金を犯人に渡してください! この金はもうなくなったものだと思っています。奈々子さえ無事に戻ってくるなら、こんな金、少しも惜しくはありません!」

すがりつくような眼差しで、好継は声を震わせた。

犯人に金を渡したからといって、人質が返ってくるとは限らない。そのことを知りつつも、真悟は「全力を尽くさせていただきます」と頭を下げた。

「タクシーがすぐに裏口に着く。指揮本部とは無線で逐次、連絡を取れ」

そう言ったあと、我那覇は真悟の耳元に口を近づけ囁く。

「今度はしくじるなよ。絶対にあの夫婦の娘を助けてやるんだぞ」

「分かってる」

「タクシー、来ました」窓から外を見ていた楓が言った。

佐和夫婦に向き直り会釈をして部屋を出た真悟は、リュックサックを背負い、肩紐《かたひも》の長さを調整する。

背後から「上原さん」と声をかけられ振り返る。見ると楓が部屋から出てきていた。

「どうした？」

「出口まで送ります」

楓は真悟に並んで歩きだした。真悟は横目で楓を見る。髪型こそ変わったものの、その整った横顔は記憶の中にある姿、そのままだった。こうして並んで歩いていると、二人で過ごした思い出が次々と頭をよぎる。

「……怖くないんですか？」楓は正面を向いたままつぶやいた。

「怖い？」

「ゲームマスターかもしれない犯人とまた対峙《たいじ》するんです。怖くないんですか？」

楓は一度言葉を切ると、表情をこわばらせて真悟を見た。

「私は怖いです。また四年前のようなことになるんじゃないか。そして、また真悟さんがゲームマスターにいいようにやられて、人質を殺されるんじゃないか。ゲームマスターが……」

「……怖いよ」真悟は答えると、自らの胸に片手を置く。「たしかに怖いけどな、この辺りが熱くなっているんだよ」

「熱くなっている？」

「ああ、もし今回の犯人が本当にゲームマスターだとしたら、あいつは油断しているはずだ。そうじゃなきゃ、せっかく四年前の事件で逃げおおせたのに、またこんなことをしようとはしない。これはあいつを逮捕する最大のチャンスなんだ」

胸に灯《とも》っている炎が大きくなるのを感じながら、真悟は喋《しゃべ》り続ける。

「今度こそ、ゲームマスターから人質を救い出す。そしてあいつの正体を暴いてやる」

真悟は両手を握りこむと、楓の瞳を見つめた。二人の視線が複雑に絡み合う。

「だから楓、協力してくれ。俺が今度こそゲームマスターに勝てるように」

楓は無言のまま真悟を見つめたあと、哀しげに微笑むと、少し崩した敬礼をした。

「承知いたしました。加山楓、微力ながら協力させていただきます」

微笑み返した真悟は勝手口の扉を開く。冷たい風が吹きこんできた。

「行ってくる！」

真悟は大きく一歩、足を踏み出した。

5

カーテンの隙間から外を覗きながら、真悟は顎を撫でる。三日ほど剃《そ》っていないひげが、やすりのような感触を手に残した。

「早く尻尾《しっぽ》を出せよ」

口から零れた独り言が、闇がたゆたっている六畳一間の和室に響く。畳の上に寝袋と数本のペットボトル、そして中身のない菓子パンの包みが散乱しているだけで、部屋には家具も置かれていなかった。この部屋を借りてから二週間、真悟はこうして窓のそばで、道を挟んで対面にある木造二階建てのアパートを監視し続けていた。

もうすぐだ。もうすぐ、地獄のような一年の苦労が報われる。真悟は唇を舐める。

身代金の受け渡しに失敗し、その結果、人質の女子中学生が無残な姿で発見されてからすぐに、真悟は警視庁を辞職した。楓や係長の近衛を含め、多くの仲間から考え直すように言われたが、真悟の決心は微塵《みじん》も揺らぐことがなかった。

誘拐や立て籠もりなどの現在進行形の事件の対応に特化した特殊班は、すでに起きてしまった犯罪の捜査は行わない。高輪台女子中学生誘拐殺人事件についても、少女の遺体が荒川の河川敷で発見された時点で、特殊班は捜査から外れることになった。

真悟はそのことに耐えられなかった。どうにか犯人を追い、自らの手でゲームマスターを捕まえる。そうしなければ、自分が自分でなくなってしまうような気がしていた。

この一年、ただひたすらにゲームマスターを追い続けた。新宿署の刑事時代のツテをしらみつぶしに当たり、退職金を惜しみなく使って情報を集め続けた。

なにかに取り憑かれたかのようにゲームマスターを追う真悟を、周囲の人々は心配し気遣った。しかし、彼らの声が真悟の耳に届くことはなかった。すでに家庭内別居の状態であった妻は、諦めたのかなにも言わなくなり、一人娘との関係もどこかぎくしゃくしてきた。同僚たちも退職後二ヶ月も経つと、ほとんど連絡してこなくなった。

ただ、楓からの連絡だけは途切れることはなかった。自分のことを心配してくれての連絡、しかしいまの真悟には、それさえも煩わしく感じられた。

半年ほど前、真悟は楓を歌舞伎町《かぶきちょう》にあるバーに呼び出した。そこは、真悟と楓が初めて二人だけで飲んだ場所だった。不安、同情、そしてかすかな期待がブレンドした表情で現れた楓と、ほとんど言葉を交わすことなくお互いにカクテルを一杯飲んだあと、真悟ははっきりと言った。「迷惑だから、もう連絡をしてこないでくれ」と。

楓に酷《ひど》いことをしたという自覚はある。あの日、「……分かりました」と答えてバーを出ていく楓の、一回り小さくなったような後ろ姿を見て、強い罪悪感に襲われた。けれど、彼女を呼び止めることはできなかった。

すべてはゲームマスターの正体を暴き、無残に殺された被害者の無念を晴らすためだ。真悟は自らに言いきかせる。しかし、心の隅では分かっていた。それが本当の理由ではないと。自分のせいで、何の罪もない少女が命を落とした。その事実から俺は逃げたかっただけなんだろう。無我夢中で犯人を追うことで、目を背けていただけなんだろう。

「……俺は卑怯者《ひきょうもの》だ」

独りごつと、窓の外に意識を集中させる。向かい側のアパートの一階、そこに住む桃井一太という男こそ、ゲームマスターだ。真悟は確信していた。

情報屋の一人が、五十万円という大金と引き換えに情報を提供してくれた。事件の一ヶ月ほど前、プリペイド携帯電話を二十個ほどまとめ買いした男がいると。

登録者から身元をたどれない携帯電話は、薬物の売人や振りこめ詐欺グループなどにより定期的に購入されることが多い。しかし、その男との取引は一回のみで、しかも犯罪グループに所属しているチンピラとは明らかに異なる雰囲気だったらしい。

「聞いた話、ぱっと見は単なる小太りのオタクって感じなんすけど、目つきがまともじゃなかったらしいんすよ」

情報屋はそう言っていた。電話を売った男は、うまくすれば後々恐喝でもできるかもしれないと思い、その男を尾行し、身元を調べたらしい。その男こそ桃井一太だった。

二ヶ月ほど前にその情報を得てから、真悟は桃井一太について調べ尽くした。

桃井一太が何度も警察の採用試験に落ちて警察を恨みつつ、アパートで引き籠もりのような生活をしていること。実家のバンを自由に使えること。事件後にやけに明るくなり外出が多くなったことなどを知るにつれ、真悟は確信していった。

桃井一太こそ、ゲームマスターであると。

あとは決定的な証拠を摑むだけだ。そのためにこの部屋を借り、監視をはじめた。

「早く尻尾を出せ」

真悟は再びつぶやく。あまり時間はなかった。一週間ほど前から、この付近で殺人班の刑事の姿を目撃するようになっていた。きっと、捜査本部も桃井一太を疑いはじめているのだろう。もう少し時間が経ち、さらに疑惑が濃くなれば、捜査本部は家宅捜索に踏み切るかもしれない。そうなれば、もはや俺の出る幕はなくなる。きっとあの部屋やバンから何らかの証拠が見つかり、桃井一太は逮捕される。

その前にどうにか奴こそゲームマスターであるという証拠をみつけ、自らの手で事件のピリオドを打たなければ。そうでないと、死ぬまで俺は呪縛から逃れられない。

真悟は軽く床から腰を浮かす。アパートの隣の家から、肉付きのいい中年の女が、ラップをかけた皿を持って出てきた。桃井一太の母親だった。夜十一時頃に、毎晩こうして息子に夜食を持っていっているのだ。

母親は桃井一太の部屋の前まで来ると、いつものようにインターホンを押した。真悟は目を凝らして、桃井一太が出てくるのを待つ。しかし、扉が開くことはなかった。

母親は扉の前で何度かインターホンを押す。しかし、やはり扉は閉まったままだった。落ちつきなく辺りを見回したあと、母親は羽織っているコートのポケットから鍵の束を取り出し、そのうちの一本で鍵を開けて室内に入っていった。

なにかあったのだろうか？　真悟は母親が入っていった扉を眺め続ける。十分、二十分と時間が経ってもなにも動きはなかった。外を眺め続けていた真悟は、はっと視線を上げる。遠くからサイレン音が聞こえてきた。音は次第に大きくなっていき、そしてアパートの前にパトカー、そして少し遅れて救急車が停まった。

パトカーは二台、三台と増えていく。制服警官たちが、桃井一太の部屋に入っていった。周囲にやじ馬が集まりはじめる。なにかが起こった。慌てて立ち上がった真悟は、床に投げ出していたコートを羽織って部屋を出た。桃井一太のアパートの前まで行くと、すでに規制線が引かれ、その前にやじ馬が人垣を作っていた。

真悟は両手で人を掻き分けて進み、規制線の前まで移動する。

「なにがあったんだ⁉」

制服警官に向かって真悟は叫ぶ。しかし、「下がってください」と言われただけだった。そのとき、桃井一太の部屋から、見知った男が出てきた。殺人班刑事の重野。真悟は「重野！」と声を張り上げる。制服警官となにやら言葉を交わしていた重野が振り向いた。訝しげに細められていた目が、次第に大きく見開かれていく。

大股に近づいてきた重野は、コートの襟を摑んで真悟を規制線の中に引っ張りこみ、やじ馬からは見えないブロック塀の陰まで連れていく。

「やっぱりてめえが絡んでやがったのか！」重野の怒声が腹に響いた。

「なんのことだ？　いったいなにが起きたんだ？」真悟は重野の手を振り払う。

「しらばっくれるんじゃねえ。どこから情報得ていたのか知らねえけどな、てめえ、桃井の周囲を嗅ぎまわっていただろ？」

図星を指され、真悟は口をつぐむ。重野は真悟の胸を平手で突いた。

「やっぱりそうか。慎重に捜査していたのに、お前のせいでぶち壊しだ！」

「だから、なにが起きたんだ⁉　お前らだって目星がついているんだろ、あの部屋に住む桃井一太がゲームマスターだって。ちゃんと逮捕できるんだろうな」

そのとき扉が開き、中から泣きながら奇声を上げている桃井一太の母親が、制服警官に支えられて出てきた。扉の奥に覗いた光景を見て、思考が凍りついた。

「逮捕？　もう無理だよ」重野が暗い声でつぶやく。

部屋の奥で振り子のように揺れる男の体を眺めながら、真悟は自分の中でなにかが崩れていく音を聞いた。

もうすぐだ。文庫本から視線を上げた真悟は、体に溜《た》まった緊張を吐息に溶かして吐き出す。十三時五十五分。あと五分でゲームの開始を知らせるゴングが鳴るはずだ。

池袋駅の東口にあるジュンク堂書店池袋本店。日本有数の規模を誇るその書店の三階で真悟は椅子に座っていた。この書店は、客が落ちついて本を選べるようにと各階にいくつかの椅子が用意されている。三十分ほど前から椅子に腰掛け、文庫本を片手に周囲をうかがっていたが、その間ずっと、頭の中では三年前の記憶が蘇っていた。

あの日以来、俺は抜け殻になってしまった。そんな俺を見て、優衣は必死に励ましてくれた。しかし、最愛の娘からの気遣いさえも鬱陶しく感じてしまうほど、空っぽになっていた。情けない父親の姿に愛想が尽きたのか、優衣から向けられる目が失望を湛《たた》えたものに変化していき、半年も経つと話しかけてくることもほとんどなくなった。そのタイミングで、妻が離婚を申しこんできた。

この三年間、なぜ自分が生きているか分からなかった。けれど、いまは分かる。今日のため、本物のゲームマスターと決着をつけるためだ。真悟は辺りの様子をうかがう。

目の前には文芸書の大きな書架がいくつも並び、左手には大きな平台に新刊書籍が平積みされている。背後にはエスカレーターがあって、多くの人が行き来していた。指揮本部からは、この階で時間まで待機するように指示を受けていた。

真悟は目だけ動かして、客たちに視線を向ける。背広姿の中年サラリーマン、学生らしき男、若いカップル、エコバッグを片手にミステリー小説を立ち読みする主婦、ここから見えるだけでも二十人以上の人々が本を見繕っている。しかし、そのうちの何人かは見知った顔だった。変装して待機している犯人捕捉班の捜査員たちだ。

犯人捕捉という重要な任務は、日夜専門の訓練を積んでいる特殊班が中心になって行われる。彼らは完全に本屋の客になりきり、周囲に溶けこんでいて、誰一人として真悟に視線を向けてはいない。しかし、視界の端で周囲の様子をうかがっているのだ。

文庫本を脇のテーブルに置いた真悟は、ストレッチするそぶりをしながら背中を反らし、エスカレーターの奥に見える階上に視線を向ける。この階の他にも、各フロアには捜査員が紛れこんでいて、怪しい動きをする人物がいないか監視し、犯人が現れた場合は確保や尾行できるように準備を整えている。さらに、池袋周辺にも別の犯人捕捉班、そしてトカゲと呼ばれるオートバイ部隊が待機しているはずだ。

犯人が一度姿を現せば、犯人捕捉班とトカゲを中心とした大量の警察官によって形作られる、巨大にして密な捜査網で確実に捕らえることができる。この大規模な捜査態勢こそが、身代金目的の誘拐事件がまず成功しない理由だった。

一度姿を現した犯人は、蜘蛛《くも》の巣のような巨大な捜査網によって搦《から》め捕られる。協力者に金を取りにいかせようとする誘拐犯もいるが、その際も逮捕されて主犯の素性を吐かされるか、尾行されてアジトを突き止められることになる。

身代金目的の誘拐など、成功する確率のほとんどない、割に合わない犯罪なのだ。

「あくまで身代金が目的ならな……」真悟は口の中で独り言を転がす。

誘拐事件で身代金を手に入れるという目的を果たすことはまず不可能だ。しかし、もし身代金が目的ではなかったら……。

四年前の事件で、ゲームマスターは最後まで姿を現すことはなかった。

今回の事件で、ゲームマスターは姿を現すのだろうか？　そもそも、ゲームマスターは身代金に興味を持っているのだろうか？

手の中から響いたジャズミュージックにより、真悟の思考は遮られる。スマートフォンの液晶画面には〝非通知〟の文字が光っていた。ゲームのはじまりだ。

「入電あり」　真悟はジャケットの襟元に隠したマイクに話しかける。

マイクに喋った音声は背中側に仕込んだ無線機を通じ、指揮本部に送られる。

『指揮本部、了解。出てください』

耳に仕込んだイヤホンから、通信担当捜査員の指示が聞こえてくる。真悟は緊張を息に溶かして吐き出しながら『通話』のアイコンに触れた。

『やあ、上原さん。指定の場所には着いたかい？』甲高い声が聞こえてくる。

「ああ、着いている。……ここで何をすればいい？」

真悟は襟を口元に近づけながら喋る。さすがに電話から聞こえてくる音声までは十分に拾えないだろうが、自分の声だけでもしっかり指揮本部に伝えなくては。

ＮＴＴドコモに依頼して、すでに真悟の携帯電話には逆探知の依頼がされている。この通話の逆探知も行われているはずだ。しかし、逆探知はできても通話内容の盗聴は行えない。憲法に規定されている通信の自由を侵すということで、このような場合でも許可されないのだ。通話の内容は、真悟の口から指揮本部に伝える必要があった。

『焦らないでよ。まずはルール説明、これから指示を出すよ。四年前のようにね』

くぐもった笑い声が鼓膜を揺らす。

『最後まで僕の指示をクリアーできたら、上原さんは一番欲しいものを手に入れる』

「人質を解放するっていうことだな？」

真悟は早口で確認するが、ゲームマスターは問いに答えることなく言葉を続けた。

『けど、もし上原さんが一度でも失敗したら、四年前と同じ結果になる。分かった？』

「……ああ、分かった」真悟は低い声で答える。

いかに理不尽なゲームであっても、こちらは拒否することなどできないのだ。

『それじゃあ、最初のゲームをはじめよう。制限時間はこの通話を切ってから五分だ』

「五分!?」

声が裏返る。四年前、ゲームマスターは同じように制限時間を区切り、所定の場所に向かうように指示してきた。しかし、それらの制限時間は少なくとも三十分以上あった。

『そんなに焦ることないって。上原さんなら五分もあれば十分に間に合うよ』

「今度はどこまで走らせようって言うんだ？」真悟は慌てて立ち上がる。

『その書店の中だよ』

「書店の中？」

『言ったでしょ、色々計画を練ったって。四年前みたいに、君を単純に走り回らせたりはしないよ。ちなみに上原さん、靴はどんなのを履いてるの？』

真悟は「靴？」と、自分の足元を見下ろす。年季の入ったナイキのランニングシューズが足を包んでいた。佐和家で待機している間に、四年前のように走らされることを想定して、自宅の靴箱からこの愛用のシューズを捜査員に取ってきてもらっていた。

「黒いランニングシューズだ。それがどうした？」

『ランニングシューズ、それはいいね。私の靴は走るのに適していないから、走ったら簡単に脱げちゃうかもしれないし、それ以前にバラバラに砕けちゃうかも。踊るにはいいんだけどね。子供たちに囲まれながら踊るには』

歌うような声が携帯電話から聞こえてきた。真悟の眉間にしわが寄る。

「何を……言っているんだ？」

『ヒントだよ上原さん。さて、それじゃあ最初のゲームに入ろう。……その本屋さんのなかから私を見つけ出して』

「お前を見つけ出す⁉」

『零時までに見つけてね。そうじゃないと、あなたはもう私が私だって分からなくなってしまうから』

「零時!? さっきは五分以内って言っただろ?」

『零時までが魔法の時間だからだよ。それじゃあ上原さん。五分後にまた。……ファーストミッション・スタート!』

「おい、待て! 待ってくれ!」

携帯電話に向かって真悟は必死に話しかける。しかし、すでに回線は切れていた。

『指揮本部より上原さん。状況の説明を』イヤホンから声が聞こえてくる。

「マル被からの最初の指示。五分以内にこの書店内にいる自分を見つけ出せとのこと。できないと、人質を殺すと」

『ジュンク堂書店内にマル被がいるということですか?』

通信担当捜査員の声が高くなる。その後ろから「ホシが店内に!?」「捕捉班、怪しい人物を探し出せ!」などの声がかすかに聞こえてきた。

「分からない! あいつはわけの分からないことを言っていたんだ。零時までに見つけないと自分は姿を変えるとか。それが魔法の時間だとか……」

『零時? 五分以内じゃないんですか!? それに魔法って?』

「ホシがそう言っていたんだ。俺にも分からない」真悟はマイクに怒鳴った。

『了解。そこで待機していてください』

通信担当捜査員は上ずった声で言う。その後ろからは、大きなざわめきが聞こえていた。ゲームマスターのわけの分からない指示、そして五分という極めて短い制限時間に、指揮本部が混乱状態に陥っているのだろう。

落ち着いて考えるんだ！　焦燥に胸を焼かれつつ、真悟は自分に言い聞かせる。

ゲームマスターは本当にこの店内にいるのだろうか？　いや、その可能性は低い。あいつが最初から、こんな大量の捜査員で溢《あふ》れかえっている場所にやってくるはずがない。

なら、『私を探して』というのはどういう意味だろうか？

私？　なんで〝私〟という一人称を？　あいつはずっと〝僕〟と言っていたはずだ。

真悟は必死に脳に鞭《むち》を入れ、ゲームマスターとの会話を思い出す。

あいつは靴の話をするときから私と言っていた。私の靴は走ったら脱げてしまうし、それどころかバラバラになってしまうかもしれないと。脱げてバラバラになる靴。零時に姿を変える。魔法の時間。そして、子供たちに囲まれながら……。

真悟は大きく目を見開くと、床を蹴って走り出した。上りのエスカレーターの前まで来ると、各階の案内を見る。『8F　児童書』のところで視線が止まった。

子供たちに囲まれて。つまりは子供が多くいる児童書コーナー。

真悟はエスカレーターを駆け上がりはじめる。

『本部より上原さん。状況の報告を！』

真悟が急にエスカレーターを駆け上がりはじめたとの報告が入ったのか、五階までたどり着いたところでイヤホンから慌てた声が聞こえてくる。

「ホシはここにはいない！　見つけるのはホシじゃない！」真悟は叫ぶ。

『どういうことですか？　説明してください』

「児童書だ。八階の児童書のコーナー、たぶん絵本が売られている辺りで、何かが起こっているはずだ！　捜査員を向かわせろ！」

『児童書？　絵本？』

「そうだ！　なにか気づいても俺が行くまで待て。人質が殺される可能性がある！」

『了解！』通信担当捜査員は焦りを含んだ声で返事をした。

六階に到着した真悟は胸を押さえる。わずか三階分を駆け上がっただけだというのに息が切れていた。ここまで体力が衰えているのか。歯を食いしばって自らに活を入れ、さらにエスカレーターを上がっていく。なんとか八階までたどり着いた真悟は、息を乱しながら左右を見回す。ゲームマスターとの通話を終えてからすでに三分、いや下手《へた》をすれば四分以上経っているかもしれない。時間がない。

「こっちだ！」

だみ声が響く。声の聞こえた方向を見ると、二十メートルほど奥にある書架の横で、サラリーマン風の中年男が顔を紅潮させて手招きをしていた。変装した捜査員だろう。

「こっちで着信音が聞こえる！」

男は声を嗄《か》らして叫ぶ。周りにいた客や書店員が、何事かと男に目を向けた。

真悟は体を前傾させて走りだす。男に近づくにつれ、耳に電子音が届きはじめた。

「この辺りだ。この辺りから聞こえてくるんだが、見つからないんだ！」

男はすぐそばの棚を指さす。そこは子供用の童話のコーナーだった。児童用の絵本が書架にぎっしりと詰めこまれている。真悟はせわしなく左右に視線を這わせる。たしかに近くから籠もった電子音が聞こえてくる。本の後ろで鳴っているのだろう。しかし、書架と書架の間の狭い通路に音が反響し、音の源がはっきりしない。

「ちくしょう！　あと一分もないぞ！」

男は声を上げると、棚に収められた本を乱暴に引き出し、床に落としていく。

騒ぎを聞きつけてやってきた女性書店員が止めようとするが、男はかまわずに本を取り出し続ける。そんな騒ぎのそばで、真悟は無言のまま本の背表紙を追い続けた。

どこだ、あの本はどこにある？　カウントダウンのように鳴り響く電子音が精神を責め立てる。そのとき、探していたタイトルが目に飛びこんできた。

『シンデレラ』

真悟は飛びつくようにその本を引き抜き、空いた隙間を覗く。奥でなにかが点滅しているのが見えた。周りの本を無造作に床に落とすと手を差しこむ。指が硬いものに触れた。真悟は素早くそれを摑んで引き抜く。手の中ではシンプルな造りの携帯電話が音を立てていた。慌てて通話ボタンを押しこむ。また、電話から甲高い声が響く。

『四分四十三秒。ミッション・コンプリートだよ。ぎりぎり間に合ったね』

「なんなんだ、これは!?」真悟は電話に向かって叫んだ。

『ん？　見て分からないかな？　プリペイドの携帯電話だよ。これからはその携帯電話に連絡を入れるね。ああ、念のため言っておくと、登録は別人の名前になっているから調べても無駄だよ。まあ、それでも君たちは調べるんだろうけどね』

「そんなことを訊《き》いているんじゃない！　なんの冗談だって訊いているんだ！」

『冗談なんてひどいなあ、これが今回のゲームだよ。まあ、最初だからウォーミングアップっていったところだね。簡単だったでしょ？』

真悟は奥歯を軋《きし》ませる。走るのに適しておらず、バラバラになるかもしれない靴。零時までが魔法の時間で、それを過ぎたら姿が変わる。たしかに簡単な連想ゲームだ。魔法使いの魔法によって変身し、硝子《ガラス》の靴を履いて舞踏会に参加したシンデレラが頭に浮かぶ。しかしそれはあくまで、連想ゲームだと分かっていたらだ。まさか人質の命がかかっている場面で、そんな下らないクイズを出されるなど想像だにしていなかった。

『それじゃあ、次のゲームに備えて、ステージを移動してもらおうかな。ああ、四年前みたいに走らなくていいよ。電車でもタクシーでも、それこそ移動指揮車とかトカゲに連れていってもらってもかまわないからね』

真悟は唇を固く結んだ。移動指揮車やトカゲという言葉を口にしたところをみると、誘拐事件で警察がどのように動くか完全に理解しているのだろう。

「どこに行けばいい？」

『んー？　息が乱れているね。残念だよ。四年前は一日じゅう走り回ったのにさ。あの頃なら、オリンピックのマラソンに出られるぐらい体力があったんじゃないかな』

ぺらぺらと喋り続けるゲームマスターに真悟は困惑する。この携帯電話は逆探知できていないから油断しているのだろうか？　それとも、なにか意図があるのだろうか？

『そういえば、二〇二〇年にはこの東京でオリンピックがあるね。四年前、上原さんが走ったルートもマラソンコースの一部になるかもしれないよ』

「……ああ、そうかもな」苛つきつつも、情報を集めるために話を合わせる。

『おっと、ごめんごめん、話が逸れていたね。いやぁ、日本でオリンピックがあるなんて楽しみでしかたなくて、頭の中が未来にタイムスリップしちゃっているんだ。さて、それじゃあ本題に入ろう。十五時半までに、この東京で一番魚が集まるところに行ってもらおうかな。また連絡するよ』

唐突に通話は切られた。真悟は携帯電話を顔の前に持ってくると、小さく独りごちた。

「魚が集まる……、築地《つきじ》か」

6

「捕捉班、築地全体に展開中。どのように人員を配備するべきか訊ねてきています」

通信担当捜査員に声をかけられた近衛司は、壁に貼られた築地の地図に鋭い視線を向ける。犯人捕捉班の配置についてはキャップ格である近衛にほぼ一任されている。犯人が現れた際、効率的に拘束、または尾行することができる陣形を整える。特殊班の管理官としての腕の見せどころだった。近衛の視線が築地周辺の施設をとらえていく。

「魚河岸《うおがし》、聖路加《せいるか》国際病院、国立がんセンター、築地本願寺《ほんがんじ》周辺に五人ずつ送りこめ。残りは、築地市場を中心に展開させろ」

「了解、魚河岸、聖路加国際病院、国立がんセンター、築地本願寺に五人ずつ配置。残りの人員は築地市場を中心に展開させます」

通信担当捜査員は復唱すると、指示を捕捉班に伝えはじめた。近衛は壁時計に視線を向ける。針は十五時十三分を指していた。あと十七分で犯人からの指示が入るはずだ。

池袋で次の移動先を指示されてから、すでに一時間以上が経っている。その間に、築地に犯人捕捉班を展開し、その周辺である新橋《しんばし》、銀座、汐留《しおどめ》、東京駅辺りにも、予備の捕捉班を展開させていた。トカゲもいつでも動けるように、築地周辺に集まっている。準備は万全だ。けれど、本当にこれでいいのだろうか？

近衛は白いものが目立つ髪を掻く。十年以上、特殊班の刑事として誘拐事件にかかわってきた経験が、胸に不安を膨れあがらせていた。

このヤマは普通の誘拐事件ではない。これまで近衛が経験してきた身代金目的の誘拐事件では、ほとんどの場合、ホシには余裕がなかった。ホシが追い詰められている理由は一つ。なにがなんでも金を手に入れなくてはならないからだ。

営利誘拐事件の大半が、金に困っている者が、手っ取り早く大金を手に入れようとして起こすものだ。計画は粗く、下調べも不十分なことが多い。そもそも、計画性のある者が、営利誘拐のようなほぼ成功のしようがない犯罪などに手を染めるわけがない。

そんな犯人ばかりだから多くの場合、警察が敷いた大捜査網の中にのこのこと現れ、逮捕される。近衛がこれまで経験してきた誘拐事件は、ほぼそのパターンだった。

四年前のあの事件を除いて……。

四年前、警察はゲームマスターと名乗るホシに煮え湯を飲まされた。あのとき逮捕できなかったのは、犯人が身代金に執着していなかったからだ。そして今回も、犯人はそれほど金に執着していない。金よりも、警察との攻防を楽しんでいるふしがある。

ジュンク堂書店池袋本店で上原の携帯にかかってきた電話は、逆探知に成功していた。発信元は佐和家にかけてきたのと同じ携帯電話で、渋谷の通信局を経由したと判明している。しかし、昼下がりの渋谷という無数の人々がいる中で、携帯電話をかけている人物を特定することなど不可能だった。さらに、発信元の携帯電話、そして書店の本棚に仕掛けられていたプリペイド携帯の登録者もすでに調べたが、闇市場に流れたもので登録者は誘拐事件とは無関係だった。全部四年前と同じだ。近衛は歯ぎしりをする。

すぐ隣で通信担当捜査員から上がってきたメモに目を通している横森《よこもり》管理官に、近衛はちらりと視線を向けた。普段は捜査一課の殺人班を指揮する横森は、今日は犯人割り出し班のキャップ格となっていた。四年前、事件後に殺人班を指揮し、桃井一太を追い詰めたのも横森だった。

「……横さん」

「どうした、近衛？」横森が振り向く。首周りの贅肉が震えた。

「今回のホシ、本当にゲームマスターだと思いますか？」

「本人が名乗っているんだ、そう呼ぶしかないだろ」横森は皮肉っぽく笑う。

「はぐらかさないでくださいよ。四年前の事件を起こしたゲームマスター、あいつと同一人物かどうか訊いているんです」

「桃井一太はもう死んでいる」横森の顔から笑みが消えていった。

「桃井一太がゲームマスターではなかったっていう可能性はないんですか？」

「……それについては、いま調べているところだ」

横森は押し殺した声で言う。その言葉どおり、犯人の正体を暴こうと、現在、殺人班の刑事たちが特命班と呼ばれる遊軍となって捜査に当たっていた。

「横さんの勘はどうなんです。桃井一太がレポだった可能性はありますか？」

誘拐事件では共犯者が使われることがある。捜査関係者の間では、共犯者は〝レポ〟と呼ばれていた。

「桃井一太の部屋からは様々な証拠が見つかった。あの男が四年前の事件に関与していたのは間違いない」

「けれど、レポだった可能性はあるってことですか？」

「あの事件の捜査は桃井一太を被疑者死亡で送検して、終了したんだ。それ以上のことは調べられなかったよ。近衛、お前はどう思っているんだ。あの事件に、お前は特殊班係長としてかかわったんだろ。今回のホシ、本物のゲームマスターだと思うか？」

「上原はそう確信しています」

「答えになっていないだろ。俺はお前がどう思っているか訊いているんだよ」

「上原は四年前、ゲームマスターと交渉を行いました。ゲームマスターと最も接触しているのが上原なんです。そいつが本物だと確信している。これが俺の答えです」

「……よく分かった。だとしたら、やっかいだな」

「ええ、やっかいです」

　重々しく頷きながら、近衛はいくつもの地図や事件の経過が書かれたメモ、人物の相関図などが貼られた壁に視線を送る。壁時計の針が十五時三十分を指した。

「マル被より入電！」

　通信担当捜査員の声が指揮本部に響き渡った。


「先ほど入手した携帯電話に入電あり、マル被からと思われる」

　着信音を鳴らす携帯電話を手にしながら、真悟は襟元のマイクに話しかける。

『了解。電話に出てください』

　イヤホンから指示が響く。真悟は通話ボタンを押しこんだ。

『やあ、上原さん。ちゃんと指示どおりの場所に着いたかな？』

「ああ、ちゃんと築地に来ている」

築地本願寺のそば、新大橋通りと晴海《はるみ》通りが交わる交差点の手前に、真悟はいた。

『築地……。そう、築地にいるんだ……』

ゲームマスターの口調が、突然つまらなさそうなものに変化する。

「お前が指示をしたんだろ。築地へ行けって」

『僕が？　そんなこと言ったっけ？』

気怠そうなゲームマスターのセリフに、真悟の胸に不安が広がっていく。

『ちなみに、今日はカジキは揚がったかな？』ぼそりとゲームマスターがつぶやく。

「何の話だ？」

『カジキは今日は揚がっていないはずだよ。せっかく釣った大物はサメに食べられちゃったからね。年寄りが一人で漁に出たりするからだよ。もし少年が一人乗っていたら、大物を水揚げできたのにねぇ』

ゲームマスターは話し続けた。その口調は、次第に元の楽しげなものに戻っていく。

「だからなんの話なんだ⁉」

『ヒントだよ、ヒント。僕のセリフは全部ヒントになっているんだ。だから、一言も聞き逃さないように気をつけなよ』

「いまのが次のゲームの指示だっていうことか？」

『違う違う。いまのはあくまでヒント、本番はこれからだよ。それじゃあいくよ』

次の瞬間、カーンという大きな音が真悟の鼓膜に叩きつけられた。真悟は反射的に耳から携帯電話を離してしまう。

「いったいなんなんだ、なんのつもりで……」

『質問が違う』

真悟の言葉を、ゲームマスターが遮る。そのセリフが内包した重量を感じとって、真悟は表情を引き締めた。きっとこれは指示だ。第二のゲームを開始するゴングなのだ。

「質問が違うっていうのはどういうことだ？」

『質問は「なんだ？」ではなく「誰の？」だよ。ちなみに「タメ」はひらがなじゃなくて漢字だ』

誰の？　タメは漢字？　どういうことだ？　真悟は鼻のつけ根にしわを寄せる。

『そこに隠してある別の携帯電話に、十五分後に連絡を入れるから。それに上原さんが出てね。間に合わなかったら人質は殺す。それじゃあ十五分後に』

「ま、待ってくれ！」電話を切られる気配を感じ、真悟は慌てて言う。

『なに？』ボイスチェンジャーを通した声が、不機嫌そうに答えた。

「頼む。もう少しだけでいいからヒントをくれないか。携帯電話はこの築地のどこかに隠されているのか？」

電話の向こう側からため息が聞こえてくる。

『がっかりさせないでよね。上原さんなら、これくらい簡単に解けると思って出しているんだからさ。サービス問題だよ。上原さんは何回も見たことがあるんだから』

見たことがある？　なんのことだ？

「少しだけでいいんだ。君とのゲームをまだ続けるためにも、ここで失敗するわけにはいかないんだよ」

真悟は頭を絞りつつ話しかける。ゲームマスターはゲームを続けたいはず。こんなところでゲームが終わりになることを望んではいないはずだ。相手がなにを求めているのか突き止め、それを材料に譲歩を引き出す。特殊班で身につけた交渉術の基本だった。

『……まあ、急にゲームのレベルを上げすぎたかな。しかたない、今回だけ特別に大きなヒントをあげるよ。上原さんは、最初から間違っているんだよ。池袋で僕が指示したのは築地じゃない。もう一度、あのときの会話をよく思い出してごらん、そうしたらきっと探す場所が分かるよ。じゃあ、頑張ってね』

回線がぶつりと切断される。

「ちくしょう！」真悟は携帯電話をズボンのポケットにねじこんだ。

『指揮本部より上原さん。現状の説明を』イヤホンから声が聞こえてくる。

「マル被より指示あり。築地にいると言ったら……」

マイクに向かってゲームマスターとの会話を詳細に報告しつつ、真悟は思考を巡らせ続ける。あいつは一番魚が集まるところと言った。築地市場以上に魚が集まってくる場所など、果たしてあるのだろうか？

水族館？　いや違う。いくら水族館でも、この築地市場以上に魚がいるわけがない。

『僕のセリフは全部ヒントになっているんだ』

ついさっき聞いたゲームマスターの言葉。あれはどういう意味だ。池袋で移動先を指示する前に、ゲームマスターが口にしたどうでもいいような雑談。あれもヒントだとしたら……。真悟はジュンク堂での通話を思い起こす。

たしか、東京オリンピックがどうとか……。真悟ははっと顔を上げて叫ぶ。

「豊洲《とよす》だ！」

『なんですか？　なんて言いました？』通信担当捜査員が聞き返してくる。

「豊洲だ。あいつは池袋で移動先を指示する前、東京オリンピックの話をして、『頭の中が未来にタイムスリップしている』と言った。つまり、いま東京で一番魚が集まる場所の『いま』は、東京オリンピックのある二〇二〇年のことを言っていたんだ。二〇二〇年には築地の魚河岸は豊洲に移転しているはずだ。指定された場所は豊洲なんだ！」

『了解しました！　指示あるまで待機を』

「待機なんてしている暇はない！　時間がないんだ。電車やタクシーじゃ間に合わない。俺を豊洲に運んでくれ、いますぐに！」

「豊洲⁉　築地じゃないのか⁉」「十五分？　無理だ！　間に合うはずがない！」

幕僚たちの大声が講堂に響くなか、近衛は必死に犯人捕捉班の再配置を指示していた。

「周辺にいる予備の捕捉班を豊洲に向かわせろ！　トカゲも全機豊洲に走らせるんだ！　築地に展開中の捕捉班は十五人を残して移動。豊洲周辺を囲ませろ」

「了解しました。こちら指揮本部、港区に展開している捕捉班各員は……」

近衛が素早くまくし立てた指示を、通信担当捜査員たちが無線で捜査員に伝えていく。

近衛は腕時計に視線を落とした。豊洲と築地が離れていないことが不幸中の幸いだ。築地を取り囲むように配置されていた予備の犯人捕捉班の何人かが、豊洲の近くにいる。彼らを豊洲に展開したうえでトカゲを向かわせれば、最低限の態勢が整えられる。

しかし、それよりもいま問題なのは……。

近衛は視線をひな壇に座る幕僚たちに向ける。彼らは顔を紅潮させながら何事か話し合っていた。どうやって上原を豊洲に向かわせるかで揉めているのだろう。

「築地本願寺の周辺にトカゲはいるか？」近衛は素早く声を飛ばす。

「聖路加国際病院前のトカゲが、いまから豊洲に向かうところです！」

喧騒に掻き消されないよう、通信担当捜査員の一人が怒鳴る。

「そいつに上原を拾って豊洲に向かうように言え！」

「え？　しかし……？」

通信担当捜査員の顔に逡巡が走る。オートバイ追跡部隊であるトカゲは、隠密行動が基本だ。そのトカゲが身代金運搬係を乗せて走るなど通常はあり得ない。

「迷っている暇はない。上原を時間内に豊洲に運ばないと、人質が殺されるんだぞ！」

近衛は声を嗄らして叫ぶ。その剣幕に圧倒されたのか、通信担当捜査員は顔をこわばらせると、「了解！」と返事をして無線のマイクに指示を飛ばす。

「おい、何をしようとしているんだ？」

罵声が上がった。ひな壇に座る参事官の角田が、眼鏡の奥から睨んでいた。

「トカゲを使って上原を豊洲まで運ばせます」

近衛が早口で報告すると、角田は目を剝いた。

「そんなことをしたら、トカゲの隠密性が失われるだろうが！」

「そんな場合じゃないでしょう。車両で移動しても、渋滞に巻きこまれて時間内に豊洲には着かないかもしれない。けれど、バイクなら間に合います。いまは上原を制限時間内に指示された場所に到着させることが重要なんです」

「それを判断するのは管理官じゃない！　俺たちだ！」

「指示を待つ余裕はないと判断しました！　人質の身の危険が想定される事態です」

近衛が即答すると、角田は一瞬言葉に詰まった。

「そ、そもそも、本当にホシが指示した場所は豊洲なのか？」

「ホシが『築地ではない』と言ったそうです。上原の判断に賭けるしかありません」

「どこだ？　豊洲と言っても広いだろ。豊洲のどこにその男を運ぶつもりなんだ？」

「……まだ、分かりません」

「分からない？　はっきりした場所も分からないのに豊洲に運ぶっていうのか？　そもそも捕捉班の配置はできるのか？　え？」

角田の顔に嘲るような表情が浮かんだ。

「最低限の人員を配置していますが、十分ではありません。時間が足りません」

「なら、ホシと交渉させて時間を稼ぐべきだ。ホシだって金が欲しいはずだ。少しぐらい遅れたって、人質を殺したりしない。きっとまた電話をかけてきて……」

「本気でこのホシを金目当てだと思っているのか！　馬鹿野郎！」

近衛の怒声が講堂の空気を震わせる。ざわめきがおさまり、沈黙が降りる。軍隊に勝るとも劣らない階級社会の警察において、管理官が上役である参事官を怒鳴りつけるなど、本来許されないことだ。しかし、近衛は舌の動きを止められなかった。

「このホシの目的は楽しむことだ。金なんか二の次、いやまったく興味がないのかもしれない。もしゲームに失敗したら、ホシはためらいなく人質を殺す。四年前みたいにな。それでもいいのか！」

近衛はひな壇に座る幕僚たちを見渡した。捜査一課長の城之内と視線が合う。その瞬間、彼はかすかに目配せをした。近衛は顎を引くと、無線機や臨時電話が置かれた窓側の机に、大股に近づいていく。

「これが上原に繋がるマイクだな？」

マイクの前に座る通信担当捜査員はためらいがちに頷いた。近衛は身を乗り出してマイクに口を近づけ、発信のボタンを押す。

「上原、聞こえるか？　近衛だ」

『近衛さん？』

上原の驚きの声を聞きながら、近衛は言葉を続けた。

「よく聞けよ。いまからトカゲにお前を拾わせる。それに乗って豊洲に行くんだ」


『それに乗って豊洲に行くんだ』

近衛の指示を聞いて真悟は目をしばたたかせる。トカゲが身代金運搬役を乗せる。そんなことがあり得るのだろうか？

そのとき、タイヤの軋む音が響いた。見ると、ガードレールの向こう側に単車が停まっていた。ドライバーの男がフルフェイスヘルメットのガードグラスを跳ね上げる。

「上原さんですね。トカゲです。すぐに乗ってください！」

「あ、ああ」真悟は慌ててガードレールを乗り越えると、タンデムシートに跨《また》がった。

「落ちないようにしっかり摑まっていてください。飛ばしますから」

男はガードグラスを下ろす。真悟は男の腰に手を回すと、唸《うな》るようなエンジン音とともにバイクは急発進する。経験したことのない加速に、真悟は腕に力を込める。

「時間がありません！　赤信号突っ切ります！」

赤信号の交差点を、ほとんど減速することなくバイクは通過していった。

イヤホンから近衛の声が響く。真悟は首を動かして、口を襟元に近づけた。

『乗れたか？』

「はい。ありがとうございます」

『礼はいい！　それより時間までに指定された場所を探し出せ！』

そうだ。たしかにこれなら豊洲には時間内に着くだろう。しかし、まだ豊洲のどこに行けばいいのか分かっていないのだ。真悟は歯を食いしばる。

『「老人と海」だ』再び、イヤホンから近衛の声が聞こえてくる。

「え？　何ですか？」

『お前が報告しただろ。カジキマグロはサメに食われて水揚げできなかったとか、ホシが言ったって。それは「老人と海」という小説の内容だ。学生時代に読んだ』

「老人と海……」

ゲームマスターはそれがヒントだと言った。豊洲は海に面している。海沿いのどこかということだろうか？　いや、あいつは『老人と海』に関してはあくまでヒントで、直接向かうべき場所を示してはいないとも言っていた。

向かうべき場所は、あのやかましい鐘が鳴ったあとの言葉……。

そこまで考えたところで、真悟は風圧に細めていた目を見開く。

「近衛さん、『老人と海』の作者は誰ですか？」

『作者？　たしかヘミングウェイだ。アーネスト・ヘミングウェイ』

　ヘミングウェイ……、鐘……、『何だ？』ではなく『誰の？』……。

「誰がために鐘は鳴る！」真悟はマイクに向かって叫んだ。

『何だ？　いまなんて言った？』

「『誰がために鐘は鳴る』、ヘミングウェイが書いた小説です。それがゲームマスターが指示した場所です！」

『小説ということは、また本屋か？　小説の後ろに携帯が隠してあるのか？』

「そうだと思います。調べてください、豊洲にある書店を」

『了解！　待っていろ！』

　その言葉を最後に近衛の声が聞こえなくなった。辺りの光景がすさまじいスピードで流れていく。やがて『豊洲』と書かれた標識が正面に現れた。

「豊洲のどこに向かえばいいですか？」スピードを緩めながらトカゲが訊ねる。

「ちょっと待ってくれ。すぐに分かるはずだ」

　真悟が答えると同時に、イヤホンから声が聞こえた。

『指揮本部より各局。豊洲にはいくつか書店があるが、一番規模が大きいのはららぽーと豊洲の三階にある紀伊國屋《きのくにや》書店』

　次の瞬間、バイクが大きく傾き、方向転換をした。

「らぽーとに向かいます！」

「頼む！」と答えながらも、真悟は胸騒ぎをおぼえていた。ゲームマスターのヒントが『誰がために鐘は鳴る』だということは間違いないだろう。しかし、池袋と同じように書店に向かわせるなどという芸のないことをゲームマスターが指示するだろうか。

バイクは猛スピードでららぽーと豊洲に近づくと、タイヤを軋ませながら停車した。

「ありがとう、助かった！」真悟はバイクから飛び降り、入り口に向かって走る。

「頑張ってください！」

トカゲの激励を背後に聞きつつ、真悟は自動ドアをくぐる。一階から三階まで吹き抜けになった巨大なショッピングモールは多くの人で賑《にぎ》わっていた。

『指定の時間まで残り三分です！』

イヤホンから焦燥の籠もった声が響く。真悟は入り口の脇にある階段を駆け上がりはじめた。もう時間がない。いまは紀伊國屋書店に向かうしかない。そう自分に言いきかせるが、胸の中では言いようのない不安が膨らみ続けていた。

息を切らせて三階まで上がった真悟は、館内の案内図を見る。紀伊國屋書店はすぐ近くにあった。走り出そうとしたとき、目が案内図の端にある文字をとらえた。

『「タメ」は漢字だよ』『何回も見たことがあるはず』

ゲームマスターの声が耳に蘇る。大きく息を呑んだ真悟は、身を翻して走りだした。

あそこだ。あそこがゲームマスターが指示した場所だ。真悟は無我夢中で足を動かす。

『違います！　紀伊國屋書店は反対です。戻ってください！』

イヤホンから悲鳴のような声が聞こえてくる。紀伊國屋書店の周辺に展開していた犯人捕捉班の刑事が、真悟が逆の方向に走っていったことを指揮本部に報告したのだろう。

「書店じゃない。映画館だ！」乱れた息の合間を縫ってマイクに向かって叫ぶ。

『映画館？』

「タメ」は漢字。ゲームマスターはそう言った。つまり『誰がために鐘は鳴る』ではなく、『誰が為に鐘は鳴る』だ。

小説版ではかなになっている〝ため〟が、映画では〝為〟と漢字で表記されている。過去の名作映画の鑑賞を趣味にしている真悟は、そのことを知っていた。ゲイリー・クーパーが主演を務め、アカデミー作品賞にもノミネートされた『誰が為に鐘は鳴る』は、学生時代から繰り返し観《み》たお気に入りの映画だったから。

もしかしたらゲームマスターは、俺の趣味まで調べ上げたうえで、このゲームを考えついたのだろうか？　一瞬背筋に寒気をおぼえるが、真悟は余計な考えを振り払って走った。前方にシネマコンプレックス型の映画館が見えてくる。

電光掲示板の前に走りこんだ真悟は、両膝に手をついて荒い呼吸を繰り返しながら、表示されている映画のタイトルを目で追っていく。あった！　真悟は目を見開いた。

『誰が為に鐘は鳴る　デジタルリマスター　スクリーン11』

その文字が電光掲示板に輝いていた。真悟は「残り時間は!?」と鋭い声を飛ばす。

『あと、一分二十秒ほどです！　現在、犯人捕捉班が映画館に向かって移動中ですが、少人数です。周囲を警戒してください！』

周囲を警戒？　そんな余裕があるわけないだろ。内心で毒づきながら真悟は再び走る。途中、若い男とぶつかり、その男が手にしていたポップコーンが撒《ま》き散らされた。背後で上がる罵声を聞きながら、真悟はスクリーンへと続くゲートに近づく。映画館のスタッフがチケットのチェックをしていた。

「通してくれ！」

真悟は大声を上げながら、チケットを渡している客と職員の間に体を捻《ね》じこむ。

「あっ、お客様、チケットを……」

「緊急事態なんだ！」

そう言い残して強引にゲートを突破した真悟は、真《ま》っ直《す》ぐに伸びる廊下を走っていく。左右に劇場に繋がる扉が並んでいる。スクリーン11は廊下の奥にあった。扉の前まで走った真悟は、観音開きのドアを力いっぱい開いて劇場内に入る。

スクリーンには男女が見つめ合う夜のシーンが映し出されていた。しかし、クライマックスに近い場面だというのに劇場内はざわついていた。

最初は自分が急に飛びこんできたせいだと思った。しかし、すぐにそれが間違いだったことに気づく。劇場内にはけたたましい電子音が響き渡っていた。

音の発生源を捜す観客たちを尻目に、真悟は暗い場内を後方に進む。目が暗闇に慣れていないため何度もつまずきつつ、最後尾の座席列までやってきた。

その列の中心辺りの席に座る中年男に、観客たちの非難の視線が集まっていた。男は助けを求めるように視線を左右に彷徨わせている。

「席を立ってください！」

真悟は男に近づく。男は「え？」と声を上げるだけで、すぐには動かなかった。

「いいからさっさと席を立つんだ！」

男は恐怖に表情を歪めると、立ち上がって逃げるように奥に移動する。真悟は身をかがめて、席の下を覗きこんだ。

あった！　背もたれの底に携帯電話がテープで固定されていた。真悟は音を立てる携帯電話をテープごと乱暴に剝がし、すぐに通話のボタンを押す。

「上原だ！」

『十四分三十七秒！』

楽しげな声が鼓膜を揺らした。真悟は安堵のあまり、その場にへたりこみそうになる。

『さすがは上原さん。間に合うとは思わなかったよ。ミッション・コンプリートだね』

「もういいだろ。人質を解放してくれ」

真悟は息も絶え絶えに言う。しかし、電話から聞こえてきたのは笑い声だった。

『なに言っているの上原さん、楽しいのはこれからじゃないか。それじゃあ、次のゲームに行こう。指示はそこに封筒が貼ってあるから、中の便箋《びんせん》を見て。ああ、その携帯の電池、残り少ないでしょ。予備の電池も封筒に入っているから、それに交換しておいた方がいいよ。あと鍵も入っているけど、それは後で使うから大切にとっておいてね。それじゃあまた。今度はちょっと趣向を変えてあるから楽しみにしておいてね』

あっさりと通話は切られた。まだこの終わりの見えないゲームに付き合わないといけないのか。真悟はうなだれると、再び席の下を覗きこむ。ゲームマスターが言ったとおり、携帯電話が貼りつけられていた位置の横に、一枚の封筒がテープで固定されていた。

封筒を取り外して立ち上がると、入り口から劇場の職員らしき男二人と警備員が入ってきた。ゲートを強引に突破した真悟を追ってきたのだろう。

面倒だな。ため息交じりに警備員たちを眺めながら、真悟は封筒を開く。中には便箋が一枚と携帯電話の電池、そしてコインロッカーのものらしき小さな鍵が入っていた。

便箋の文面を読もうとするが、さすがに上映中の映画館の中では暗すぎて文字を追うことができなかった。

「お客様、申し訳ございませんが、こちらまで来ていただけますか」

体格のよい中年警備員が声をかけてくる。その言葉は慇懃《いんぎん》だが、手は腰の警棒に添えられ、目つきには警戒が色濃く滲《にじ》んでいた。劇場内の視線が真悟に集まる。

どう説明したものか迷っていると、私服姿の男女が劇場に入ってきて、警備員たちに駆け寄った。男女は小声で警備員たちに声をかけると、懐からちらりと小さな長方形の物を出す。警備員の表情に驚きが走った。犯人捕捉班の刑事が、警察手帳を見せて事情を説明しているのだろう。そのとき昼間のシーンになり、館内が少し明るくなった。その光で、手元の便箋に書かれた内容がなんとか読めるようになる。

次はなにをさせるつもりだ？　目で文字を追っていくにつれ、顔の筋肉が歪んでいく。

「ふざ……けるな……」

口からかすれた声が、館内に虚《むな》しく響いた。

7

カップの底に残った冷めたコーヒーを口の中に流しこむ。ひりつくような苦みが舌を包んだ。カップをソーサーに戻した真悟は、脇を通りかかったウェイトレスにブレンドのお代わりを頼むと腕時計に視線を落とす。時刻は午後五時四十八分。気の早い秋の太陽はすでに沈み、窓の外は暗くなりはじめていた。

代々木八幡《はちまん》の駅から徒歩で三分ほど、代々木公園のそばにある〝ケイト〟という名の喫茶店。この古ぼけた店こそ、ゲームマスターが次に指定してきた場所だった。一時間前から真悟はここで待ち続けていた。ゲームマスターからの連絡と、ある人物を。

あと十二分、ウェイトレスがカップにコーヒーを注《つ》ぐ音を聞きながら、真悟は喫茶店の入り口に視線を向ける。あと十二分以内に待っている人物が来なければ、ゲームは失敗することになり、人質は殺害される。しかし真悟は、自分が待ち人に来てほしいのか、それともこのまま現れないでほしいのか分からなかった。

視線を動かし、真悟はやや照明が落とされた店内を見回す。アンティーク調のインテリアが置かれたシックな喫茶店。奥にあるレコードプレーヤーからはクラシックミュージックが柔らかく響いている。しかし、店内の空気は鋭く張り詰めていた。

三十人ほどが座れる席はほぼ満席だった。これほど客が入ることはあまりないのか、カウンターにいる壮年のマスターは、しきりに首をひねりながらコーヒーを淹《い》れている。サラリーマン、カップル、主婦らしき女性など、一般人に見える客の大部分が犯人捕捉班の刑事たちだった。この店の下見を行ったトカゲは、客がまばらな店内を見て、多くの捜査員を配置すると目立ってしまうので難しいと報告をしたらしい。指揮本部もその判断を支持し、店内には数人の刑事のみ配置し、残りは代々木公園を中心に周辺に展開させようとした。だが、それに待ったをかけたのが真悟だった。

店内に可能な限りの捜査員を配置し、これからやってくる人物の安全が保証されない限り、自分はこの事件から降りると強硬に言い張った。

指揮本部は当初、説得しようとしてきたが、真悟の決意は揺らぐことはなかった。最終的に指揮本部は折れ、要請どおりこの喫茶店にできる限りの捜査員が配置された。

……これでよかったのだろうか？　コーヒーをすすりながら、真悟は自問する。人質を助け、ゲームマスターの正体を暴くためなら、自分がどうなろうとかまわなかった。けれど、まさかあの子を巻きこむことになるなんて……。

真悟は髪を掻き乱す。そのとき、扉の軋む音が鼓膜を揺らした。視線を上げると、入り口に一人の女性が立って、不機嫌そうな表情で店内を見回していた。数時間前に表参道のカフェで見たのと似た光景。デジャヴに襲われつつ、真悟は椅子から腰を浮かす。ジーンズとセーターをラフに着こなした若い女性、水田優衣は立ち上がった父親に気づくと、すっと目を細めて近づいてきて、ウェイトレスにダージリンティーを頼む。

「なんなの、真悟さん。急に呼び出してさ。用事があるんじゃなかったの？」

「いや、どうしても話さないといけないことがあって……」

しどろもどろに答えながら、真悟は豊洲の映画館で受け取ったゲームマスターからの指示を思い出していた。

『18ジ　マデニ　ヨヨギハチマン　ニ　アル

キッサ　ケイト　ニ　ミズタ　ユイ　ヲ　ヨベ

デキナケレバ　ヒトジチ　ハ　シヌ　　ゲームマスター』

定規でも使って書いたような角ばった文字で、便箋にはそう記されていた。

最初、真悟は娘を巻きこむことはできないと主張した。しかし、「絶対に危険がないようにする。だから、人質の女子高生を助けるために協力してくれ」と近衛に頼みこまれ、結局大量の捜査員を喫茶店に配置することを条件に優衣を呼び出していた。

真悟がスマートフォンで電話をしても、優衣はすぐには出なかった。十回近く連続して電話を入れて、ようやく回線は繋がった。

「もう今月の義務は果たしたでしょ」

電話から聞こえてきた優衣の声は不機嫌で飽和していた。自分と会うことを〝義務〟と言われ、胸に痛みをおぼえながら、真悟は指定された喫茶店に来てくれるよう、優衣に必死に頼みこんだ。あまりにも悲痛な真悟の声になにかを感じとったのか、数分の懇願のあと優衣は「夜に用事あるけど、その前ならいいよ」と言ってくれたのだった。

「話したいことってなに？　これから用事があるんだから、さっさとしてよね」

「用事ってなにがあるんだ？」

「真悟さんには関係ないでしょ。私がなにをしたってさ。ちょっと人と会うだけだよ」

「人って、……もしかして恋人か？」思わずそう口走ってしまう。

「……だったらなんだって言うの？」優衣は低く籠もった声でつぶやく。

「いや、べつに……」

真悟が口籠もると、優衣はこれ見よがしに大きくため息をついた。

「あのさ、私が誰と付き合おうが、真悟さんにはまったく関係ないでしょ」

「ああ。……悪かった」

ウェイトレスがダージリンティーをテーブルに置く。優衣はカップに満たされた薄い琥珀《こはく》色の液体を一口含むと、気を取り直すように一息ついた。

「それで、話は戻るけど、いったいなんの用なわけ？」

優衣に問われ、真悟は口元に力を込める。目だけ動かして腕時計を見ると、針は午後五時五十九分を指していた。もうすぐ、なにかが起こるはずだ。

「ちょっと、真悟さん。なにか言ってよ。怖いじゃない」

険しい顔で黙りこむ真悟を見て、優衣の表情に不安がよぎる。

「あ、ああ、ごめんな。ちょっと考え事を……」

真悟がそこまで言った瞬間、着信音が店内に響き渡った。真悟は体を震わせると、ズボンのポケットから豊洲の映画館で見つけた携帯電話を取り出す。入電を指揮本部に伝える必要はなかった。店内にいる捜査員たちがすでに報告を入れているだろう。

これからなにがはじまるというのだろう。真悟は通話ボタンの上に親指を置いたまま、動きを止める。固まってしまった真悟に、優衣が「出ないの？」と、訝しげな声をかけてくる。真悟は唇を噛んで、ボタンを押しこんだ。

『やあ、どうやら娘さんを呼び寄せることができたみたいだね』

ボイスチェンジャーを通した声が楽しげに言う。真悟は反射的に窓の外を眺めた。こちらの状況を見ているのだろうか？　それとも、適当に言っているだけなのか？

「いったい娘になにをさせるつもりなんだ。もし、優衣に危害を加えたりしたら……」

『危害を加える？　僕がかい？』

口元を手で覆いながら小声で発した言葉を、ゲームマスターが遮った。

『そんなことするわけないじゃない。第一、捜査員でいっぱいの店に近づかないよ』

「ここが見えているのか？」

『さあ、どうだろうねえ。ただ、見なくても分かるよ。娘さんのことが大事で大事でしょうがない君は、その店に大量の捜査員を派遣するように指揮本部に要請したはずだ。そうじゃなきゃ、もう協力しないとか脅してね。違うかな？』

図星を指され、真悟は言葉に詰まる。警察の動きだけでなく、俺の思考まで完全に読まれている。やはり、こいつは普通じゃない。緊張が全身の筋肉を固くしていく。

『僕は娘さんを傷つけたりはしないよ。娘さんを傷つけるのは……上原さん、君さ』

ゲームマスターは歌うように言った。一瞬、真悟は何を言われたか分からなかった。

「……お前、優衣になにかするように命令する気か？」真悟は口元を隠したまま唸る。

『あはは。娘を殴れとか指示するっていうこと？　そんな野蛮なことするわけないじゃない。僕のゲームはもっとスマートさ。いまからはじまるのは〝告白ゲーム〟だよ』

「告白ゲーム？」

『そう、今回は特別サービス。謎を解く必要もない。ただ、君が娘さんに告白をすればいいんだよ。ああ、この電話は繋ぎっぱなしにしておいてね』

説明を聞いた真悟の頭に、二つの事柄が浮かび上がってきた。

「……なにを告白すればいいっていうんだ？」かすれ声で真悟は訊ねる。

『君が娘さんに隠していることさ。心当たりがあるでしょ？　そのことについて、君が全部娘さんに告白すればゲームクリアー。人質は死なずに済むよ。制限時間は十分。はい、それじゃあゲームスタート！』

電話からゲームの開始を告げる陽気な声が響いた。

「おい！　ちょっと待て！」

真悟は電話に向かって言う。しかし、回線はたしかに繋がっているにもかかわらず、返事はなかった。真悟は通話状態のままの携帯電話を、力なくテーブルの上に置く。

「誰だったの？」

優衣が訊ねてくるが、答えることができなかった。優衣に隠している二つのこと。そのどちらについて告白すればよいのだろうか。頭蓋の中は、そのことで満たされていた。

口の中がからからに乾いていく。逡巡が体を細かく震わせた。

一つについては、もともと今日伝えるつもりだった。そのために、昨晩からずっとシミュレートしてきたのだ。しかし、まだ心の準備ができていない。

「真悟さん……」

優衣が不安げに見つめてきた。訴えかけるような視線に射抜かれた真悟はゆっくりと口を開く。

「俺は……癌《がん》なんだ」やけに摩擦係数の高いその言葉を、真悟は絞り出す。

「がん？」

不思議そうに目をしばたたかせる優衣の前で、真悟は頷いた。

「ああ、膵臓《すいぞう》癌だ」

「え？　えっ？　癌って……。じゃ、じゃあ手術とかは？」

「手術はできなかった。見つかったとき、すでに進行しすぎていたんだ」

「見つかったときって……、いつなの？」

「……去年の九月だよ」真悟は天井を見上げた。

去年の初めから、ときどき腰痛をおぼえていた。最初は警備員で立ち仕事をやっているせいだと思っていたが、あまりにも痛みが強くなってきたので、近所の病院で精密検査を受けた。その結果、もはや手術不能なまでに進行した膵臓癌が発見された。

主治医の説明では、このまま治療を受けなければ余命は半年ほどだろうが、化学療法を受ければ平均してさらに半年ほどの延命が可能だということだった。

呆然《ぼうぜん》と話を聞きながら、真悟は心の隅で、このまま自然にまかせてもいいんじゃないかと思っていた。警察を退職し、桃井一太に死なれ、そして離婚してから、自分がなぜ生きているのか分からなくなっていた。だからこそ、余命の宣告にショックを受ける一方で、どこか安堵していた。もう、空っぽのままだらだらと生きないで済むのだと。

しかし結局、真悟は化学療法を選択した。抗癌剤を投与することで背中の疼痛《とうつう》が弱くなる可能性があると説明されたからだった。空虚な人生を長引かせることには興味はなかったが、体の奥が酸で溶かされるような痛みに苛《さいな》まれ続けるのは避けたかった。

化学療法は想像していたほどはつらくなかった。開始した当初は軽い吐き気をおぼえ、少し髪が薄くなったが、副作用はそれくらいだった。はじめて一ヶ月も経つと、癌の大きさは半分以下にまで縮小し、それにともなって背中の痛みもほとんどなくなった。

現在も週に一回は抗癌剤の点滴を受けに通院している。しかし、一ヶ月ほど前から癌が再び大きくなってきていた。主治医の説明では、抗癌剤に耐性のある癌細胞が生き残り、増殖しているということだった。このペースで癌が悪化すれば、残された時間は半年はないだろうと主治医は告げた。

「じゃあ……、これからどうなるわけ？」優衣は椅子から腰を浮かす。

表情を歪める娘を眺めながら、真悟は弱々しく首を横に振った。

「どうにもならない。あと半年以内に、場合によっては二、三ヶ月で俺はいなくなる」

優衣は両手で口を押さえると、崩れ落ちるように再び椅子に腰掛けた。

「……悪かった。母さんには伝えていたんだ。けど、どうしてもお前には言えなくて」

口元を押さえたままの優衣に、真悟は必死に語りかける。

「保険に入っていたから、癌だって診断されて保険金が入ってきたんだ。三千万円あって、それには全然手をつけていない。だから、俺がいなくなったら優衣に……」

「お金なんかいらない！」優衣はヒステリックに叫ぶ。

「……悪かった」うつむいた真悟は、蚊の鳴くような声でつぶやいた。

パチパチという拍手の音が真悟の鼓膜を揺らす。顔を上げた真悟は左右を見回したが、誰も手を鳴らしている者はいなかった。視線がテーブルの上に置かれた携帯電話に注がれる。真悟は乱暴に携帯電話を摑み取る。やはり、拍手は携帯電話から響いていた。

「……これで満足か？」真悟は口元を隠し、低い声で言う。

『いやあ、感動的な告白だったねぇ。けれど、僕はそんなもの求めていないんだよ』

「優衣に隠していたことは言った。もうこれでいいだろ！」

「誰と電話しているの？」優衣が上目遣いに視線を向けてきた。

「頼む。もう終わりにしてくれ、これで人質を解放してくれ！」

優衣の問いに答える余裕もなく、真悟はゲームマスターに懇願する。しかし、電話の向こう側から聞こえてきたのは嘲笑だった。

『ダメだよ、上原さん。君は全部告白していない。まだ隠していることがあるだろ。それを告白するんだよ。娘と、その店にたくさん潜んでいる捜査員たちに聞こえるようにね。ほら制限時間はあと四分しかないよ。人質が死んでもいいのかい？』

真悟は手に力を込める。ちゃちな造りの携帯電話は、みしっと音を立てた。

「お前は、なにが目的なんだ？　なんで俺にこんなことをさせる？」

『僕は君を苦しめたいんだよ。君に自分のやったことの報いを受けさせたいんだ』

「俺がなにをやったっていうんだ!?　お前はいったい誰なんだ!?」

真悟は携帯電話に向かって怒鳴る。目の前の優衣が体を震わせた。ウェイトレスとマスターも何事かと視線を向けてくる。

『あと三分四十五秒』

真悟の問いに答えることなく、ゲームマスターはつぶやくと、なにも言わなくなった。

「いったいなんなのよ。急に癌だなんて言いだしたと思ったら、大きな声を出して！」

優衣は両手で頭を抱えると、いまにも泣きだしそうな表情を浮かべる。真悟はゆっくりと携帯電話をテーブルの上に置いた。

どうすればいい？　優衣にあのことを告白したら、絆が切れてしまうかもしれない。自分が生きる唯一の意味である、娘との絆が。それに、ここで喋ったら、周りの捜査員たちに聞かれてしまう。

きっとこの状況も仕組まれたものなのだろう。優衣の安全を確保するため、俺がこの店に大量の捜査員を配置させようとすることを予想し、ゲームマスターはより俺が告白しにくい状況を作り上げた。完全に掌の上で踊らされている。

腕時計の秒針が時を刻む音が、精神を蝕《むしば》んでいった。

加山楓は耳に当てていたヘッドホンを落としかける。

「どうした？」隣の我那覇が横目で視線を向けてきた。

「いえ、……なんでもありません」

自分でもおかしく感じるほど、楓の声は震えていた。

楓はヘッドホンを持つのと反対の手を胸に当てる。心臓の鼓動が速くなっていた。かつて愛した男が末期癌であるという事実を突きつけられてから、ずっと息苦しかった。

佐和夫婦に捜査の進捗状況を説明する必要があるため、捜査状況は楓たちにも逐一報告されている。ゲームマスターが真悟の娘である水田優衣を呼び出したと聞いたときから、楓は悪い予感をおぼえていた。そして、それは現実のものになった。

指揮本部からの報告によると、末期癌のことを告白したにもかかわらず、ゲームマスターは真悟にさらなる告白を要求してきているらしい。楓にはその内容がなんなのか、すぐに分かった。自分との不倫関係のことだと。

ゲームマスターはなぜか、真悟を苦しめることに異常なほど執着している。四年前は刑事の一人、警視庁の代表として真悟をいたぶっているのだと思った。しかし、今回のゲームを見ると、真悟個人を痛めつけることを望んでいるように感じる。

上原真悟の最大の弱点は、間違いなく娘である水田優衣だ。二人でいるときも、娘の話題が出ると真悟は〝男〟ではなく〝父親〟の顔になった。

娘とのツーショット写真を見せて、「誕生日に贈ったペンダント、いつも着けていてくれるんだ」と、目尻を下げながら自慢されたこともあった。そんなとき、決して真悟が自分だけのものにはならないことを思い知らされ、胸に痛みをおぼえたものだ。

真悟にとって、自分との関係を娘に告白するのは最もつらいことだろう。自分とはじめて関係を持ったとき、真悟は妻とすでに家庭内別居のような状態だった。ショックを与えないよう、娘が成人するまで離婚は待とうという理由だけで婚姻関係が続いていたと聞いている。けれど、そんなことは娘にとっては関係ない。もし真実を伝えれば娘との関係が破綻《はたん》する。それに……。楓はヘッドホンを摑む手に力をこめる。それに、自分の存在も真悟を苦しめている。

警察は保守的な組織だ。男女関係のトラブルは、キャリアに大きく影響を及ぼす。それが何年も前のことで、しかも真悟がすでに退職しているとはいっても、かつて同じ部署内で不倫関係にあったことが知られれば問題になるだろう。おそらく、自分は警視庁の捜査一課から追い出されることになる。所轄署の交通課かどこかに。

真悟との関係は隠し通したかった。特殊班の刑事であることこそ、自分の誇りなのだから。そこまで考えたとき、視界の隅に佐和真奈美の姿をとらえ、楓は大きく息を呑む。

真奈美は椅子にうなだれて座っていた。遠目にもその瞳が焦点を失っていることが見てとれる。顔の筋肉は弛緩し、まだ四十代のはずなのに一見すると老婆のようだった。

特殊班の刑事に求められることは、自らの身の危険も顧みず、被害者を救出することだ。それなのに、私は自分のキャリアのことを考えて……。楓は自らの頬を殴りつけたいという衝動に襲われる。

いまは特殊班の刑事として、やるべきことをやろう。そうすれば、きっと真悟さんも正しい行動をとってくれるはずだ。私に特殊班刑事としての心構えを叩きこんでくれたのはあの人なのだから。

楓は覚悟を決めると、スカートのポケットからスマートフォンを取り出した。

息苦しい。まるで、酸素が急に薄くなってしまったかのように。

さらなる告白を求められてからというもの、真悟は動けなくなっていた。タイムリミットまではあと三分を切っている。それまでに告白をしなければ人質が殺される。

真悟はテーブルの上の携帯電話に視線を注ぐ。なんとか制限時間を延ばしてもらえるように交渉しようか？　いや、そんな交渉が通じるような甘い相手ではない。

けれど全てを告白すれば、優衣との絆を失ってしまう。自分が逝くとき、優衣にそばにいてほしい。それが真悟の唯一の、そして最後の願いだった。

もはやなにが正解か分からなかった。全てが夢の中の出来事のように現実味なく感じられる。癌の告知を受けたあの日のように。

唐突にジャズミュージックが響いた。聞き慣れた曲が真悟を我に返す。

真悟は反射的にスーツのポケットに手を入れ、中から自分のスマートフォンを取り出した。液晶画面の表示を見ると、一件のメールを受信していた。

メールの差出人の欄には『加山楓』とあった。このタイミングで楓からのメール。これが偶然のわけがない。きっと前線本部でいまの状況を聞いた楓が連絡を取ってきたのだ。真悟は素早くメールを開いた。短い文章が表示される。

『特殊班の刑事として、するべきことをしてください』

体が震える。『特殊班の刑事として』、警察を退職してから四年近くになるというのに、その言葉が心を大きく揺さぶった。たとえ肩書きを失っても、自分の中には刑事としての魂が残っている。そのことをまざまざと思い知らされた。

特殊班の刑事としていまやるべきこと。それは、自分を犠牲にしても人質となっている少女を救うこと。真悟は両手の拳を震えるほど強く握りこむ。

「……優衣、もう一つだけ言わないといけないことがあるんだ」

真悟は拳を握りしめながら、優衣の顔を見た。不吉な雰囲気を感じとったのか、優衣の表情がこわばる。真悟は大きく息を吸うと、口を開いた。

「俺はある女性と……付き合っていたんだ」

「……え？　なんの話？　付き合っていた？」優衣の顔に、呆けた表情が浮かぶ。

「そうだ、俺は四年前、その女性と交際していた」

「四年!?」優衣は目を剝くと、甲高い声を上げた。「四年ってことは、まだ……」

「ああ、そうだ。まだ母さんとは離婚していなかった」真悟は思わず目を伏せる。

「不倫していたってこと？　お母さんはそのこと知っていたの!?」

「いや、知らなかったはずだ」

「ちょっと待ってよ。じゃあ、お母さんと離婚したのって、その女のせいってこと？」

優衣は再び椅子から腰を浮かす。真悟は慌てて首を左右に振った。

「そうじゃない。離婚したときには、その女性とはもう会わなくなっていたんだ」

離婚を切り出したのは妻の方からだった。元々は優衣が成人するまでは待つはずだったが、「抜け殻になったあなたを、これ以上見ていられない」と言われた。真悟もそれに反対しなかった。自分の情けない姿をそれ以上、優衣に見せたくないと思ったから。

「けど、その女と付き合いだしたから、お母さんと仲悪くなったんじゃないの？　その女がいなければ、離婚なんかにならなかったんじゃ？」

優衣は真悟を睨みつけた。真悟はなにも言えなくなる。楓と関係を持ったのは、優衣が成人した時点で離婚するということで、妻とお互い同意したあとだった。しかし、そんなことを言っても、優衣にはこざかしい言い訳にしか聞こえないだろう。

「やっぱりそうなんでしょ。お母さんより、……私よりその女を選んだんでしょ！　私よりその女の方が大事になったから離婚したんでしょ！」

優衣は両手をテーブルに叩きつける。カップの紅茶が少量テーブルに零れた。

「ちがう！　お前が一番大事なんだ。お前以上に大事なものなんて……」

「聞きたくない！　もう黙って！」

優衣は両耳を手で塞《ふさ》ぐと、駄々をこねるように顔を勢いよく左右に振る。その目には涙が浮かんでいた。うつむいて細かく肩を震わせる優衣を、真悟は無言で眺め続けた。

これで満足か。俺から娘すら奪って。

真悟はゲームマスターに確認をするために、テーブルの上の携帯電話を手に取り、耳に近づける。そのとき、うつむいたままの優衣がぼそりとつぶやいた。

「誰なの?」

真悟は「え?」と気の抜けた声を漏らす。

「その付き合っていたっていう女よ!　誰と付き合っていたのよ!」

「それは……」

真悟は口ごもると、眼球だけ動かして周囲を見回す。周りを取り囲む捜査員たちは、こちらを見こそしていないが、明らかに耳を澄ましていた。もしここで楓の名を出せば、自分だけでなく楓まで人生を棒に振ることになる。

「なに黙っているのよ!　私は誰のせいで捨てられたわけ?　さっさと言ってよ!」

言う必要なんてない。楓まで巻きこむ必要はないはずだ。そう思ったとき、耳元の携帯電話から声が聞こえてきた。

『そうだ、言え。全部告白しろ。じゃなきゃ人質を殺す。あと四十秒しかないぞ』

非情な宣告に、真悟は血が滲むほどに唇を噛んだあと、ゆっくりと口を開いた。

「……加山楓。刑事時代、同じ班に所属していた後輩だよ」

店内の空気がざわりと震えた。この店に展開中の犯人捕捉班には、多くの特殊班刑事が含まれている。同僚刑事の名前が出て、さすがに動揺を隠せなかったのだろう。

「……そうなんだ」

淡々とつぶやいた優衣の顔から表情が消え去っていく。能面のような顔になった優衣は胸元に右手を持っていき、ペンダントを摑んだ。十四歳の誕生日に真悟がプレゼントした星形のペンダントを。

優衣は無造作に右手を引く。ペンダントのチェーン部分が切れ、鈍い音を立てる。

「優衣……」

弱々しく娘の名を呼ぶ真悟に向かって、優衣はペンダントを投げつけた。真悟の胸で跳ね返ったペンダントは、カラカラと乾いた音を立てながらテーブルの上に落ちる。

「さよなら」

どこまでも冷めた声が、真悟の胸に突き刺さる。優衣は椅子から立ち上がった。

「優衣！」

早足で出口に向かう娘の後ろ姿に向かって、真悟は手を伸ばす。しかし、優衣の足が止まることはなかった。勢いよくドアを開けた優衣は、真悟に一瞥《いちべつ》もくれることなく店をあとにする。扉が閉まる音が寒々しく店内に響き渡った。

力なくうつむいた真悟の視線が、テーブルの上のペンダントをとらえる。五芒星《ごぼうせい》の各頂点が細い銀で結ばれ、その中心にはキラキラと光る琥珀がはめこまれている。

妻と離婚したあとも、いつの間にか〝お父さん〟から〝真悟さん〟と呼ぶようになっても、優衣はいつもこのペンダントを持っていた。このペンダントが親子の絆の象徴であるかのようにさえ感じていた。しかし、それがいま切れてしまった。

『上原さん。おーい、上原さん』

神経を逆なでする声が聞こえてくる。真悟は右手の中にある携帯電話を睨みつけた。

「これで……満足か」

電話を顔の横に持ってきた真悟は、低く籠もった声で訊ねる。

『うん、満足満足。ちゃんと二十七秒を残してゲームクリアーだよ。おめでとう』

「絶対にお前を見つけてやる。見つけて、逮捕して、吊るしてやるから覚悟しておけ」

『おお、上原さん。ようやくやる気になってくれたね。ずっとそれを待っていたんだよ。それじゃあ日も暮れたし、そろそろ最後の大勝負といこうか』

「大勝負？」

『そうだよ。四年越しの僕と上原さんの因縁に決着をつける、最後の勝負さ』

興奮しているのか、ゲームマスターの声が早口になる。

こいつは本気で言っている。真悟はそう直感する。

「なにをするつもりだ？」

『そんなに焦らないでよ。せっかくの大勝負なんだから、まずはそれにふさわしい舞台でやらなきゃ』

「ふさわしい舞台？　今度はどこに行けって言うんだ？」

『東京のてっぺんさ。最高の舞台だよ。なんせ、日本史上最強の剣豪がいる場所なんだから。そこに午後八時までに行ってね。ああ、さっきの封筒に入っていた鍵は、そこの地下にあるコインロッカーのものだよ。中に必要なものが入っているから、時間までに回収しておいて。それじゃあね、上原さん』

回線が切れる。真悟は携帯電話をスーツの内ポケットにしまうと、いまゲームマスターから指示された内容を、襟元のマイクに伝える。

報告を終えた真悟はカップを取り、コーヒーを口に含んだ。冷めたコーヒーの苦みが口の中に広がっていく。真悟は戸惑っていた。最後の生きる希望であったはずの優衣との絆が切れてしまったというのに、なぜか体の奥底から力が漲《みなぎ》ってきていた。

懐かしい感覚だった。刑事時代、危険な任務に当たるときによく感じた、緊張と興奮が全身の細胞に行き渡る感覚。娘との絆が切れたいま、ゲームマスターの正体を暴き、逮捕する。そのことが真悟の生きる意味に置き換わっていた。

「指定された場所に移動する」襟元のマイクに報告を入れながら、会計に向かう。

『指定された場所とはどこですか？　報告を』

通信担当捜査員の声がイヤホンから聞こえてくる。

そんなことも分からないのかよ。会計を終えた真悟は唇の端を上げた。

「東京のてっぺんで、日本史上最強の剣豪だぞ。そんなの、すぐに分かる」

やけにクリアーになった脳は、答えを瞬時に出していた。

「日本史上最強の剣豪といえば、宮本武蔵《みやもとむさし》って相場が決まっているだろ」

イヤホンから『はぁ……』という気の抜けた返事が聞こえてくる。

喫茶店から出た真悟は視線を上げる。周囲に高い建物がないここからは遠くがよく見渡せた。真悟は遥か遠方で蒼白《あおじろ》く光る巨大な円錐《えんすい》形の建物を眺める。

「ムサシ……、高さ六三四メートルを誇る日本最大の建築物。東京スカイツリーだよ」

8

エスカレーターに乗って地上に出た真悟は首を反らす。関節に軽い痛みをおぼえるほど反り返ってようやく、目の前にそびえ立つ巨大な建物の全容を掴むことができた。自立型としては世界最大の高さを誇る電波塔、東京スカイツリー。真悟はその麓までやってきていた。

時刻はまだ午後七時前だった。真悟はスーツのポケットからスカイツリー展望台の入場券を取り出す。映画館で手に入れた鍵は想像したとおり、東武《とうぶ》とうきょうスカイツリー駅にあるコインロッカーのものだった。コインロッカーを開けると、中には『20時00分』と入場時間が記された展望デッキの予約入場券が入っていた。混み合う時期にはこのような時間指定の前売り券を持たないと、何時間も待たされることがあるらしい。

なにからなにまでゲームマスターの計画どおりか。唇の端が上がる。

これが最後のゲームになる。必ずこのゲームに勝ち、人質の少女を助け出す。そしてゲームマスターの正体を暴いてやる。真悟の胸中で暗い炎が燃え上がる。

真悟はゆっくりとした足取りで、目の前にある階段を上りはじめた。四階まで上ると、展望台へと向かうエレベーターの搭乗口が見えてきた。その周辺にたむろしている人々を見て、真悟は目をしばたたかせる。ミイラ、フランケンシュタイン、魔女、吸血鬼、様々な仮装をした若者が長い列を作っていた。

そういえば、今日はハロウィンとかいう祭りだった。列を作っている若者たちは、仮装したまま展望フロアに向かおうとしているらしい。

真悟はすぐ脇の壁に貼られたポスターに気づく。様々なモンスターが楽しげに描かれているそのポスターには、派手な文字で『スカイツリー・ハロウィンナイト』と記されていた。どうやら公式で開催されている、展望台で仮装してハロウィンを祝おうというイベントらしい。仮装すれば入場料が割引になると書いてあった。

真悟は渋い表情を浮かべる。これでは、展望フロアは仮装した若者で溢れかえっているだろう。そんな状態では、犯人捕捉のために潜む捜査員が目立ってしまう。

誘拐捜査では捜査員が変装することもあるが、ハロウィン用の仮装を大量に用意しているとは思えなかった。いま頃、指揮本部では、どのように捜査員を目立たずに紛れこませようか、頭を抱えているはずだ。おそらくゲームマスターはこのことも計算の上で、このスカイツリーを最後のゲーム場所に指定したのだろう。

まあいい、捜査員の配置は指揮本部の仕事だ。俺が気にしてもしかたがない。最悪、犯人捕捉班が展開できなかったとしても、俺一人でゲームマスターを捕まえてやる。

覚悟を決めると同時に、電子音が耳に届いた。真悟は反射的にジャケットの懐から携帯電話を取り出す。豊洲の映画館で手に入れた携帯電話が、着信音を奏でていた。

なぜいま入電が？　戸惑いつつ、真悟は襟元のマイクに『マル被から入電』と言う。

『マル被から？　間違いないですか？』通信担当捜査員が上ずった声で言う。

「そんなこと分からない。逆探の準備はいいな。取るぞ」真悟は通話ボタンを押す。

『やあ、上原さん。もう着いているかな？』陽気な声が響く。

「ああ、もうスカイツリーの下にいる。指定時間はまだのはずだ。なんの用だ？」

『悪いけど、予定変更だよ』

「予定変更？」

『うん、そう。よく聞いてね。まず、荒川にかかる千住新橋に行って。覚えているでしょ、あのかわいそうな女の子の遺体が発見された場所だよ。北千住側の欄干《らんかん》下にスーツケースが隠してあるから、それに五千万円を入れて、午後九時ちょうどに橋の真ん中から荒川に落とすんだ。もし時間に遅れたら人質を殺す。ああ、スーツケース閉めるのを忘れないでね。そうしないと、沈んじゃうからさ。それじゃあ上原さん。またね』

「待て！　いったいどういう……」

真悟が言い終える前に回線は切断される。電話を片手に立ち尽くしながら、真悟はスカイツリーを呆然と見上げ続けた。

「千住新橋とはどういうことだ!?　スカイツリーじゃなかったのか？」

角田参事官の悲鳴のような怒声が指揮本部に響き渡る。

「ホシが身代金受け渡し場所を変えてきたんです！」

怒号が飛び交う中、近衛は声を張り上げた。

「そんなことは分かってる！　いちいち口に出すんじゃない！」

角田はヒステリックに頭を掻き乱す。近衛は角田を怒鳴りつけたい衝動に耐えた。

犯人が身代金受け渡し場所を変えてきたのは予想外の事態だった。しかしこんな状態だからこそ、指揮本部を統括する幕僚たちは冷静でなくてはならないというのに。

「千住新橋に到着したトカゲより報告。マル被の言葉どおり、欄干下にスーツケースらしき物が置かれているということです！」

通信担当捜査員の一人が、講堂に満ちる喧騒に掻き消されぬよう、声を張り上げて報告する。それを聞いて、幕僚席で腕を組んでいた城之内捜査一課長が立ち上がった。

「墨田《すみだ》区、台東《たいとう》区に展開している予備の犯人捕捉班を、すぐに千住新橋周辺に向かわせろ。スカイツリーの周辺にいる犯人捕捉班は、予備捕捉班として荒川区全体に散らばらせる。第六、第七方面の各署に連絡、出せるだけの捜査員を荒川の周辺に配置するように指示を出せ。トカゲは千住新橋から下流の荒川沿いに、均等に配置。上原は捜査態勢が整うまでスカイツリー周辺で待機させろ」

城之内はよく通る声で、滞りなく指示を出していった。捜査一課長の明確な指示を受けて、沸騰していた指揮本部内の空気がいくらか冷まされる。右往左往していた管理官たちも、一斉に城之内の言葉に従って現場に指示を下ろしていく。

近衛は壁に貼られた東京二十三区の地図に視線を向ける。二十三区の東側を通り東京湾へと注ぐ一級河川、荒川。ホシは千住新橋から身代金をスーツケースに入れて流させ、下流のどこかでそれを回収するつもりだと、城之内は考えているのだろう。

東京都内で営利誘拐事件が発生すると、警視庁管内の全警察署に、警視庁刑事部長名で特別警戒態勢の一斉電報が発令される。その権威は絶大で、全警察官を就業時刻を過ぎても署に残し、さらに各署の独自捜査に当たる捜査員も全員、署に戻って待機させるという強制力を持っていた。城之内はその大量の人員によって、荒川周辺に巨大な捜査網を敷くと決断したのだ。

この判断は正しいはずだ。城之内の指示を犯人捕捉班の捜査員たちに伝えながら、近衛は考える。営利誘拐事件においては、身代金受け渡しの瞬間が犯人逮捕の最大のチャンスだ。それまで姿を隠していた犯人も、金を受け取るときには姿を現さなければならない。そこを逃すことなく、大量の捜査員を動員して犯人の身柄を押さえる。

ホシはどうやってスーツケースを回収するつもりだろうか？　河川敷で回収するつもりか？　それともモーターボートでも使用するのだろうか？　どちらにしても、身代金を奪って逃げ切ることなど不可能だ。地上には東京中から掻き集めた大量の捜査員とトカゲが控えている。さらに空からはヘリによる追跡もできるし、もし東京湾に逃げたとしても即座に海上保安庁に協力を頼み、身柄を押さえることができるはずだ。

身代金をスーツケースに入れて川に流すというのは、たしかに斬新な方法だが、それくらいの奇策で警視庁が全力を挙げて敷いている捜査網から逃れられるわけがない。

そう、絶対に逃げられるわけがないはずだ。犯人捕捉班の展開状況についての報告を聞きながら、近衛は自分に言いきかせる。しかし、不吉な予感は消えなかった。

「上原氏から連絡、スカイツリーの捕捉班を移動させないように要請しています」

通信担当捜査員の言葉に、俯《うつむ》いてオペレーションデスクを見ていた近衛は顔を上げる。

「どういう意味だ？」角田が訝しげな声をあげた。

「荒川は囮《おとり》だとかなんとか……」通信担当捜査員はためらいがちに報告する。

「スピーカーに繋げ。上原に報告させろ」

城之内が早口で言う。通信担当捜査員は慌てて頷くと、手元の無線機を操作した。

『荒川はダミーです。騙《だま》されないでください』スピーカーから上原の声が響く。

「捜査一課長の城之内だ。ダミーとはどういうことだ？」

城之内が早口で訊ねる。その声は無線を通じて上原に伝わっているはずだ。

『ゲームマスターはこのスカイツリーで決着をつけると言いました。あいつは本気だった。あいつはここで、最後のゲームをやる可能性が高いんです』

「じゃあ、なんで千住新橋から身代金を投げろなんて指示したんだ？」角田が訊ねる。

『ここから捜査員を減らすためです。そう指示すればスカイツリーに来るはずの捕捉班が、千住新橋の周りに移動することを分かっていたんです。それに、荒川周辺に捜査員が集中することも』

「身代金の受け渡しは犯人逮捕の最大のチャンスだ。それに備えてできる限りの態勢を整えるのは当然だ」

城之内は動揺を見せることなく答える。

『分かっています。ただ、その身代金受け渡しがダミーである可能性も考慮しておいてください。少なくとも俺はぎりぎりの時間まで、スカイツリーで待機します。ゲームマスターは普通の誘拐犯じゃありません。奴はこちらの手の内を完全に読んでいます。基本どおりにやったら、あいつの掌の上で踊らされる恐れがあります』

上原は必死に説得してくる。

『ほんの一部だけでいいんです。捜査員をこのスカイツリー周辺に残してください。そして、俺にここで待機する許可をください』

報告を聞き終えた城之内は、上原との通信を切るように指示すると、腕を組んだ。

「もう警官でない男の忠告なんて聞く必要はありませんよ。ホシははっきりと身代金の受け渡し方法を指示してきました。すぐに千住新橋に向かうように上原に指示したうえで、荒川周辺の警戒に最大の力を入れるべきです」

角田がまくし立てる。しかし、城之内は黙りこんだままだった。

数十秒後、城之内はゆっくりと腕を解くと、「近衛管理官」と声を上げた。唐突に名前を呼ばれ、近衛は「はい！」と背筋を伸ばす。

「上原真悟というのはどういう男だ？」

「優秀な刑事でした。そして、ゲームマスターについては誰よりも詳しい男です」

近衛がはっきりと答えると、城之内は大きく頷いて口を開く。

「スカイツリー周辺の捕捉班のうち、十人を展望台に上げろ。さらに二十人を周辺に展開。スカイツリーでの身代金受け渡しに備えろ。上原はぎりぎりまでその場に待機」

「承知しました！」

近衛は覇気の籠もった声で答えた。

9

腕時計の秒針が頂点を指す。午後八時になった。それと同時に、手にしていた携帯電話が着信音を響かせはじめる。

予想どおりだ。襟元のマイクに向かって「マル被から入電」と報告すると、真悟は何事か指示を伝えてくるイヤホンを耳から外し、内ポケットにしまう。

これから最後のゲームがはじまる。そのルールは集中して聞かなくては。

「やっぱりかけてきたか」

通話ボタンを押して携帯電話を顔に当てた真悟は、ゆったりとした口調で言う。

『あれ？　バレてた？　上原さん、千住新橋には行かなかったの？』

「お前がまた連絡してくると分かっていたからな。荒川の指示はダミーなんだろ?」

『さすがは上原さん！　それでこそ僕が見込んだ人だよ』

心から嬉しそうにゲームマスターは声を上げる。真悟は苦笑を浮かべた。

「お前に褒められても嬉しくない。それで、俺はなにをすればいい?」

『それじゃあ、とりあえず二十分以内にスカイツリーの最上階、四五〇メートルフロアまで上がってくれるかな?　そこで僕と最後のゲームをしたあと、上原さんは佐和さんの自宅に戻る。それで上原さんの旅は終了だよ。それじゃあ二十分後にまた連絡をするね。上原さん、僕の居場所を見つけられるかな?』

歌うような口調で言うと、ゲームマスターは通話を終えた。真悟は携帯電話をポケットに入れ、指揮本部にいま受けた指示を報告しつつ、正面にあるゲートへと向かう。

コインロッカーから回収したチケットを女性係員に見せると、すぐに通してくれた。すぐ脇で長い列を作っている当日券待ちの人々から恨めしげな視線を受けながら、真悟はエレベーターホールへと向かう。

真悟は係員の指示に従って二十人ほどとともにエレベーターに乗りこんだ。周りの人々の大部分が、仮装をした若者たちだ。様々なモンスターに扮《ふん》した若者たちに囲まれていると、なにやら自分が異次元の世界に迷いこんでしまったような心地になる。

ゲームマスターは客の中に紛れこんでいるのだろうか?　正面にあるディスプレイにエレベーターの速度と現在の高さが表示されるのを眺めながら、真悟は警戒する。

未《いま》だにゲームマスターの目的は分からないままだ。奴は身代金を取りにくるのだろうか？　身代金などには興味なく、俺を襲ってくる可能性だってある。

数十秒でエレベーターは、地上三五〇メートルにある天望デッキへと到着する。扉が開くと、周りの若者たちから歓声が上がった。十メートルほど先にある窓の奥に、見渡す限りの夜景が広がっていた。

仮装した集団は小走りに正面の窓へと殺到する。真悟もそのあとを追った。三五〇メートルの天空から見下ろす東京の夜景は、宝石をちりばめた夜の海のようで、こんな状況にもかかわらず意識を奪われてしまう。真悟は夜景から視線を剝がし辺りを見回す。フロアは仮装した人々で溢れかえり、息苦しさを感じるほどに混み合っていた。

〝天望回廊行きエレベーター〟と記された矢印を見つけ、真悟は人混みを掻き分けながらそちらに向かう。ドーナツ状のフロアを半周すると、最上階へと向かうエレベーターが見えてきた。ありがたいことに、エレベーターの前の列はそれほど長くなかった。ここからさらに料金を払ってまで、上のフロアに行こうとする者は多くないらしい。

カウンターで料金を払った真悟は、係員の指示に従ってエレベーターに乗る。さっきのエレベーターとは違い、天井周辺がシースルーになっているので、四四五メートルの高さにある〝天望回廊〟と呼ばれるフロアに向かう途中、外の様子をうかがうことができた。エレベーターが上昇していくにつれ、地上の光がさらに細かくなっていく。

エレベーターが到着する。警戒を怠ることなく出ると、そこには緩やかに上るらせん状の廊下が延びていた。大きく外に張り出した窓は全面ガラス張りになっていて、空に浮かんでいるかのような気分になる。

なるほど、まさに天空の回廊だな。真悟はゆっくりと歩を進めていく。下の階の天望デッキほどではないが、この天望回廊にも多くの人がいた。やはりその多くは仮装した若者たちで、夜景を見たり記念写真を撮ったりしながら歓声を上げていた。

この中にゲームマスターがいるのだろうか？　リュックサックを両手で抱えたまま、真悟は進む。仮装している人々の中に、いくらか普通の格好の人々の姿も見えた。

手を繋いで夜景を見ていた三十歳前後のカップルが、真悟が近づくと窓から離れた。

「捕捉班です。イヤホンをつけてください」

すれ違いざま、女が周りには聞こえないような小さな声で言い残していく。真悟は頷くことも振り返ることもせずに歩き続けながら、胸ポケットからイヤホンを取り出して耳にはめ、無線のスイッチを入れた。

『上原さん、報告を。繰り返します、上原さん……』

「こちら上原。天望回廊に到着した。まだマル被からの接触なし」

『常に連絡を保っていてください』押し殺した声で通信担当捜査員が言う。

ここからは俺とゲームマスターの勝負だ。そう思いつつも、真悟は「了解」と答える。状況によっては、捜査員の手を借りる必要も出てくるかもしれない。この勝負には人質となっている女子高生の命がかかっている。絶対に失敗は許されないのだ。

「この階には何人捜査員がいる？」

　窓際に近づき、手すりに背中をもたせかけると、真悟はマイクに向かって囁く。

『天望回廊と四五〇メートルフロアに合計七人、下の天望デッキに三人。あとはスカイツリー周囲に二十人が展開している』

　イヤホンから聞き覚えのある声が響く。

「了解しました、近衛さん。その配置でいいかと思います」

　真悟が答えると、近衛は小さくため息をついた。

『なにがいいかと思いますだ。いきなり無線を切りやがって』

「あのあと、満員のエレベーターに乗ったんですよ。イヤホンからの声が漏れるとよくないでしょ。それより、荒川に送った捜査員はどうなっていますか？」

『連絡は常に取れるようにしておけ。荒川からそちらに急いで向かわせているが、間に合わない可能性が高い。できれば交渉して時間を延ばしてくれ』

「それが難しいのは分かっているでしょ。ゲームマスターはこの状況を作り出すために、荒川へ行くようにと指示を出したんだから」

『ああ、そうだろうな。上原、気をつけろよ。ホシの狙いは……』

「俺の命かもしれない」

　軽い口調で言うと、イヤホンから『ああ、そうだ』という低い声が返ってきた。真悟は皮肉っぽく唇を歪める。どうせあと一年も保《も》たない命なんだ。ゲームマスターの正体を暴けるなら、喜んで差し出してやろう。

「心配しないでくださいよ、近衛さん。現役時代、あなたに鍛えこまれたじゃないですか。癌で弱っていたって、そう簡単にやられたりはしませんよ」

『頼むぞ』

その言葉を残して通信は切れた。真悟は腕時計に視線を落とす。時刻は午後八時十四分を指している。ゲームマスターからの指示が入るまであと六分。その間にこのフロアの構造を頭に入れておかなくては。

「移動する」

マイクに向かって言うと、真悟は警戒しながら緩やかに上っている回廊を進んでいく。らせん状の回廊を一周すると、最上階の四五〇メートルフロアへとたどり着いた。ドーナツのように円を描く天望フロアを、真悟は辺りを見回しながら進んでいく。

窓際には仮装した若者たちがびっしりと並んで夜景を眺めている。彼らが上げる声でフロアは騒々しかった。フロアを半周ほど進むと、なにやら列ができていた。

少し先の廊下が内側に大きくくぼんでいて、記念撮影ポイントになっているようだ。真悟はすぐわきの壁に視線を向ける。そこには『最高到達点451・2メートル　ソラカラポイント』と記され、カメラのマークが描かれていた。どうやらここがスカイツリー展望台の最高点らしい。

列のわきを進んだ真悟は、その奥まっていた空間を横目で見る。ハロウィンらしく、ジャック・オー・ランタンの顔が彫られた巨大なカボチャのオブジェが置かれ、その前で仮装した若者たちが満面の笑みを浮かべて記念撮影をしていた。彼らのそばには、後頭部が星形になっている女の子の着ぐるみが立って、一緒に写真を撮っている。その着ぐるみには見覚えがあった。たしか、スカイツリーの公式キャラクターだったはずだ。よく見ると、キャラクターの口元からは鋭い牙が覗き、赤い血が垂れている。黒いマントを羽織り、服にコウモリの刺繡《ししゅう》が施されているところを見ると、吸血鬼を意識しているのだろう。公式キャラクターまでハロウィン仕様らしい。

記念撮影ポイントを通り過ぎて少し歩くと、下のフロアへと戻るエレベーターがあった。真悟はその近くで足を止めると、壁にもたれかかる。

このフロアから地上に降りるためには、エレベーターで下の三五〇メートルフロアへと戻り、さらにそこから地上に戻るエレベーターに乗り換える必要がある。もし身代金を手に入れられたとしても、エレベーターを停められたら完全に袋のネズミだ。ここでゲームマスターがなにをするつもりなのか、真悟にはまったく予想が付かなかった。

ポケットから着信音が響く。

とうとう来たか。真悟は携帯電話を取り出す。しかし、すでに着信音は消えていた。

真悟の眉間にしわが寄る。液晶画面には『メール　1件』と表示されていた。真悟はメールを開く。その内容を読んで、眉間のしわがさらに深くなった。

『午後八時二十五分までにソラカラポイントで記念写真を撮影して。最高の笑顔でね。そうしたら、身代金の入ったリュックをカボチャの後ろに置いて。その後は次の連絡が来るまで夜景でも楽しんでいてよ。指示に従わなかったら人質を殺す。　ゲームマスター』


あのカボチャの後ろに身代金を？　真悟は振り向いて、ついさっき通り過ぎた記念撮影ポイントを見る。そこには十人ほどが列を作っていた。

五分以内に写真を撮るなら、すぐに並ばなくては。真悟は走りだす。

列の最後尾についた真悟は、襟元のマイクに口を近づけた。

「マル被よりメールで連絡あり」

『メール？　電話ではないのですか？』通信担当捜査員が聞き返す。

「ああ、メールだ。記念撮影ポイントで写真を撮って、そこにある巨大なカボチャの後ろに身代金入りのリュックを置くように指示された」

状況報告をしながら、なぜ今回はメールで指示が来たのか、真悟は思い当たる。やはりゲームマスターはこのフロアに来ているのではないだろうか。

このフロアに捜査員が潜んでいることは、ゲームマスターも分かっているはずだ。そんな中、電話で指示を出したりすれば、発見されてしまうかもしれない。しかし、メールを送るだけならまず気づかれることはないだろう。このフロアにいる人々の多くが、いまこの瞬間もスマートフォンをいじっているのだから。

「犯人の指示どおり、リュックをカボチャの後ろに置く。いいな？」

真悟が確認すると、通信担当捜査員から『ちょっと待ってください』と返答があった。イヤホンを通して、多くの人々の声がかすかに聞こえてくる。指揮本部で方針を巡って揉めているようだ。悠長に相談している時間なんかないんだよ。真悟が顔をしかめると、イヤホンから再び近衛の声が聞こえてきた。

『いま、下の階にいる捜査員をそのフロアに移動させている。時間を稼げないか？』

この四五〇メートルフロアが身代金受け渡し現場であることがはっきりしたので、捜査員をできるだけ多くこの階に集めようとしているのだろう。

「駄目です。五分以内に指示に従わなければ、人質を殺すとメールには書いてあります。あと三分もありません。捜査員を待っている余裕はないです」

真悟が早口で答えると、イヤホンを通じてかすかに怒号が聞こえてくる。やはり指揮本部はかなりの恐慌状態に陥っているのだろう。

「近衛さん、俺は指示どおりにカボチャの後ろに身代金を置きます。この記念撮影ポイントの周囲を中心に、捜査員を配置してください」

近衛はすぐには答えなかった。なにやら、怒鳴られているような気配が伝わってくる。勝手なことをやらせるなとでも、幕僚の誰かががなり立てているのかもしれない。

「近衛さん。もう迷っている時間はない。時間内に指示に従わないと、あいつは本当に人質を殺す。俺は指示に従います！」

『分かった、そうしてくれ。こっちのことは任せろ』近衛は力強く言う。

「よろしくお願いします」

真悟は摑んでいた襟を離し、正面を向く。かなり列は進んで、真悟の前にはゾンビの仮装をしたカップルしかいなかった。腕時計を見る。時間はあと二分を切っていた。

時間がない。早くしてくれ。唇を嚙みながら三十秒ほど待つと、前のカップルの順番になった。

「よろしくお願いしまーす」

カップルの女が唐突に振り返ると、真悟にスマートフォンを手渡した。どうやら、写真を撮ってくれる仲間がいない場合は、後ろに並んでいる者に撮影を頼むようだ。

少ない残り時間に精神を炙《あぶ》られつつ、真悟は震える手で、笑顔を浮かべるカップルを撮影する。「どうもありがとうございます」とスマートフォンを受け取って、カップルは去っていった。

もう数十秒しかない。真悟は身を焦がすような焦燥感をおぼえつつ、後ろにならんでいた妖精の仮装をした三人組の女の一人に、カメラモードにしたスマートフォンを渡す。

「お願いします！　ここを押せばいいんで！」

真悟の焦った様子にやや身を引きつつ、女はスマートフォンを受け取った。真悟はできるだけ愛想よく「よろしく」と言うと、おどけるように両手を広げる着ぐるみに近づいていく。着ぐるみの脇に立った真悟は、腕にかけていたリュックを右手で持つと、その手を着ぐるみの腰に回した。

「それじゃあ撮りますね」女が言う。

真悟はむりやり引きつった笑みを浮かべると同時に、右手に力を込めてリュックを後方に投げた。シャッターの切られる音が響く。着ぐるみの腰から手を引きながら、真悟は振り返る。リュックは巨大なカボチャのオブジェの奥に姿を消していた。

小さく拳を握りしめると、真悟は女からスマートフォンを返してもらい、記念撮影ポイントから離れる。腕時計を見ると、ちょうど午後八時二十五分になったところだった。真悟は安堵の息を吐く。なんとか間に合ったらしい。

「身代金をカボチャのオブジェの後ろに隠した」

『了解しました。上原さんは離れた位置に移動してください。身代金は捕捉班の捜査員が監視します』

真悟が報告すると、すぐにイヤホンから指示があった。一瞬、「俺も身代金の監視に加わる」と反発しかけるが、真悟は口元まで出た言葉を飲みこむ。

この記念撮影ポイントの周辺には、すでに捜査員が厚く配置されているはずだ。ゲームマスターが単純にここに姿を現すとは思えない。なにかを企んでいるはずだ。それなら、監視が薄い他の場所を警戒した方がいいかもしれない。マイクに向かって「了解」と答えた真悟は、らせん状の天望回廊と、この四五〇メートルフロアの接続部辺りまで戻る。そこにあるベンチに腰掛けると、真悟は思考を巡らせはじめた。

ゲームマスターはここで『最後のゲーム』を行うと言った。きっとあいつは最後にふさわしい、大がかりな仕掛けを準備しているはずだ。

この東京のてっぺんで、いったいなにが起こるんだ？

そのとき、鼓膜を電子音が揺らした。真悟はポケットから携帯電話を取り出す。数分前と同じように、メールを一通受信していた。

これが最後の指示か。真悟は唾《つば》を飲みこみつつメールを開く。

『僕を見つけて。君にはもう僕が見えるはず。
君はもう、すべての手がかりを持っている。
真ん中にある五角形、その中に僕はいるよ。
さて、僕はどこでしょう？
僕を見つけられなかったら、人質は殺す。
僕を見つけたら、一番欲しいものをあげる。
頑張って僕を見つけてね。
ずっと待っているよ、上原さん。　ゲームマスター』

真ん中？　五角形？　戸惑いながら、真悟は立ち上がると、襟元を口に近づける。

「犯人から連絡あり。メールを読み上げる。『僕を見つけて。君にはもう……』」

『どういう意味ですか？』

真悟がメールの内容を伝え終えると、間髪いれずに通信担当捜査員が訊ねてくる。

「そんなこと俺にも分からない！」

声を荒らげながら、真悟はこのフロアの見取り図に近づく。ドーナツ状の四五〇メートルのフロアがあり、その周囲を取り囲むように四四五メートル地点から上ってくる天望回廊が描かれている。しかし、どこにも〝真ん中〟と呼べるような場所はなかった。

ドーナツ状に天望スペースが配置されている四五〇メートルフロアの見取図。真悟はその中心に視線を向ける。この建物の中心、そこにはなにがあるのだろうか？

鉄筋で埋まっているのだろうか？　それとも……。そこまで考えたとき、遠くから甲高い悲鳴が響いた。振り返った真悟は目を見開く。天望回廊の奥にもうもうと煙が立ちこめ、こちらに向かって流れこんできた。煙に追われるように、仮装をした人々が悲鳴を上げながら逃げ惑っている。

「火事!?」真悟がつぶやくと同時に、けたたましいサイレン音が辺りに響き渡った。

『火事です　火事です　係員の指示に従って避難してください』

人工的な女性の声が避難を呼びかける。真悟は天望回廊に向かって走りだした。

これが偶然のわけがない。この火事はゲームマスターが起こしたものだ。火元にゲームマスターが、恋い焦がれるほどに追っていた犯罪者がいる。真悟はポケットからハンカチを出して口元を覆うと、逃げ惑う人々の流れに逆らって天望回廊を下っていく。

「こちらです！　こちらから避難できます！」

煙をできるだけ吸わないよう、身を低くしながら回廊の半分ほど進んだところで、警備員が声を上げていた。見ると廊下の一部がわずかに奥まり、そこにある扉が開いていた。数人の客が扉の奥に逃げこんでいく。真悟は小走りに警備員に近づいた。

「この奥は!?」サイレン音に負けないよう、怒鳴るように真悟は訊ねる。

「非常階段になっています。すぐに避難してください！」

真悟は扉の中を覗きこむ。そこは大きな空洞になっていて、らせん状に非常階段が設置されていた。ここが〝真ん中〟？　混乱を起こし身代金を奪い、そしてこの非常階段で逃げる。それがゲームマスターの計画なのか？　真悟は振り返ると回廊へと引き返す。

一瞬、身代金の場所に戻ろうかと迷うが、すぐに思い直す。身代金は何人もの捜査員によって監視されている。それに、あそこまで煙が回るにはまだ時間があるはずだ。それよりも、いまは火元を確認するべきだ。その近くにゲームマスターがいるかもしれないのだから。

「あっ、お客さん、どこに行くんですか？　早く避難しないと！」

慌てて声をかけてくる警備員を無視すると、真悟はさらに天望回廊を下っていった。

煙で視界が悪くなる。しかし、いまだに炎は見えなかった。

真悟の目が窓辺の手すりから身を乗り出している人影をとらえる。

「なにをやっているんだ！」

真悟は人影の背後に近づき、警戒しつつ声を上げた。振り返った人影を見て、真悟は目をしばたたかせた。それは、天望回廊に到着したとき、「イヤホンをつけてください」と声をかけてきた女性捜査員だった。

「上原さん」

「君は……。こんなところでなにを？」

戸惑う真悟の前で、女性捜査員は手すりから大きく身を乗り出して何かを手に取った。彼女が持っているものを見て、口から「あっ」と声を漏らす。

それは発煙筒だった。筒の先端から茶色い煙がもうもうと立っている。

「窓際の見つかりにくい位置に発煙筒が何個も置かれています」

発煙筒なら簡単に煙を出すことができる。もしかしたら、この天望回廊だけではなく、四五〇メートルのフロアでも……。真悟は身を翻して走りだした。

天望回廊を一気に駆け上がり、さっきまでいた四五〇メートルフロアとの接続部まで戻ると、そこもすでに煙で視界が悪くなっていた。間違いなくこのフロアでも発煙筒が焚《た》かれている。真悟は目を凝らす。煙で喉がひりひりと痛かった。

真悟の視線が、女性用トイレの扉からあふれ出ている煙をとらえる。そのとき、女性用トイレの隣にある多機能トイレの扉が開き、警備員の制服を着た若い細身の男が出てきた。男の脇には小さなバッグが抱えられている。

数秒の間をおいて、多機能トイレの扉の隙間から、もうもうと煙が溢れはじめた。

真悟は「おいっ！」と男の背中に声をかける。男が身を震わせて振り返った。真悟と目が合った瞬間、男は唐突に走りだす。真悟は「待てっ！」と叫んで床を蹴る。すぐに男に追いついた真悟は、背後から腕を摑むと、力を込め無造作に引いた。男はいとも簡単にその場に引き倒される。男が落としたバッグから、未使用の発煙筒が零れ出た。

「お前がやったのか！」

怒鳴りつけると、男は「ひいっ」と情けない悲鳴を上げる。

「この男がホシですか⁉」

追いついてきた女性捜査員が、発煙筒を見て訊ねる。しかし、真悟は首を横に振った。

「いや、こいつはゲームマスターじゃない。レポだ」

こんな情けない男がゲームマスターのはずがない。真悟は両手で男の制服の襟を摑んで、上半身を強引に起こさせる。

「なんでこんなことをやった⁉」

「ごめんなさい！　頼まれたんです！」男はがたがたと震えだす。

「誰に頼まれた？」

「し、知りません！」

「お前、ふざけるなよ」真悟は襟を引きつけ、男を睨む。

「本当に知らないんです！　ネットで依頼されて！　今日、午後八時半にここで発煙筒を十本以上焚けば、金をくれるって……。前金で十万もらったから……」

男は息も絶え絶えに答えた。こいつは本当になにも知らない。そう判断して顔を上げた真悟は額にしわを寄せる。四五〇メートルフロアの奥にもかなり煙が充満していた。天望回廊からの煙が流れたにしては、あまりにも煙が濃すぎる。なにが起きているのか気づき、頬の筋肉が引きつった。

「この男を頼む」女性捜査官に言い残すと、真悟は走りだす。

きっとこの四五〇メートルフロアの奥でも、あの男以外の誰かが発煙筒を焚いたのだ。その人物こそ、ゲームマスターに違いない。

煙に巻かれた人々でフロアはごった返していた。奥からも多くの人々が逃げてくる。その中にはあの公式キャラクターの着ぐるみも含まれていた。

パニックになりかけている人々を、係員が必死に非常階段へと誘導している。

人混みを掻き分けながら身代金を置いた撮影ポイントに近づくにつれ、煙は明らかに濃くなっていった。呼吸は苦しくなり、目からは止《と》め処《ど》なく涙が流れ出す。

少しでも煙を吸わないように身をかがめながら目的地に着くと、そこでは三人の男女が同じように身を低くしていた。身代金を監視していた捜査員たちだろう。

「どうなっているんだ!?」

真悟は男の一人に近づき、声を張り上げる。唐突に声をかけられ、男は一瞬身構えるが、相手が真悟だと気づいてすぐに警戒を解いた。

「警報が鳴りだして少ししてから、カボチャの奥から急に煙が噴き出したんだ。煙の勢いが強すぎてなにがなんだか……」

「身代金はどうなった？　まだカボチャの後ろにあるのか？」

「いま確認している」

男は顎をしゃくって撮影ポイントの奥をさす。そのとき、煙が充満したその空間から二人の男が激しく咳《せ》きこみながら出てきた。

「やられた！」男の一人が声を張り上げる。

「やられたってどういうことだ！　リュックはなくなったのか？」

「リュックはあるが、中身が抜かれていた！　そばには発煙筒が三本も落ちていた」

後ろにいた男が腕を掲げる。その手には空になったリュックサックが握られていた。

「誰が金を取った？」

真悟が訊ねると、リュックを持つ男が大きくかぶりを振った。

「分かるわけがないだろ。一気に煙が広がって、ほとんどなにも見えなくなったんだぞ。周りにいた奴らは悲鳴を上げて逃げだすし、もうめちゃくちゃだ」

これがゲームマスターのシナリオか。真悟は廊下の奥を眺める。遠くで仮装した人々が次々と非常口へと吸いこまれている。あの中にゲームマスターがいるのだろうか？

「すぐに指揮本部に連絡しろ。この建物を封鎖してもらうんだ！」

真悟は声を張り上げる。隣に立っていた男が、「もうやってるよ」と舌を鳴らした。

『指揮本部よりスカイツリーの各捜査員。スカイツリーの即時封鎖は困難。身代金を持っている人物を確保せよ』

指揮本部からの指示がイヤホンから流れる。捜査員たちは小さく頷き合うと、素早く散っていった。非常口に殺到する人々の中に、身代金を持っている人物がいないか探すのだろう。五千万円の札束はかなりかさばる。犯人は荷物を持っているはずだ。

捜査員たちより数瞬遅れて、真悟も来た道を戻りだす。四五〇メートルフロアと天望回廊の接続部辺りまで戻ると、いくらかパニックも収まったのか、非常口に人々が列を作っていた。煙も薄くなった気がする。排煙装置が作動したのだろう。

捜査員たちが大きな荷物を持つ人々に声をかけて回っているのを見ながら、真悟はポケットから携帯電話を取り出し、ゲームマスターからのメールを確認する。

このメールに、ゲームマスターの居場所を特定するヒントがあるはずだ。〝真ん中〟がスカイツリーの中心にある非常階段だとしたら、〝五角形〟とはなんだ？

唇を嚙みながら五角形のものがないか探す真悟の目が、天望回廊へと向かう人々をとらえた。おそらくここの非常口に長い列ができているのを見て、比較的空いている天望回廊の非常口から避難するつもりなのだろう。その人々の中に、星形の頭をしたあの公式キャラクターの着ぐるみを見つけ、真悟はまばたきを繰り返す。

正面から見たときは気づかなかったが、あまり角張っていない星の形をしたその後頭部は、緩やかな五角形に見えなくもなかった。

「おい、ちょっと待て！」

真悟は十数メートル先にいる着ぐるみに声をかける。その声量に、周囲にいたほとんどの者の視線が真悟に向いた。着ぐるみも、ゆっくりと振り返り、感情が浮かんでいない大きな目で真悟を見つめる。次の瞬間、着ぐるみは回廊の奥へと走りはじめた。真悟はその後を追って駆けだす。呆然と立ち尽くす人々の間を縫って天望回廊に入った真悟の目に、両手を振って必死に回廊を逃げていく着ぐるみが映った。体力が落ちているせいか足が縺れ転びそうになるのを必死に耐えながら、真悟は足を動かし続けた。

回廊の中間で着ぐるみに追いついた真悟は、その背中に飛びつく。着ぐるみは真悟を引き剝がそうと、激しく暴れだした。二人はもんどりうって倒れる。背中を激しく床に叩きつけ、真悟の口からうめき声が漏れた。

着ぐるみは苦痛に耐えている真悟の体の上に馬乗りになる。物を摑めるように露出している手で拳を作り、着ぐるみは真悟の頰を殴りつけた。その衝撃で一瞬飛びかけた意識を、真悟は歯を食いしばって繫ぎ止める。

着ぐるみは再び拳を大きく振り上げた。その瞬間、真悟は両足に力を込めながら思い切り背中を反らし、地面から腰を浮かしてブリッジを作る。真悟の体の上に乗っていた着ぐるみは大きくバランスを崩し、床に両手をついた。その隙を逃すことなく、真悟は着ぐるみの膝を両手で押しながら体を縮こめる。警察時代、柔道の寝技の練習で数え切れないほど行ったエビの動きで着ぐるみの足の間から脱出した真悟は、素早く立ち上がると、着ぐるみの巨大な頭部をサッカーボールでも蹴るかのように力いっぱい蹴った。

巨大な頭部に詰まった綿で衝撃はかなり吸収されはしただろうが、それでも着ぐるみは勢いよく仰向《あおむ》けに倒れた。真悟は着ぐるみの手を無造作に摑むと、力任せにひねり上げて肘関節を極《き》める。くぐもった悲鳴を上げながら、着ぐるみは痛みから逃れようと自ら腹這いになった。関節を極めたまま、真悟は着ぐるみの首の後ろを踏みつける。

「マル被を確保！　こいつがホシだ！　こいつこそゲームマスターだ！」

襟元のマイクに向かって真悟は叫ぶ。イヤホンから通信担当捜査員がなにか叫ぶ声が響くが、その言葉は真悟の耳には届かなかった。

「捕まえた！　捕まえたぞゲームマスター！　四年間、お前を追い続けていたんだ」

舌が縺れる。体が細かく震える。これまでの人生で味わったことのないほどの歓喜と興奮をおぼえつつ、真悟は着ぐるみを踏みつける足に体重をかける。

数人の足音が聞こえてくる。見ると、捜査員たちが走ってきていた。

「こいつがマル被なのか⁉」捜査員の一人が着ぐるみを見下ろしながら言った。

「そうだ、こいつがマル被、ゲームマスターだ！」

真悟は着ぐるみの首筋から足をどけると、力を込めて関節をひねる。着ぐるみは弱々しい悲鳴を漏らした。

「でも、身代金がどこにもないじゃないか」捜査員は辺りを見回す。

「そこのチャックを開けてくれ」

真悟は着ぐるみの背中にあるチャックに靴先で軽く触れる。捜査員はひざまずくと、慎重にそのチャックを下ろしていった。観念したのか、着ぐるみは抵抗しなかった。

着ぐるみの中身が露《あら》わになると、捜査員たちの間から驚きの声が漏れる。中にはTシャツにジャージのズボン姿の男とともに、札束と発煙筒が詰まっていた。

「こいつは後ろのチャックを開けて、周りに気づかれないようにカボチャの後ろに発煙筒を投げこんだんだ。そして煙で視界が悪くなったのを見計らって、リュックに入っていた金を着ぐるみの中に移し替えると、避難を装って逃げ出した。な、そうだろ？」

真悟は着ぐるみの腕を放しながら、中に入っている男に向かって話しかける。札束を取り出した捜査員たちは、着ぐるみから男を引きずり出しはじめた。男はまるで気を失ったかのように脱力しつつ、着ぐるみを脱がされていく。

真悟は表情を引き締めると、男の顔を凝視した。年齢はおそらく三十歳前後というところだろう。彫りが深く、なかなかに整った顔をしているが、表情筋が弛緩しており、魂が抜けたかのようだった。

「おい、ゲームマスター。気分はどうだ？」

真悟はひざまずくと、捜査員に支えられて座りこんでいる男の顔を覗きこむ。

「げーむ……ますたー……？」男は焦点の合っていない目を真悟に向けてくる。

「もうゲームは終わりだ。お前が誘拐した子はどこにいる？」

「誘拐!?」弛緩していた男の顔に、驚きの表情が浮かぶ。

「なにシラを切っているんだ。さっさと人質の居場所を吐くんだ！」

真悟は男の頬を張った。大きな音が響くと同時に、男の顔が勢いよく横を向く。

「し、知らない……。誘拐ってなんのことだよ……」男はかすれ声を絞り出す。

「ふざけるな！　ゲームに勝てば人質を解放する。そういうルールだっただろうが！」

「ゲームってなんのことだよ!?　わけが分からねえよ」

声を震わせる男を目の当たりにして、真悟の胸の奥で不安が湧き上がる。ついさっきまで感じていた恍惚《こうこつ》感は、いつの間にか消え去っていた。

俺は最後のゲームに勝ったんだ。この男こそゲームマスターのはずだ。

奥歯を軋ませた真悟は、男の右手の人差し指を無造作に摑むと、手の甲側に九十度近く曲げた。男の口から恐怖と苦痛の悲鳴が溢れ出す。

「おい、いくらなんでもそこまで……」

真悟の意図を察した捜査員の一人が、制止の声を上げる。しかし、真悟の鋭い一瞥を受けて、その声は尻すぼみになった。

「うるさい！　俺はもう警官じゃない。俺がなにをやろうが、民間人同士のもめ事で済む。お前らは黙って見ていろ！」

真悟は指を摑む手に力を込めながら、男の目を覗きこんだ。

「俺の質問に正直に答えろ。お前が嘘《うそ》をつくたび、お前の指を一本ずつへし折っていく。分かったか？」

男は唇を震わせたまま、なにも言わなかった。真悟が「分かったのか！」怒鳴りつけると、男は小さく悲鳴を上げ、「分かりました」と哀れを誘う声で答えた。

なんなんだ？　なんでそんな態度を取る。ゲームマスターなら、負けたとしても堂々としていろ。自信が揺らぎかけていることから目を逸らしつつ、真悟は口を開く。

「お前は、女子高生を誘拐し、その親に五千万円を要求した。そうだな？」

「なっ⁉　そ、そんなことしていません！」

真悟は男の指をさらにひねり上げた。男の口から苦痛のうめき声が漏れる。

「でたらめ抜かすな！　なら、なんで身代金を取って逃げようとした！」

「ネットです！　ネットでそういう依頼がきたんです。全部指示されていたんです。この着ぐるみも送られてきたものなんです。怪しいとは思ったけど、前金もらったうえ、もし成功すれば大金が手に入るって聞いて。俺はなにも知らないんです！」

必死に言う男を前にして、真悟は激しいめまいに襲われる。

「お前、あの警備員の制服を着て発煙筒を焚いた男と……」

「あいつのダチです。あいつと一緒に依頼を受けたんです！」

この男もレポだった？　真悟は口を半開きにして立ち尽くす。

「おい、どうなっているんだ。こいつはホシじゃないのか？　まさかレポか？」

男の後ろにいる捜査員が声を張り上げた。

「そんなわけない！」真悟は吠えるように叫ぶと、男に顔を近づける。「正直に言え。

今度こそ指を折るぞ。お前がゲームマスターだ。そうなんだろ?」

「さっきからなんなんだよ、そのゲームなんとかって。そんなの知らねえよ!」

「いや、お前がゲームマスターだ! そうに違いないんだ!」

真悟は叫ぶと男の指を叩き折ろうと手を掲げた。捜査員たちが止めようと飛びかかってくる。そのとき、電子音が辺りに響き渡った。

真悟は腕の動きを止める。捜査員たちも、真悟の腕に触れたところで硬直していた。男の指を摑んでいた手を力なく開き、真悟はおそるおそるポケットの中から、着信音を響かせる携帯電話を取り出した。

「ま、マル被から……入電……」

うわごとでもつぶやくように、真悟は襟元のマイクに報告する。

『マル被は確保したんじゃないんですか!? 入電とはどういうことですか!?』

イヤホンから悲鳴じみた声が聞こえてくる。真悟は無言のまま携帯電話の通話ボタンを震える指で押しこみ、顔の横に持っていく。上下の歯がかちかちと音を立てた。

『やあ、上原さん。僕は見つかったかな?』

電話から声が響く。ボイスチェンジャーで変換された甲高い声が。足元が崩れて宙空に投げ出されたかのような感覚をおぼえ、真悟は後方にバランスを崩す。回廊の窓際に設置されている手すりに背中をぶつけてようやく、体を支えることができた。

「げ、ゲームマスター……」

自分の口から出たとは思えないほど、その声は弱々しかった。真悟のつぶやきを聞いた捜査員たちが大きく息を呑む。

『そうだよ、ゲームマスターだよ。どうしたんだい、上原さん？　いまにも死にそうな声を出しちゃってさ』

「き、着ぐるみが……、あのドラキュラの着ぐるみの中にいたのがお前じゃ……」

『あれ？　もしかして着ぐるみの頭が〝五角形〟だと思った？　あと、〝真ん中〟はスカイツリーの非常階段とか？　まさか、そんな簡単に僕を捕まえられるとでも思っていたの？　ああ、あとあの着ぐるみはドラキュラじゃなくてバンパイアだよ。ドラキュラじゃあ、意味がないからね』

「なにを言って……」

『上原さんが捕まえたのは雑魚《ざこ》だよ。本当につまらない小さな男たち。僕はもっと大きな視点を持っているんだよ』

「そんな……」

『いまのが最後のヒントだよ。上原さん、今日一日の行動を思い出してみなよ。もう手がかりはそろっている。それじゃあ、そろそろ答えを聞かせてもらおうかな。僕はどこにいるの？　もし間違ったら……人質は殺す』

最後の『人質は殺す』という言葉だけ、異常に低くエコーのかかった声になる。

真悟は必死に頭を絞る。考えろ、考えるんだ。このままだと人質が殺されてしまう。

真ん中にある五角形。そしてここから見える。いったいどういうことなんだ？

『どうしたんだよ、上原さん。いつまでも待ってはいられないよ。制限時間はあと一分だ。それまでに答えておくれよ。いま僕がどこにいるのか』

携帯電話からまた地の底から響くような低い声が聞こえてくる。

『入電はマル被からだったのか？　報告を！』

通信担当捜査員の声が響くイヤホンを耳からむしり取ると、真悟は救いを求めるように周囲に視線を彷徨わせる。

大きくて緻密な視点、ゲームマスターはそれがヒントだと言った。大きな……。

このスカイツリーの中心にある非常階段用の空洞はかなり巨大だ。それより大きな場所。しかし、このスカイツリーにそんなところは……。

『あと三十秒、二十九、二十八……』

ゲームマスターがカウントダウンをはじめる。

「うるさい、黙れ！」

電話に向かって怒声を叩きつけた真悟は、振り返って両手で手すりを持つと、自分の頭を叩きつける。衝撃でなにかアイデアが浮かぶことを祈りながら。

もう一度頭を叩きつけようと首を反らしたとき、真悟は動きを止め、目尻が裂けそうなほどに目を見開いた。網膜に東京の夜景が映し出される。

はるか遠くに映し出される高層ビル群の狭間《はざま》に、黒い模様が浮かび上がっていた。まったく光を放つことのないその空間は、天空から眺めると、まるで東京に開いた大きな穴のようだった。そしてその形は、歪んではいるものの五角形に見えた。

「ああっ！」真悟は雄叫びを上げる。

真ん中。池袋、豊洲、代々木、そしてこのスカイツリー、この四ヶ所の真ん中にして、東京の中心。

真悟は視線を上げて天井から吊り下げられた看板を見る。そこには、ここからみえる風景の案内図が描かれていた。その案内図の中心に描かれている、緑が生い茂る一画。

真悟は携帯電話に顔を近づける。

『八、七、六……』不吉なカウントダウンが鼓膜を揺らす。

「皇居だ！」真悟は声を嗄らして叫んだ。「皇居、今日俺が回った四ヶ所の中心、東京の真ん中にある五角形だ！　お前はそこにいる」

携帯電話からはなにも聞こえなかった。

「どうなんだ。正解なのか!?　俺はゲームに勝ったのか？　教えてくれ。頼む」

真悟は瞼を固く閉じながら懇願する。もし間違っていたら、人質の少女が殺されてしまう。その重圧に押し潰されそうだった。

『お疲れさま、上原さん。今日一日付き合ってくれて、ありがとう。上原さんと遊べてすごく楽しかったよ』

十数秒の沈黙のあと、携帯電話から声が聞こえてくる。あの地の底から響いてくるような声ではなく、どこか道化じみた甲高い声が。

「合っていたんだな！　俺は正解したんだな！」真悟は両手で携帯電話を包みこむ。

『そんなに焦らないでよ。さっき指示したとおり、上原さんは佐和さんの家で待っていてよ。きっとすぐに正解だったかどうか分かるからさ』

「分かるっていつだ！　いつになったら分かるんだ？」

『それは上原さん次第だよ。それじゃあ上原さん、……またね』

「待ってくれ、まだ……」

真悟は必死に引き留めようとするが、回線はあっさりと切断された。真悟は呆然と手の中の携帯電話を眺め続ける。

これで終わり？　なにもかもが中途半端で、どうすればよいのか分からない。

「どうなったんだ？」

捜査員の一人がためらいがちに訊ねてくるが、真悟はなんとも答えようがなかった。

そのとき、再び携帯電話が着信音を響かせる。

真悟は慌てて着信ボタンを押そうとする。しかし、それは電話の着信ではなく、メールの受信音だった。そのメールをせわしなく開くと、一枚の画像が添付されていた。なんの変哲もない白いワンボックスカーの写真。その写真と共に送られてきたメールの文面に、真悟は「ああ……」と声を漏らす。

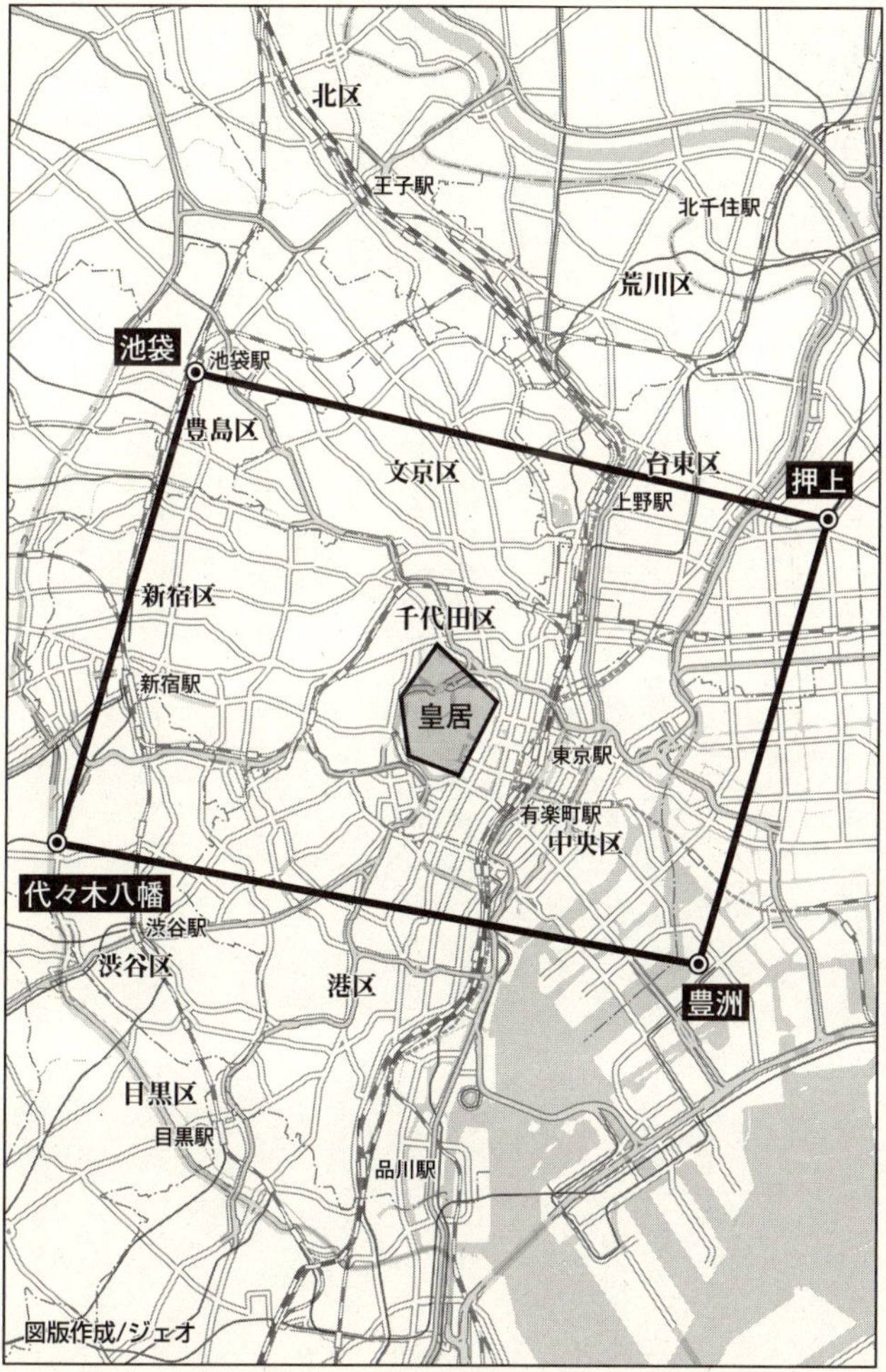
北区
王子駅
北千住駅
荒川区
池袋
池袋駅
豊島区
文京区
台東区
押上
上野駅
新宿区
千代田区
新宿駅
皇居
東京駅
有楽町駅
中央区
代々木八幡
渋谷駅
渋谷区
港区
豊洲
目黒区
目黒駅
品川駅
図版作成/ジェオ

『誘拐された子はこの車の中にいるよ。
早く見つけて、ご両親のところに返してね。　ゲームマスター』
その文面を真悟は何度も何度も繰り返し心の中で読み上げた。

10

「お疲れさまでした」

真悟がゲームマスターの指示どおりに前線本部の置かれた佐和邸に戻ったのは、午後十時を過ぎてからだった。裏口から佐和邸に入った真悟を、楓が迎えてくれた。

「ああ、疲れたよ」

真悟はそれ以上なんと言っていいのか分からなくなる。代々木の喫茶店での会話は、指揮本部、そして被害者宅にいた捜査員全員が聞いただろう。かつて自分と楓が不倫関係にあったことは、もはや周知の事実となっていた。おそらく近いうちに楓は特殊班から、いや刑事部からすら外されることになるだろう。

「……すまない」

硬い表情で頭を下げた真悟に、楓は柔らかく微笑んだ。

「謝る必要なんてないです。リビングに行きましょう。少し体を休めてください」

「ああ、そうだな」

癌のことについて楓はなにも訊ねてこなかった。それが嬉しかった。

「佐和奈々子はまだ見つかっていないのか？」

「ええ、まだです。いま皇居の周辺一帯を調べているみたいですけど、なんにしろ広いもので。最後の通話を逆探知した結果、東京駅の付近からかけられたことが分かりました。東京駅は皇居に近いので、その近くを中心に捜索しているみたいです」

皇居は全周十キロメートル近くある。その内部は立ち入り禁止になっているが、周辺には官庁や巨大商業ビルなど様々な施設が密集している。すでに大量の人員が動員されているだろうが、一台の車を探すのはそう簡単なことではないだろう。

楓と並んで真悟はリビングへ入る。その瞬間、部屋にいた人々の視線が真悟に集まる。無線機の前にいる我那覇と若林の二人の視線は冷たかった。

日夜厳しい訓練に明け暮れる特殊班の結束は極めて固い。立て籠もり事件の突入作戦などでは、班員同士で命を預け合うのだからそれも当然だった。

そんな大切な仲間が不倫で班を追われる可能性が高いとあれば、怒りが湧くのが道理だ。その相手がかつての同僚だとなれば、なおさらだろう。

真悟は我那覇たちの視線に気づかないふりを決めこんで、リビングテーブルに座る佐和夫妻に近づく。夫の好継は硬い表情でうつむき、妻の真奈美は昼と同じように蒼白な顔で体を細かく震わせていた。真悟は二人に向かって頭を下げる。まだ人質の安否が確認できていないいま、二人にかけるべき言葉が見つからなかった。

好継は血色の悪い唇を舐めたあと、真悟を睨《ね》め上げる。

「奈々子は……無事なのか？」

「断言はできません。ただ、犯人は娘さんを返すと言っていました」

「なら、なんでまだ見つからないんだ！」好継は勢いよく立ち上がった。

「いま、捜査員たちが捜索しています。おそらく、もうすぐ見つかると思います」

「おそらくじゃ困るんだよ！　なんで身代金を大人しく渡してくれなかったんだ！」

唾を飛ばしながら好継は叫び続ける。

「犯人は最後まで金を取りにやってきませんでした」

「そんなの分かってる！」

顔を紅潮させて怒鳴った好継は、ぐにゃりと表情を歪ませると「そんなの……分かっているんだ……」と悲痛な声を絞り出す。

理解はしていても、どこかに感情をぶつけなければ、この理不尽な現実に耐えることができないのだろう。好継の気持ちは痛いほどに伝わってきた。

うなだれた好継は再び椅子に腰掛けると、両手で顔を覆った。

「奈々子はちゃんと戻ってくるんですよね。犯人はそう言ったんですよね」

顔を上げた真奈美が懇願するように訊ねてくる。

「……その可能性が高いと思います」

自分はゲームに成功したはずだ。それなら、きっと人質は返ってくる。しかし、ゲームマスターの正体がいまだに摑めない現状で、断言することはできなかった。

真奈美の蒼白な顔に、かすかに安堵の表情が浮かんだ。

真悟はもう一度夫婦に小さく頭を下げると、無線機の前にいる我那覇に近づいていく。

真悟がそばに来ると、我那覇は大きく舌を打ち鳴らした。

「なんだ、上原。なにか用か」

「まだあの車は見つからないのか？」

「なんでお前に捜査状況を報告しないといけないんだよ？」

「皇居に人質がいる可能性が高いって報告を上げたのが、俺だからだ。俺は警察からの要請に従って、今日一日ホシに振り回され続けたんだ。それくらいの権利はあるだろ」

「皇居がどれだけ広いと思っているんだ。各署に待機させていた奴らを動員して捜索させているけどな、そんなすぐにゃ見つからねえよ。そもそも、本当に皇居にあのバンがあるのか分からないしな」

「スカイツリーで確保した男たちへの尋問は？」

「殺人班の奴らが当たっているよ。と言っても、最初から完落ち状態だから、尋問の腕の見せどころはなかったらしいがな。間違いなくレポだってよ」

「ホシに繫がるような情報は持ってなかったのか？」

「まったくだな。馬鹿なガキどもだ。借金がかさんで首が回らなくなったんで、闇サイトに『やばい仕事でも引き受ける』って書きこんでいたら、依頼が来たんだってよ」

「闇サイト？」

「おいおい、刑事辞めたからってそりゃないだろ。新聞ぐらい読めよな。ちょっと前にかなり問題になっていただろ。違法な仕事を斡旋《あっせん》するホームページだよ。クスリの売買から強盗仲間の募集まで、なんでもありだ」

「そんなところで受けた依頼を本当にやる奴らがいるのか!?」真悟は目を見張る。

「世の中、なにも考えていない馬鹿どもがうようよいるんだよ」

我那覇は吐き捨てるように言ったあと、横目で佐和夫妻を見る。

「あの夫婦、限界だぞ。もう少し捜索場所絞れねえのかよ。娘の体力だって心配だ」

我那覇に言われ、真悟は表情を引き締める。皇居という解答が正解かどうかいつ分かるか訊ねたとき、ゲームマスターは『上原さん次第だよ』と答えた。もしかしたらあれは、もっと場所を特定できるということを意味していたのかもしれない。

腕を組んだ真悟の頭に、今日一日の出来事が次々と浮かんでいく。

池袋でシンデレラの本を探し、豊洲で〝誰が為に鐘は鳴る〟を上映している映画館に乱入した。ケイトという喫茶店で優衣に全てを告白し、スカイツリーでは吸血鬼に扮した公式キャラクターの着ぐるみと立ち回りを……。

真悟は眉根を寄せる。ゲームマスターはあの着ぐるみが、ドラキュラではなく、バンパイアだと言った。バンパイアじゃないと、意味がないと。あれはどういう意味だったのだろう？　ドラキュラではなく、バンパイア……。

そこまで考えたとき、真悟は「あっ」と声を漏らした。

「どうした？」我那覇が訝しげに訊ねる。

「竹橋《たけばし》……」真悟はぽつりとつぶやいた。

「竹橋？　竹橋って、皇居の濠《ほり》にかかっている竹橋のことか？」

「そうだ。その竹橋だ。今日俺がやった四つのゲーム、それがヒントだったんだ。アナグラムだよ。シンデレラ、誰が為に鐘は鳴る、ケイト、バンパイア、それらの最初の文字を入れ替えれば竹橋になる。だから、ドラキュラじゃ駄目だったんだ！」

興奮で真悟の声が大きくなる。少し離れた位置にいた楓、若林、そして佐和夫婦の視線が真悟に向けられる。

「奈々子の居場所が分かったんですか⁉」真奈美が勢いよく立ち上がった。

「いや、そうと決まったわけでは……。少々お待ちください」

我那覇は真奈美に言うと、無線機のスイッチを押す。

「ガイシャ宅より指揮本部、マル害の所在地について情報あり。竹橋の周辺に……」

指揮本部に我那覇が情報を伝えていると、楓が近づいてきた。

「奈々子さん、大丈夫ですよね」

弱々しく言う楓の背中に、真悟は誰にも見られないように注意しながら手を添える。

「ああ、きっと大丈夫だ」

楓は真悟の顔を見ると、「はい」と頷いた。

時計の針が時間を刻んでいく。真悟は窓辺に立ちながら、じりじりと火に炙られるような焦燥に耐えていた。竹橋付近に人質がいる可能性が高いという情報を上げてから、すでに三十分近くが経つ。しかし、いまだに人質発見の一報は入っていなかった。

真悟は右手の中指でこつこつと自分の太ももを叩き、緊張を誤魔化していた。

「こちらガイシャ宅。捜索の状況はいかがか」

我那覇が無線機のマイクに向かって話しかける。この三十分、我那覇は五分とおかず指揮本部に情報を求めていた。しかし、指揮本部からの答えは決まって、『ただいま鋭意捜索中、待機を願う』というものだった。

また同じ答えなのだろうなと思いながら、真悟は指揮本部からの返事を待つ。

『はい、そちらイヤホン』

指揮本部からの返信を聞いた真悟は、全身の皮膚があわ立つような感覚に襲われる。見ると、楓と若林も表情をこわばらせて立ち尽くしていた。

真悟は佐和夫婦に異常を悟られないよう、ゆっくりと無線機のそばまでやってくる。

「了解、切り替えるので少し待ってくれ」

マイクに口を近づけた我那覇は、険しい表情で手元のスイッチを切り替えた。それにより、無線で送られてくる音声がスピーカーではなくイヤホンから聞こえるようになる。我那覇の周りに、真悟、楓、若林がゆっくりと集まり、各々が耳にイヤホンを差しこむ。うつむいている佐和夫婦がこちらの異変に気づく様子はなかった。

「準備はできた。どうぞ」

我那覇がマイクに向かって言う。その声はかすかに震えていた。

無線で送られてくる『はい、そちらイヤホン』という言葉は、『これから話す内容を被害者たちに聞かせたくないので、スピーカーからイヤホンに切り替えろ』という合図だった。それに続く報告は悪いものと相場が決まっている。

真悟の頭を四年前の記憶がかすめた。

いや、そんなはずはない。俺はゲームに勝ったんだ。人質は無事に戻ってくるはずだ。

真悟がかぶりを振ると、イヤホンから声が聞こえてきた。

『さきほど、東京国立近代美術館の駐車場で、写真と同じバンを発見しました』

東京国立近代美術館は竹橋の清水濠《しみずぼり》を渡ってすぐの場所にある。やはり竹橋周辺にあのバンが置かれているという推理は正しかった。

緊張した真悟が喉を鳴らして唾を飲みこむ横で、我那覇が両手でマイクを包みこむようにして小声で訊ねる。

「マル害はどうなったんだ？　バンの中にいたのか」

『バンの中で佐和奈々子さんと思われる人物を発見、ただ……』

「ただ、なんなんだ？」

我那覇の表情が歪んだ。真悟の握った拳がぶるぶると震えだす。

『首元を大きく切られて大量に出血し、……死亡していました』

一瞬、真悟はその報告の意味が分からなかった。理解することを脳が、全身の細胞が拒否していた。目の前が真っ白になる。

「真悟さん！」

楓の切羽詰まった声を聞いて、真悟は我に返る。いつの間にか、真悟はソファーにもたれかかっていた。どうやら、意識が遠くなり倒れこんだらしい。

「真悟さん、大丈夫ですか？　私が分かりますか？」

楓も混乱しているのだろう。二人だけのとき以外はファーストネームで呼ばないという決まり事を完全に忘れている。

「あ、ああ……」

返事なのかうめき声なのか分からない声が口から漏れる。そのとき、ズボンのポケットからジャズミュージックが聞こえてきた。ゆるゆるとスマートフォンを取り出した真悟は息を呑む。画面には〝非通知〟と表示されていた。

まさか……。真悟は通話ボタンの上に指を置く。我那覇が「まて、逆探知を」と声を上げるが、止めることができなかった。親指がボタンに触れる。

『やあ、上原さん。元気かな？』

　スマートフォンからボイスチェンジャーを通した甲高い声が聞こえた瞬間、全身の血液が沸騰した気がした。

「なんでだ!?　なんで……」言葉が喉につかえて出なくなる。

『ああ、その様子だと、もう見つけたみたいだね。ということは、アナグラムにも気づいたのかな。さすがは上原さんだね。約束どおり人質の子はちゃんと返したよ。まあ、ちょっと冷たくなっているかもしれないけど』

「ふざけるな！　なんでそんなことを!?　俺はちゃんとお前のゲームに……」

『勝っていないよ』

　真悟のセリフにゲームマスターが声をかぶせてきた。

「ふざけるな！」

　真悟は唾を飛ばして怒鳴る。佐和夫婦が異変に気づき、椅子から腰を浮かした。しかし、真悟は怒声を止めることができなかった。

「俺はお前の居場所を見つけただろ！　それなのになんで!?」

『皇居？　それが本当に答えだと思っているわけ？』

　からかうような口調でゲームマスターは言う。

「なにを言っているんだ。現にお前は……」

『たしかに僕は皇居の近くにいたよ。けどね、それだけじゃ不十分なんだよ。上原さん、君は本当の答えを見つけられなかったんだ。すぐそばにある本当の答えをね。だから、残念ながら最後のゲームは失敗。そのせいで佐和奈々子は死ぬことになった』

「本当の答え？　なんだそれは？　そんなものが……」

胸の中で渦巻く怒りの炎が舌をこわばらせ、言葉を継げなくなる。

『上原さん、これで前半戦はお終《しま》いだよ。残念な結果だったけど、上原さんはすごく頑張って僕を楽しませてくれた。だから、これから後半戦といこうじゃないか』

「こうはん……せん？」

動きの悪くなった舌を必死に動かして、真悟は聞き返す。

『僕を見つけてよ上原さん。それが本当に最後のゲーム。そのゲームに勝てば、君が本当に欲しいものが手に入る』

「本当に欲しいもの……」

『そう、僕だよ。上原さん、君が本当に欲しかったのは人質の命なんかじゃない。僕なんだよ。ずっと僕の正体を暴きたかったんだろ。ずっと僕を捕まえたかったんだろ。ならやってみてよ。僕を見つけ出してよ』

スマートフォンから聞こえてくる声に熱が籠もっていく。

『今日の残念賞としてヒントをあげるよ。すごく重要なヒントを』

声をひそめてゲームマスターは言う。

『実は僕、上原さんと会ったことがあるんだよ。顔を合わせて話したことがあるんだ』

真悟は目尻が裂けそうなほどに目を見開いた。脳裏に何十、何百人もの顔が次々に流れていく。

「真悟さん……」

そばにいる楓が声をかけてくる。しかし、真悟の耳にはその声が届かなかった。

「絶対にお前を追い詰めて、見つけ出して、償いをさせてやる。絶対にだ」

『楽しみに待ってるよ、上原さん。それじゃあ、またね』

心から楽しげにゲームマスターは最後の言葉を口にした。

『ミッション・コンティニュー』

第二章　ゲームオーバー

1

透明の液体が点滴ラインを流れ、腕の血管へと吸いこまれていく。座り心地《ごこち》のいい一人用ソファーに腰掛け、膝の上にノートを広げながら、真悟は視線を上げた。五百ミリリットルの点滴パックの中身はあとわずかになっていた。ノートを閉じ、わきに置いた鞄《かばん》にしまいこんで部屋の中を見回した。広い部屋の中に、一人がけのソファーが十五脚ほど間隔をあけて並んでいる。そこに腰掛ける人々は一様にどこか暗い雰囲気を纏《まと》い、腕からは真悟と同じように点滴ラインが伸びていた。

JR御茶ノ水《おちゃのみず》駅から徒歩五分ほどの明華《めいか》医大付属病院。その外来棟二階にある外来点滴室。真悟は一年ほど前から、毎週のようにこの部屋で抗癌剤《こうがんざい》の点滴を受けていた。

背もたれに体重をかけた真悟は、軽く首を反らして天井に視線を向ける。午前中に主治医から伝えられたことが頭に蘇《よみがえ》る。電子カルテで血液データを確認する主治医の表情が曇るのを見て、真悟はすぐに悪い知らせがあることに気づいた。

「なにか悪い知らせでしょうか？」

真悟が水を向けると、主治医は電子カルテのディスプレイから視線を外した。

「腫瘍《しゅよう》マーカーの数値が先週に比べてかなり上昇してきています」

「癌が大きくなるスピードが上がっているということですか？」

「その可能性が高いです。抗癌剤に耐性を持つ癌細胞が増えているんだと思います」

「……そうですか」

取り乱すことはなかった。未治療のままでは余命半年もないと言われていたのが、化学療法のおかげで一年以上生き延びることができ、あの体内を酸で溶かされるような疼《とう》痛《つう》に悩まされることもなくなったのだ。それだけで十分だった。

「あと、どれくらいの時間が、残されていますか？」

「……二、三ヶ月というところでしょう。もっと短くなる可能性もあります」

主治医はひどく陰鬱な声でそう告げたのだった。

「上原さーん、点滴終わりましたよ。針を取りますね」

物思いに耽《ふけ》っていた真悟は、声をかけられて我に返る。見ると、看護師が慣れた手つきで腕から点滴針を抜いていた。

「体調に変化はありませんか？　ふらふらしたりは？」

「いえ、特には」

「それじゃあ、今日の治療はこれで終わりになります。次回は来週ですね」

看護師が一礼して離れていく。真悟は鞄を手に取って立ち上がると、軽く伸びをした。長時間座っていたせいで背中が張っていた。次の瞬間、腰の奥に疼《うず》きをおぼえ、口から小さなうめき声が漏れる。すぐに痛みは消えていった。

きっと急に体を反らせたせいで筋肉が軋《きし》んだだけだ。そうに決まっている。自分に言いきかせつつ、外来点滴室を出て一階に向かった真悟は、自動精算機で医療費を払った。ポケットに財布を戻し振り返ると、目の前に二人組のスーツ姿の男が立ちはだかった。固太りした中年の男と、三十前後の男。真悟は渋い表情を浮かべる。

「殺人班の刑事が病院になんの用だ、重野。アルコールで肝臓がやられたか?」

真悟が皮肉をこめて言うと、中年男、警視庁捜査一課殺人犯捜査第四係の刑事である重野竜三《りゅうぞう》は大きくかぶりを振った、

「そんなやわな肝臓してねえよ。分かっているんだろ、お前に会いにきたんだよ」

「よく俺がここにいることが分かったな」

「なに言っているんだ。お前、先週の金曜、この病院で毎週癌の治療があるとか言って、取り調べ受けなかっただろ。だったら、今日ここにお前がいるのは当然だ」

言われてみたらそのとおりだ。真悟は首筋を掻《か》く。

「殺人班の刑事様が直々に来たってことは、よっぽど捜査が行き詰まっているのか」

当てつけるように言うと、重野の厳つい顔が露骨に歪《ゆが》んだ。図星だったらしい。

警視庁捜査一課殺人犯捜査係、通称〝殺人班〟。警視庁捜査一課は三十二の係に分かれているが、そのうちの十七の係が殺人班となっている。様々な凶悪犯罪を扱う警視庁捜査一課の中でも、殺人事件という衝撃的な事件の捜査を担当する花形だ。

十三日前、人質である佐和奈々子の死亡が確認された時点で、人質救出のオペレーションは終了し、誘拐殺人犯の逮捕が警察の目的となった。それにともない、捜査の中心は特殊班から殺人班へと移行した。

誘拐事件の指揮本部が置かれていた高輪署の講堂には、代わりに誘拐殺人事件の特別捜査本部が設置されている。事件で身代金運搬の役目を担い、犯人と最も接触した真悟は事件後の一週間、先週の金曜を除いて高輪署に通い、取調室で事情聴取を受けた。殺気だった殺人班の刑事に根掘り葉掘り事件の詳細を語っていると、容疑者として取り調べを受けているような気持ちになった。

誘拐された女子高生が無残に殺害され、さらに犯人を逮捕できなかったことで、警察はマスコミから容赦なく叩かれた。しかしまだかろうじて、犯人がゲームマスターと名乗っていたことは、すっぱ抜かれてはいなかった。

今回の事件が、四年前の女子中学生誘拐殺人犯と同一人物の犯行かもしれないと分かれば、警察へのバッシングがさらに苛烈になるだろう。三年前、警察は桃井一太こそゲームマスターだったと公式に発表しているのだから。真悟は身を翻して歩きだす。

「おい、どこに行くつもりだ！」

重野のだみ声が追いかけてきた。真悟は首だけ振り返って手招きする。

「あまりでかい声出すなって。ここは病院だぞ。落ちついて話せる場所に案内するよ」

真悟が歩きはじめると、舌打ちと二人分の足音が背後から聞こえてきた。

真悟は重野たちとともにエレベーターで地下に行き、カフェに入る。店内には医学生らしき若者が数人いるだけだった。注文カウンターでコーヒーを頼んだ真悟は、コーヒーカップを受け取り、店の奥にある四人掛けのテーブルに座る。やがて、レモンスカッシュのグラスを手にした重野と、紅茶のカップを持った若い刑事が真悟の対面に座った。

「ここは穴場なんだよ。昼どき以外は空《す》いているんだ」

「よく知っているな、こんなところを」重野は周囲を見回す。

「去年、化学療法をはじめるために二週間入院したからな」

真悟はコーヒーを一口含む。インスタントコーヒーの安っぽい苦みが口に広がった。

「そっちの彼が今回の相棒ってわけか」真悟は重野の隣に座る男に視線を向けた。

捜査本部が立ち上がった事件では、刑事は基本的に二人一組で捜査に当たる。その際、殺人班の刑事は近隣署から派遣された刑事や、機動捜査隊員とペアを組むことになっていた。

「はい、高輪署刑事課の佐藤《さとう》と申します」

佐藤と名乗った刑事が頭を下げる。体格はよいが、覇気がなく自信なげに見えた。

「で、俺になんの用なんだ？」

真悟はストローでレモンスカッシュをすすっている重野に水を向ける。

「お前、なに隠してる？」重野は上目遣いに視線を送ってくる。

「……なんの話だ？」

「誤魔化すなよ。お前の聴取をした奴は、二年前にうちに異動してきた新顔だ。お偉いさんたちが、顔見知りだとなあなあになっちまうかもしれないって、あいつを指名したんだ。けどな、逆なんだよ、逆」

重野はストローを指でつまんで振る。しずくが真悟の頬に飛んだ。

「お前のことをよく知っている奴が聴取するべきだったんだ。俺みたいにな」

「お前がやったら、なにか変わったとでも？」真悟は頬を拭う。

「当たり前だろ。俺は刑事を辞めたあとのお前を知っている。人質を助けられなくて、頭のねじが外れちまったお前をな。お前は自分でホシを見つけ出そうと、所轄刑事時代のツテを使って、めちゃくちゃやりやがった。一番迷惑をこうむったのは、捜査していた俺たちだ。お前のせいでホシに首吊《つ》られたんだからな」

苛立《いらだ》たしげにかぶりを振る重野の前で、真悟は唇の端を上げる。

「なにがおかしい！」重野の顔が赤みを増す。

「お前ら、まだ桃井一太がゲームマスターだったと思っているのか？　違うね、あいつは単なるスケープゴートだ」

真悟は重野の顔を凝視する。重野の表情の変化から、特捜本部が今回の犯行を四年前の事件と同一犯によるものと考えているのか否かを読み取るために。

重野はゆっくりと口角を上げると、「やっぱりな」とつぶやいた。

「やっぱり？」真悟は顔をわずかに前に突き出す。

「ああ、やっぱり思ったとおりだ。お前はまた、一人でホシを追おうとしてやがるな」

「……なんのことだ？」

「誤魔化すんじゃねえよ。いま、俺の反応を窺《うかが》っていただろ。俺たちが今回のホシについてどう考えているか探っていたんだ。そうだろ？」

図星を指され、真悟は言葉に詰まる。重野は得意げに鼻を鳴らした。

「ゲームマスターなんて名乗る奴《やつ》が出てきて、お前が大人しくしているわけがねえ。なあ、自分だけでホシを追うつもりなんだろ。だから隠していることがあるんだろ？」

重野は身を乗り出し、真悟の目を覗《のぞ》きこんでくる。そのとおりだった。一週間の聴取の際、真悟は意図的にいくつかの情報を隠していた。重野の洞察力に背筋が冷える。

「……知っていることは全部話したよ。一週間近くねちねちと話を訊《き》かれたんだぞ」

「お前、責任は感じねえのか？」重野の声が低くなる。「四年前、お前が代々木公園に間に合わなかったから、人質の女子中学生が死んだんだぞ。今回はもっと悪い。ホシはお前と馬鹿げたゲームをするために女子高生を誘拐し、その首を掻っ切りやがった」

「……人質が死んだのは、全部俺の責任だって言うのか？」真悟は顔をしかめる。

「全部とは言っていねえよ。けどな、お前にも責任の一端はあるんじゃないか？」

一転して、重野は諭《さと》すような口調になる。真悟は唇を固く結んだ。

四年前、自分がもう少しだけ速く走ることができていたら、人質は助かっていたのではないか。今回の件も、自分がなにかミスをしたからこそ、佐和奈々子は殺害されたのではないか。重野に指摘されるまでもなく、そのことに苦しみ続けていた。

「なあ、上原。もし隠していることがあるなら教えてくれよ。ホシを逮捕できなきゃ、殺された子供だって浮かばれないだろ。もし情報をくれたら、俺たちが絶対にホシにワッパかけてやるからよ。殺された子供を成仏させてやろうぜ。な」

重野が微笑《ほほえ》みかけてくる。真悟は数秒の沈黙のあと、ゆっくりと口を開いた。

「だから、何度も言っているだろ。知っていることはもう全部話したんだよ」

「てめえ、いい加減にしろよ！　それでもデカか！」重野の顔が紅潮する。

「俺はもう刑事じゃない。しがない死にかけの警備員さ。そんな俺になんでこだわる？

事件からもう十日以上も経《た》ってるんだ。当然、容疑者ぐらい浮かんでいるんだろ？」

「その手には乗らねえよ。殺人班を舐《な》めるんじゃねえ」重野は大きく舌を鳴らした。

「その手？　何の話だ？」真悟は空惚ける。

「カマをかけて捜査の状況を引き出そうっていうんだろ。そうはいかねえ。特捜本部じゃな、お前にだけは情報を漏らさないように徹底されているんだよ」

「そんなに警戒するなよ。たんなる世間話だろ」

「なにが世間話だ。いいか、上原。これだけは忘れるな。三年前は見逃したけどな、今回もし捜査の邪魔をすりゃ、公執でしょっ引いてブタ箱にぶちこんでやるからな」

「公務執行妨害か。べつにお前たちの邪魔をするつもりなんてないんだけどな」

真悟が肩をすくめると、重野は頭をがりがりと掻きながら立ち上がった。

「重野さん、どちらへ?」佐藤が慌てて腰を浮かす。

「小便だよ。ちょっと待ってろ。戻ってきたらすぐに出るからな」

「手洗いなら、この店から出て廊下を進んだところにあるぞ」

真悟が指さすと、重野は大きく足音を鳴らしながら喫茶スペースから出ていった。その姿が見えなくなるのを確認した真悟は、椅子に腰を戻した佐藤に話しかける。

「たしか、佐藤君だったよね?」

うつむきがちに「は、はあ……」と視線を落とした佐藤に向かって、真悟は柔らかく微笑んだ。つられるように佐藤の表情もいくらか緩む。

「そんなに緊張するなよ。あれだろ、俺と話すなとか、重野に言われているんだろ?」

「ええ、まあ……」

「しかし、あいつとペアとは大変だな。所轄の刑事には厳しいから」

「たしかに厳しいですけど、刑事として勉強になります」佐藤の声に張りが出てくる。

「そうか。佐藤君は高輪署の刑事だっけ?」

「はい、三ヶ月前に刑事課に着任しました」

「まだ新人なんだな。それなのに、よく特捜本部に派遣されたね」

「自分は白金の近くの出身なので……」

「なるほど、土地勘があるのか。それなら重宝されるよな」

真悟が頷《うなず》くと、佐藤は嬉《うれ》しそうに「はい！」と答えた。

打ち解けてきたし、そろそろ本題に入るか。真悟は乾燥した口腔《こうこう》内を舐めて湿らす。

「俺も新宿署にいたときは、よく特捜の捜査に駆り出されたな。はじめて特捜本部に行ったときは規模のでかさに驚いたよ」

「自分もです。あんなに捜査員がたくさんいるとは思っていませんでした」

「ああ、今回は特に大きな事件だからな。もしかしたら二頭立てなんじゃないか？」

「はい、二つの殺人班が投入されています」

あっさりと頷いた佐藤を見て、真悟はテーブルの下で小さく拳を握りこむ。

一般的に、特別捜査本部には殺人班が一個班投入される。しかしごく稀《まれ》に、社会的な注目の大きい重大事件などでは殺人班が二個班、または三個班投入されることがある。それらは〝二頭立て〟〝三頭立て〟と呼ばれていた。

真悟は小さく息を吐くと、最も訊《たず》ねたかった質問を口にしようとする。そのとき、小便を終えた重野が戻ってくるのが見えた。

「へえ、そうなんだ。一つは重野がいる四係だろ。もう一つはどの係だい？」

「六係ですね。殺人班の四係と六係、そして管理官が横森警視、それが布陣です」

「おい、佐藤！」

背後からだみ声をかけられ、佐藤は慌てて振り返る。

「そいつと口をきくなって言っただろ。何を話していたんだよ?」

詰問する重野に、佐藤は「いえ、それは……」としどろもどろになる。

「あんまり若者をいじめるなよな。捜査の内容なんて聞いていないから安心しなって」

「ならいい。それじゃあ行くぞ」

重野に促され、佐藤が立ち上がる。

「じゃあな、頑張りなよ」

真悟が声をかけると、重野は表情を歪め、佐藤は小さく会釈を返してきた。

二人が喫茶スペースから出ていくのを見送ると、真悟は小さく独りごちた。

「六係か。……ついてるな」

2

木製の扉が軋《きし》みながら開く。店内に入ってきた男を見て、一番奥のカウンター席に腰掛けていた真悟はグラスを掲げる。

スーツを着た男は渋い表情を浮かべると、周囲を気にしながら近づいてきた。

「上原さん。これはまずいですって」

「なんだよ阿久津《あくつ》、久しぶりに会ったっていうのに。とりあえず座ってなにか頼めよ」

真悟が隣の席を勧めると、阿久津和弘《かずひろ》は渋々と座り、マスターにビールを頼んだ。

「お前とこの店で飲むの、久しぶりだな」

真悟は照明が絞られた薄暗い店内を見回す。天井から壁まで丸太で覆われた山小屋の内部のような内装、気にならない程度の音量で流れるジャズが心地よかった。すでに午前三時を回っているだけあって、真悟たち以外に客はほとんどいない。離れたテーブル席でサラリーマン風の中年男がビールを飲んでいるだけだった。

新宿歌舞伎町の外れの地下にあるこのバーは、真悟が新宿署に勤務していた頃、よく使っていた店だった。ここなら他人に聞かれることなく話ができる。そして、その頃よく一緒に飲んでいたのが、真悟から二年遅れて新宿署刑事課に配属された阿久津だった。

バーテンダーが阿久津の前にグラスビールを置く。

「それじゃあ、久々の再会に乾杯といくか」

真悟はウイスキーが入ったグラスを掲げる。阿久津は硬い表情のままグラスをぶつけると、その中身を半分ほど一気に喉に流しこんだ。

「相変わらずいい飲みっぷりだな。ここは奢《おご》るから、好きなだけ飲んでくれ」

「そんなに長居はしません。明日も早いですから」

「高輪署なら、そんなに離れていないだろ。少しぐらい付き合ってもいいじゃないか」

「……やっぱり、俺が特捜本部にいることを知っていて呼んだんですね」

阿久津の口調がさらに硬度を増す。真悟が退職する寸前に、阿久津は捜査一課殺人犯捜査六係に転属していた。前日、昼過ぎに佐藤から殺人班六係が捜査に投入されていると聞き出したあと、真悟はこのバーに来るようにと、阿久津にメールを送った。

「お前は義理堅い男だからな。きっと来てくれると思っていたよ」

真悟はウイスキーを口に含む。スコッチウイスキーの濃い土の香りが鼻に抜けた。自分の行動を読まれたことが悔しいのか、阿久津は渋い表情を浮かべる。

「これを飲んだら帰ります。まだ一期ですから、あまり署を空けていられません」

事件発生からの二十日間は〝一期〟と呼ばれていた。その間、捜査員は基本的に捜査本部が置かれている所轄署の武道場に布団を敷き、そこに泊まりこむ。

「こんな時間だろ。ほとんどの奴は寝てるさ。それに今回は二頭立ての大捜査本部だ。お前一人いなくても、誰にも気づかれないよ」

「もし上原さんと会っていたことがばれたら、やばいことになるんですよ」

「大げさだな。昔なじみとちょっと飲むだけだろ」

「自分で思っている以上に、上原さんは警戒されているんですよ。横森管理官が、絶対に上原には情報を漏らすなって、捜査会議で何度も繰り返していますから」

「ああ、そういえば今回は横森さんが仕切っているんだっけ。四年前の事件もそうだったな。相変わらず顎の贅肉《ぜいにく》をたぷたぷ揺らしながら指揮しているのかい？」

「三年前の件があるから、横森管理官は上原さんを気にしているんですよ。あのとき、桃井一太が首を吊ったのは上原さんのせいだって思っていますからね」

「桃井一太はゲームマスターに殺されたんだ。特捜本部だってそう疑っているだろ？」

真悟が水を向けると、阿久津は鼻の付け根にしわを寄せた。

「カマをかけようったって、そうはいきませんよ。捜査については一切話しません」

「分かったよ。お前は話を聞くだけでいいさ。いいか、四年前の事件で桃井一太は主犯じゃなかった。ゲームマスターは警察に恨みを持っていた桃井を操り、犯人に仕立て上げたうえで自殺に見せかけて殺したんだ」

阿久津は無言のまま、ビールをちびちびと飲む。真悟は気にすることなく話し続けた。

「桃井が被疑者死亡で送検され、事件は終了した。ゲームマスターは逃げ切ったってわけだ。けれど事件の興奮を忘れることができなかったあいつは、三年間、新しいゲームの妄想に耽っていた。そしてまたゲームをはじめたのさ。……俺を巻きこんでな」

真悟はグラスを傾ける。喉を熱い刺激が滑り落ちていった。

「なんで上原さんだったんですか？」阿久津は正面を向いたままつぶやく。「どうしてゲームマスターは、わざわざ上原さんを指名してきたんですか？」

「さあな。四年前、あいつに気に入られたからじゃないか？」

真悟はグラスを振る。球状の氷がカラカラと音を立てた。

「はぐらかさないでくださいよ。今回、ホシは明らかに上原さんにこだわっていた。四年前だってそうです。あのとき、ホシは特には身代金を運ぶ捜査員を指定はしませんでしたけど、最初から長距離を制限時間つきで走らせることを匂わせていました。そうすれば、上原さんが身代金運搬役に選ばれると分かっていたからじゃないですか？」

喋《しゃべ》るにつれ興奮してきたのか、阿久津の声が大きくなっていく。真悟はグラスに残っているウイスキーを飲み干すと、バーテンダーにお代わりを頼んだ。

「……そんなに飲んで大丈夫なんですか？　癌……なんですよね」

「もう残された時間は少ないんだ。好きなようにやらせてもらうさ」

「そうなんですか……」

阿久津はなんと言うべきなのか分からないのか、歯切れ悪く言った。バーテンダーがグラスに注《つ》いだスコッチが、氷の表面を這《は》って落ちていく。

「なあ、阿久津。お前、なんでここに来た？」

真悟は顔の前にグラスを掲げ、琥珀《こはく》色の液体に照明の光が揺れるのを眺める。

「なんでって、上原さんに呼び出されたからじゃないですか」

「そういう意味じゃない。俺と会っているのを知られたら、やばいんだろ。それにもかかわらず、お前はこのバーに来た」

「……先輩の誘いは断れませんから」

「誤魔化すなって。たしかにお前は義理堅い奴だが、いくらなんでもそれだけじゃ、こんなリスクは冒さない。横森さんは俺について、他にもなにか言っているんだろ？」

阿久津はなにも言わなかった。真悟は口を動かし続ける。

「横森さんは切れる男だ。きっとあの人はこう言っていたはずだ。『上原には絶対に捜査情報を漏らすな。けれど、上原が持っている情報は手に入れたい』と。お前はその情報を聞き出せるかもしれないと思って、俺の誘いに乗ってやってきた。違うか？」

阿久津の目尻の筋肉がかすかに痙攣《けいれん》した。真悟は唇の端を上げる。

「お前が言うように、ゲームマスターは俺に執着している。たんに四年前のゲームが忘れられなかったからかもしれないが、それ以外にも理由があるかもしれない。もし他に理由があるなら、俺がなにか知っている。横森さんはそう読んでいるんだろ」

「……ええ、そうです」

阿久津は硬い表情で頷く。真悟は口元に片手をやると、忍び笑いを漏らした。

「なにがおかしいんですか？」阿久津の目つきが鋭くなる。

「さすがは横森さんだなと思ってな。伊達《だて》に何年も殺人班の管理官をやっていない」

「やっぱり、隠していることがあるんですね」

阿久津は真悟に非難の視線を向ける。真悟はゆっくりとグラスをカウンターに置いた。

「なあ、阿久津。特捜本部が摑《つか》んでいる情報を全部俺に渡してくれないか」

「はぁ!?　俺の話を聞いていなかったんですか？　上原さんにはなに一つ情報は漏らせません。そんなことをしたら、俺の立場がやばくなるんですよ」

「ただでとは言わないよ」

「……俺が金で買収されるとでも思っているんですか」阿久津の声が低くなる。

「勘違いするなって。長い付き合いなんだ。お前が金で転ぶようなクズじゃないことぐらい分かってるさ。お前が情報を流してくれたら、礼として俺も情報を渡してやる」

「……上原さんしか知らない情報を？」阿久津の表情に緊張が走った。

「そうだ。特捜本部が喉から手が出るほど欲しがっている情報だ。これを俺から引き出せたとなれば、大きな手柄になる」

「おかしな交渉しないで、それを教えてください。上原さんが個人で持っているより、特捜本部で共有した方がその情報は有効に活用されます。元刑事ならおかしな意地を張らないで、ホシを逮捕することを第一に考えてくださいよ」

「……なあ、阿久津。俺の余命はあと二、三ヶ月なんだってよ」

唐突な告白に、阿久津は言葉を詰まらす。

「こうして普通に動ける時間はもっと短いはずだ。俺の人生はもう幕引きにさしかかっているんだよ。俺にとって、これは最後の事件なんだ」

真悟はグラスの縁を指でなぞった。

「自分の手でゲームマスターの正体を暴き、罪を償わせる。それが俺がいま生きている唯一の理由だ。もちろん、本当に動けなくなれば、持っている情報を全て特捜本部に伝えるつもりだ。けどな、体が動くうちはゲームマスターを追わせてもらう。死ぬまでにあいつとの因縁に終止符を打って、成仏できるようにな」

阿久津は険しい表情のまま数秒間黙りこんだあと、口を開いた。

「つまり、いまのうちに俺が情報を漏らしておけば、上原さんが動けなくなった時点で全ての情報をもらえる。そういうことですか？」

「そうだ」

「ずいぶん都合のいい話ですね。それがいつになるか、誰にも分からないじゃないですか。もしかしたら、もうすぐ動けなくなるっていうのも嘘《うそ》かもしれない」

「ああ、お前の言うとおりだな」腕を組んで少し考えたあと、真悟は顔を上げる。

「一ヶ月だ。ちょうど一ヶ月後、それまでに俺も特捜本部もゲームマスターの正体を暴けていなかったら、知っている情報を全部お前に渡す。それでどうだ？」

「一ヶ月後……」阿久津は口の中でその言葉を転がした。

「もしすでに捜査がかなり進んでいて、一ヶ月以内には確実にゲームマスターを挙げられるっていうなら、この話は忘れてくれ」

阿久津の顔が歪むのを見て、捜査がそれほど進展していないことを確信する。あと一押しだ。真悟は唇の片端をわずかに上げる。

「なあ、阿久津。お前、今回の帳場での任務はなんだ？」

「……地取《じど》りですけど、それがなにか？」阿久津はどこか憎々しげに答える。

殺人捜査では刑事たちを二人で組ませ、それらを〝地取り担当〟〝鑑《かん》担当〟〝証拠品担当〟〝特命捜査担当〟の四つのグループに分ける。地取りとは犯行現場付近を聞きこむ捜査で、若手の刑事に割り当てられることが多かった。それに対し、ベテラン刑事は被害者の人間関係をはじめとする全てをくまなく調べ上げる鑑担当になる傾向がある。

現場周辺を靴をすり減らしてひたすら聞きこみに当たる地取り捜査は地味で労力を使うが、それだけで一気に犯人を特定できることは少ない。そのため、なかなか評価をされにくい仕事だった。

「地取りか。若手だからしかたないとはいえ、大変だよな」

「なにが言いたいんですか？」

「もし俺から情報を引き出したとなれば、特捜本部でのお前の重要性は上がる。おそらくは地取りから、俺の情報を確認する特命捜査に回される。そしてもし、そこからホシを割り出せたりしたら警視総監賞だって夢じゃない」

阿久津の顔に動揺が浮かぶ。

「ちなみに、もしお前が断るなら、俺は四係の奴に同じ提案をする」

真悟がたたみかけると、阿久津はくぐもったうめき声を漏らした。

計十七ある捜査一課の殺人班は、班同士で強いライバル意識を持っている。今回のように二頭立ての特別捜査本部が立ち上がった際は、投入された二つの班は対抗心を剝《む》き出しにして捜査に当たる。犯人に繫がるかもしれない重要情報をライバルの班に渡す。それは殺人班刑事にとってこれ以上ない殺し文句だった。

「どうするんだ？　そろそろ答えを聞かせてくれ。俺にはあまり時間がないんだから」

「……どんな情報なんですか？」阿久津は苦悩に表情を歪めつつ、言葉を絞り出した。

「ん？　どういうことだ？」

「上原さんが持っているっていう情報がどんなものなのか、少しだけでも教えてください。答えはそれからだ。こっちが一方的にリスクを背負って、開けてみたらクソみたいな情報だったら、目も当てられない」

「それもそうだな……」真悟は数秒間考えたあと、ぼそりとつぶやいた。「ゲームマスターは俺と顔を合わせたことがあるらしい」

「は？　いま、なんて!?」阿久津の声が甲高くなる。

「最後の最後にゲームマスターがそう言ったんだよ。俺と直接顔を合わせて、言葉を交わしたことがあるってな」

「それじゃあ……」

「ああ、ゲームマスターは俺の顔見知りってことになるな」

「けど、そんなの捜査を攪乱《かくらん》するためのでたらめじゃないですか？」

「いや、違うな」真悟はゆっくりと首を振る。「あいつにとっては、俺や警察が自分の正体にたどり着けるかも、ゲームの一環なんだよ。だから、嘘はつかない。あいつのゲームに何度も付き合わされた俺には分かるんだよ」

真悟はカウンターの上に置いておいた鞄からノートを数冊取り出す。

「なんですか、そのノートは？」

「俺の資料だ。四年前の事件の詳細。警察を退職してから桃井一太が自殺するまでの間に調べたこと。そしてこの前の事件。ゲームマスターに関して俺が知っていることの全てがこのノートに書いてある。特捜本部が把握していない情報も全てな」

真悟は細かい文字がびっしりと書きこまれたノートを、パラパラとめくった。

「大きな事件の捜査をするとき、俺はこうやって自分用のノートを作って、事件についてのあらゆることを書きこんでいたんだよ。あとから思い出せるようにな。十年前にお前と組んで、〝グリーングリーン〟とかいう合成麻薬の販売ルートを追って、首謀者を挙げただろ。あのときからはじめたんだ」

「いいんですか、そんなことして？　容疑者の個人情報も書きこまれているんでしょ？もし一般人に見られたら大問題になりますよ」

「普段は家の金庫に保管してあるから大丈夫だよ。そんなことより、俺は四年前、新宿署の刑事だった時代に作り上げたありとあらゆるツテを使い、ゲームマスターの正体を追った。その中で、わずかでも犯人の可能性があると思われた人物には片っ端から会って、その詳細をこのノートに細かく記録した。百人近くになるかな。途中で桃井一太が事件に関係している可能性が高くなったので、その他の容疑者については深く調べられなかったが、多分そのときに、俺は本物のゲームマスターと顔を合わせていたんだ」

「それじゃあ、そのノートに書かれている……」

「そう、このノートに書かれている容疑者たち。その全員を詳しく洗えば、ゲームマスターの正体を暴ける可能性が高い。けどな、俺一人じゃ全員を調べるのは無理だ」

「特捜本部にその情報をもらえれば、一、二週間で全員を調べられるはずです」

阿久津がノートに手を伸ばす。その手を真悟は苦笑を浮かべながら払った。

「焦るなって。これを渡すのは一ヶ月後だ。この一ヶ月で、特捜本部も俺もゲームマスターにたどり着けなければ、お前は『なんとか上原を説得した』とでも言って、このノートを特捜本部に提出しろ。あとは人海戦術でここに出てくる一人一人を調べ上げればいい。そしてお前は総監賞を手に入れる。悪くない取引だろ？」

真悟は手を差し出す。阿久津は動かなかった。真悟はこれ見よがしにため息をつく。

「無理言って悪かった。せっかく捜査一課の刑事になったっていうのに、こんな危ない橋を渡りたくないよな。いまの話は忘れてくれ。しかたがないから四係の奴に……」

真悟はゆっくりと手を引く。その瞬間、阿久津はかぶりつくように真悟の手を摑んだ。

真悟の顔に勝利の笑みが広がっていく。

「取引成立だな」

阿久津は唇を嚙《か》みながら、ためらいがちに頷いた。


「スカイツリーで逮捕した二人の調べは、もうついているんだろ？」

真悟は三杯目のウイスキーを舐めるように飲みながら訊ねる。取引が成立してから一度あらためて乾杯したのち、真悟はさっそく情報の収集をはじめていた。

「ええ、最初から完落ちですからね。ただの馬鹿どもですよ。闇サイト経由で接触してきた奴の指示をこなしただけです。もちろん、主犯についてはなにも知りません。前金をもらい、さらに成功すれば五千万の半分を分け前として渡すと聞いて飛びついたらしいです。まさか誘拐の共犯にされるなんて思っていなかったと供述しています」

ため息交じりに言うと、阿久津はソルティードッグを口に流しこむ。

「前金を振りこんだ人物は特定できないのか？　ＡＴＭで振りこんだなら、顔の画像が記録されているだろ」

「それがなんと、振りこみでなく封筒で金が郵送されてきたんですって」

「郵送？　住所を教えたのか？」真悟は目をしばたたかせる。

「信じられないでしょ、そんな怪しい奴に住所を教えるなんて。しかも、本名まで教えていたらしいですよ。まったく、頭の中になにが詰まっているのやら」

「けれど、指示はメールで送られてきたんだろ。発信者は特定できなかったのか？」

「都内にあるフリーＷｉＦｉを経由して送られたものでした。その基地局の周囲の防犯カメラに当たっていますが、いまのところは収穫なしです。そこまで気をつけている奴ですから、防犯カメラに映らないようにするぐらいはしているでしょうね」

「もちろん、豊洲の映画館やとうきょうスカイツリー駅のコインロッカー周辺、あとバンが置かれていた駐車場周辺の防犯カメラの映像の解析も進めているんだろうな」

「当然じゃないですか。特に防犯カメラについては、力を入れて調べています。けれど、収穫なしですね。シンデレラの絵本が置かれていた本棚、スカイツリーの予約入場券が入っていたコインロッカーを映しているカメラはありませんでした。映画館に関しては、入り口の映像はありましたが、携帯電話がいつセットされたか分からないんで、容疑者を割り出すのは難しいようです。バンも防犯カメラの死角に停《と》められていました。駐車場周囲に設置されたカメラの、事件当日の映像を集めて解析をしていますが、そちらも収穫はないようですね。防犯カメラの位置まで全て計算に入れたうえでの犯行です」

半ば予想していた答えに、真悟は顎を引く。

「スカイツリーの男たちが着ていた着ぐるみと制服は？　盗まれたものなのか？」

「いえ、あれは本物ではありません。着ぐるみを作っている小さな製作所に、あのキャラクターをバンパイア風にアレンジした着ぐるみを作ってくれと、細部まで指示した依頼がメールで来たらしいです。制服の方は既製品で、スカイツリーの係員が着ているものとは違うんですが、一見しただけでは分からないぐらい似ていました。両方とも、直接あの二人の住所に送られたようです。店への代金も郵送されてきたとのことです」

「封筒からはなにか出なかったのか？」

「いくつかの指紋を採取しましたが、前科者のものは見つかりませんでした。おそらく郵便職員の指紋でしょう。切手から唾液のＤＮＡでも出ないか調べましたが、それも空振りです。このホシ、徹底的に自分の痕跡を消していますね」

阿久津はソルティードッグを一気に飲み干し、バーテンダーにダイキリを頼む。

「二人はどうやってスカイツリーの四五〇メートルフロアまで上がったんだ？　たしか、

エレベーターに乗りこむ前に荷物チェックがあっただろ」

真悟が訊ねると、阿久津はシニカルな笑みを浮かべる。

「それがですね、そのまま素通りしたらしいですよ」

「素通り？」

「はい、公式キャラクターの着ぐるみと、警備員の制服そっくりの服を着た男が堂々と歩いてきたんで、当然関係者だと思ってチェックしなかったらしいです。そうするように、犯人からの指示にも書いてありました。大胆というかなんというか」

「そんな簡単にセキュリティを抜けられるのか？」

「普段はそんなことはないらしいです。ただ、あの日はハロウィンイベントのせいで普段の何倍も客が押しかけたので、警備会社に応援を頼んでいた。だから、普段見慣れない人物が警備員に紛れていても気づけなかったらしいです。発煙筒などは、着ぐるみの中に隠して持ちこまれていました」

真悟はウイスキーの香りを嗅ぎながら、次に訊ねるべきことを考える。

「被害者の司法解剖の結果はどうなっている？」

「死因は頸動脈《けいどうみゃく》を切られたことによる失血死、死亡推定時刻は十月三十一日の午後七時から九時の間ということです」

阿久津の答えを聞いて、グラスを握る真悟の手に力が籠もる。午後七時から九時の間ということは、ちょうど最後のゲームをやっていた頃だ。おそらくゲームマスターは最後の解答を聞いたあとに、佐和奈々子を殺害したのだろう。

ゲームマスターは俺が答えを間違ったと言った。俺が正しい解答を見つけ出していたら、佐和奈々子は両親の元に戻っていたのかもしれない。

真悟はウイスキーを一気にあおる。アルコール度数四十度を超す液体が、焼けるような痛みを残しながら食道を滑り落ちていった。真悟はみぞおちを押さえる。

いったいなにが〝正解〟だったのだろう。いまも、その答えは出ていなかった。

「大丈夫ですか？」阿久津が心配そうに声をかけてくる。

「ああ、大丈夫だよ。他に解剖でわかったことは？」

「両手と両足に軽い内出血を認めました。縛られていた跡ではないかということです。その他には明らかな外傷は見つかりませんでした」

「性的暴行のあとは？」

「それはありませんでした。ただ、佐和奈々子には性経験があったようです」

「いまどきの十七歳なら珍しくはないだろ。遺体があった車についての情報は？」

「あれは、今月初めに、埼玉の大型スーパーで盗まれた盗難車でした。盗難届が提出されています。その辺りだと車にキーを差したまま買い物を済まそうとする人が、ちょこちょこいるらしいんですよ」

「車内からホシに繋がるような痕跡は？」

「だめですね」阿久津は首を左右に振る。「盗まれたバンは、幼稚園児の子供を持つ家庭のもので、そこの母親がよく同じ幼稚園の親と子供を乗せていたみたいなんですよ。車内からは大量の指紋や毛髪が見つかりましたが、前科者のものはいまのところ見つかっていません。車内にあった大量の血痕も、全てガイシャの血液だったようです」

「事件当日のバンの動きは？」真悟は思いつくままに、疑問をぶつけていく。

「残念ながら、それも分かっていません」

「分かっていない？　Ｎシステムは調べたんだろ？」

警察庁は全国の道路に、車のナンバープレートを読み取って記録する探知器機を設置し、それによって集められた情報を犯罪捜査に使用している。Ｎシステムと呼ばれるそのシステムにかければ、車がいつどこを通ったかがすぐに分かるようになっていた。

「引っかかりませんでした。盗んですぐにナンバープレートを付け替えたようです。ちなみに、バンが発見されたとき前部のナンバープレートは外されていました」

「Ｎシステムのことまでお見通しってわけか。それじゃあいま、特捜本部はどこからホシに迫ろうとしているんだよ」

真悟が訊ねると、阿久津はこめかみを掻く。

「そうですね、かなり力を入れているのはブツですかねぇ」

「証拠品か。王道だけど、そううまくいくか？　相手はここまで用意周到に計画を立てているんだぞ」

「それでも、調べないわけにはいかないでしょ。いくら綿密に計画を立てても、どこかでほころびがあるはずだというのが横森管理官の考えです。連絡に使われたプリペイド携帯、映画館で携帯を固定していたテープ、スカイツリーのチケットが入っていた封筒、それらを一つ一つ洗っているところです」

「もう少し有効な情報はないのかよ。まさか、俺にホシを追わせないために情報を隠しているんじゃないだろうな。そうなら、ノートを渡すって話はなかったことにするぞ」

「焦らないでくださいよ。ブツ以上に特捜本部が力を入れて探っていることがあるんです。実は、ガイシャの足取りがおかしいんですよ」

「ガイシャの？　佐和奈々子のってことか？」

「そうです。母親の話では、事件の前日、友人の家に泊まると言って家を出ています。その友人は、赤坂《あかさか》のマンションに住んでいるクラスメートだということでした」

「赤坂か、いいところに住んでいるな」

「ガイシャが通っていた学校、かなりのお嬢様校でしたからね。ところで上原さん、白金から赤坂に行くとしたら、どうしますか？」

「赤坂か……。地下鉄で溜池山王《ためいけさんのう》か日比谷《ひびや》まで行って、千代田《ちよだ》線に乗り換えるな」

「それが当然です。けれど、事件当日の駅の防犯カメラ画像を確認したところ、午後六時過ぎに白金高輪駅に現れたガイシャは、目黒《めぐろ》方面行きの南北線に乗っているんです」

「目黒？　それじゃあ逆方向だろ？」

「ええ、そうです。その後、ガイシャは目黒で地下鉄を降り、ＪＲ山手線に乗り換えて渋谷で降りたことが確認されています」

「渋谷？　渋谷から銀座線か半蔵門《はんぞうもん》線で赤坂見附《みつけ》に向かうつもりだったのか？　けれど、かなりの遠回りだな」

「ええ、そんな遠回りをする必要はないはずです。それに、銀座線や半蔵門線の防犯カメラにはガイシャの姿は写っていません。山手線を降りて駅から出たところで、ガイシャの足取りは途絶えています。渋谷でホシに拉致されたんでしょう」

渋谷は日本でも最も人が多く集まる場所の一つだ。あの人混みに紛れては、足取りを追うのは困難だろう。しかし、なぜ佐和奈々子はわざわざ渋谷に向かった？

「その日、一緒に勉強するはずだった友人には話は聞けたのか？」

「当然ですよ。その友人は事件当日にガイシャが泊まりにくる話など、聞いていなかったと言っています。たしかに以前は何度か家に泊めて試験勉強をしたことがあったけれど、最近は疎遠になっていたということでした。ガイシャは母親に嘘をついて渋谷に向かい、そこでホシに拉致されたんです。つまり……」

「まさか、ゲームマスターと佐和奈々子は知り合いだった!?」真悟の声が裏返る。

「そうです。特捜本部はそう考えて、鑑に最も力を入れています。ガイシャの周辺を徹底的に洗えば、ホシにたどり着くはずだってね」

「ガイシャの携帯電話は見つかっていないのか？　見つからなかったとしても通話記録を調べれば、ゲームマスターと連絡を取っていた形跡が見つかるんじゃないか？」

「ガイシャはスマートフォンを持っていたはずですが、それは見つかっていません。おそらくホシが奪ったんでしょう。通話記録も調べましたが、家族と学校の友人以外の人物と通話をした形跡はありませんでした。ただ、同級生の証言では、ガイシャはスマートフォン以外に携帯電話を持っていたようです」

「スマートフォン以外に携帯を？」

「最近の学生はそういうことをするんだそうです。恋人など、頻繁に連絡を取る相手用の携帯電話を普段使いのものとは別に所持したりとか」

「なんでそんな無駄なことをするんだ？」

「相手との絆《きずな》の象徴っていう意味合いもあるでしょうが、現実的な理由としては、普段使いの電話を調べられても、相手と連絡を取っていることがばれないようにでしょうね。現にガイシャが持っていたもう一つの携帯については、捜査本部も全く調べがついていません。ガイシャ本人名義の電話は普段使いのスマートフォンだけなので、もう一つ携帯を持っていたとしたら、裏で取引された他人名義のプリペイド携帯だと思います」

裏で取引されたプリペイド携帯、ゲームマスターもそれを使っていた。そこまで考えたとき、真悟はあることに気づく。

「ちょっと待てよ、佐和奈々子は事件前日、友人のところに泊まると嘘をついて家を出たんだよな。つまり、佐和奈々子はその夜、ゲームマスターと過ごすつもりだったってことになる。たしかさっき、佐和奈々子には性経験があったって言っていたな」

「そうです。よっぽど信頼した相手じゃなければ、一夜をともに過ごそうとするわけがない。ホシはガイシャの恋人だった可能性もある。それが本部の見解です」

「ゲームマスターが佐和奈々子の恋人……。その男の正体は摑んでいないのか？」

「問題はそこなんです」得意げだった阿久津の顔が歪んだ。

「どういうことだ？」

「まず、ガイシャは異性関係のことを慎重に隠していたようなんです。その男の正体はおろか、交際していることすら誰にも喋ってはいなかったみたいですね。ただ、今年の初めぐらいから付き合いが悪くなったり、もう一台携帯を持つようになったこともあって、男ができたんじゃないかと疑っていた友人はいたようです」

「だとしても、完全に隠しきれるものじゃないだろ。殺人班の刑事なら、ガイシャの周囲を徹底的に聞きこんで、なんとか情報を絞り出すもんじゃないか？」

「聞きこみをすること自体が難しいんですよ。ほら、さっき言ったでしょ。ガイシャが通っていたのが、かなりのお嬢様校だって。そこから警視庁のお偉方にクレームが入ったらしいです。あまり学校の周りで騒ぎ立てるなってね。そのうえ学校から、警察に情報を漏らさないように指導があったようで、生徒たちの口も重くなっています」

「自分の学校の生徒が殺されたんだぞ。捜査に協力するのが当然だろ？」

「そんな常識が通じない世界なんですよ。今回の件でマスコミが学校に押しかけたんで、分からんでもないですけどね。そんなわけで、なかなか情報が得られないんです。ガイシャが通っていた塾とかを中心に聞きこみしていますけど、収穫はいまいちですね」

「両親はどうなんだ？」

　真悟の質問に、口元までグラスを運んでいた阿久津の手が止まる。

「両親は……学校以上に難しいです」

「なにがあった？」不吉な予感をおぼえ真悟が押し殺した声で訊ねる。

　阿久津はカクテルを口に含み、ゆっくりと喉を鳴らして飲み下した。

「事件の三日後、ガイシャの母親が自殺をはかりました」

　真悟は大きく息を呑《の》み、絶句する。

「睡眠薬を大量服薬しましたが、幸いにも命に別状はありませんでした。ただ、精神的に不安定で一人にしておくのは危険ということで、病院に入院しています」

「……父親は？」

「父親の方は事件後、警察への協力を完全に拒否しました。娘が死んだのは警察のせいだと思っているようです。娘の葬儀を終えたあとは、マスコミが待ち構える白金の自宅に戻ることなく、どこかに雲隠れしています」

　真悟は「そうか……」と、カウンターの上に置いた拳を握りしめた。

　もし俺がゲームマスターに勝っていたら……。真悟はカウンターの木目を凝視する。

「四係の中には、父親が事件に噛んでいるんじゃないかなんて、馬鹿なこと言いだす奴がいたんですよ。なに考えているのやら」

痛々しい真悟の姿を見ていられなかったのか、阿久津は強引に話題を逸《そ》らした。

「なんで父親を疑うんだ？」真悟は緩慢に顔を上げた。

「親子の折り合いが悪かったみたいですね。思春期ですから、そういうこともあるでしょう。いま特捜本部に上がっている情報はこんなところです。まあ、ガイシャの交友関係を洗い出していけば、いつかはホシにたどり着くと思いますよ」

そんなにうまくいくだろうか？　真悟はグラスを人差し指ではじく。相手はあのゲームマスターなのだ。警察がそこまで調べ上げるのも計算しているかもしれない。自分たちがどれだけ必死で這いずり回ろうとも、すべてゲームマスターの掌《てのひら》の上で踊らされているだけではないだろうか。そんな不安が常にまとわりついていた。

「まだなにか聞きたいことはありますか？」阿久津はカクテルグラスをテーブルに置く。

「桃井一太の件はどうなってる？　あいつについて調べ直したんだろ？」

「そりゃもちろん、けど、四年も前の事件なんですよ。そう簡単にはいきませんって。正直、三年前に集めた証拠品も十分とは言えませんし、唯一接触のあった両親からもあまり証言を集めていません。容疑者である桃井が首を吊ったせいで、あの事件は中途半端なまま終わっているんですよ」

阿久津の口調には明らかに真悟を責める響きがあった。

「なら、また家宅捜索すればいいだろ。両親からもあらためて話を聞き直せばいい」

「桃井はもう死んでいるのに、簡単に家宅捜索の許可なんて下りるわけがないでしょ。

そもそも、桃井が独りで住んでいたアパートはすでに取り壊されていますし。遺品も全て両親が処分したらしいです」

「じゃあ、両親の話だけでも……」

つぶやいた真悟は、阿久津から鋭い視線を浴び、口をつぐんだ。

「事件後、両親にはすさまじいいやがらせがあったんですよ。人殺しを育てた親だって陰口を叩《たた》かれ、家には落書きされたり石を投げこまれたりもしたようです。それに耐えられず、父親は二年前に首を吊っています。息子と同じようにね」

表情をこわばらせる真悟に視線を送りながら、阿久津は話を続ける。

「母親はいま、一人で生活していますけれど、警察に対する憎しみはすさまじいものがあります。話を聞きにいった刑事は、水をかけられて追い返されました」

「主犯を逮捕して、そいつに操られていた息子の名誉を少しでも回復するためと説得すれば、なんとか話ぐらい聞けるんじゃないか？」

真悟の言葉に、今後は阿久津が黙りこんだ。

「もしかして、桃井一太がゲームマスターじゃなかったことを隠しているのか？」

「当たり前じゃないですか！　そもそも、本当に桃井一太が四年前の主犯じゃなかったかどうかなんて分かりません。特捜本部も模倣犯の可能性を第一に考えています」

「違う！　あいつは模倣犯なんかじゃない！　報告しただろ、俺とゲームマスターしか知らないことをあいつは口にしたんだ」

ふと、真悟はあることを思いつき、身を乗り出す。

「そうだ、声紋鑑定はどうだったんだ？　佐和邸にかかってきた犯人の電話は録音できている。それと四年前の事件の際に録音された犯人の声を比べれば、同一犯かどうか分かるだろ。ボイスチェンジャーを通しても、声紋分析は有効なはずだ」

「駄目でした」阿久津は首を左右に振った。「鑑識の話によると、今回の事件で使用されたボイスチェンジャーは超高性能なもので、声紋分析も無効にされているということです。四年前の犯人と同じ人物の声かは分かっていません」

「……そうか」真悟は椅子に深く腰掛ける。

「ホシを逮捕するまで、模倣犯として対応する。それが特捜本部の決定です」

「しかし、報道協定を結んだのにそれかよ。マスコミにバレたら大変なことになるぞ」

「ホシじゃない男を自殺に追いこんだうえ、逃げられたホンボシに同じような事件を起こされたかもしれないなんて、発表できるわけないじゃないですか」

「桃井一太が自殺じゃなかった可能性は？」

真悟がさらに質問を重ねると、阿久津は疲労の滲《にじ》む様子でかぶりを振った。

「首についたロープの痕は、絞め殺されたのではなく自分で首を吊ったときにできるものだったらしいです。ただ、死亡した桃井の血液からはかなりのアルコールが検出されています。死の恐怖を紛らわせるために、酒を飲んだとされていましたが、泥酔して昏《こん》睡《すい》状態になったところで、他人がロープを首にかけて吊り上げたかもしれない」

つまり他殺の可能性もあるということだ。真悟はウイスキーグラスを眺める。

「まだなにか聞きたいことはありますか？」

「いや、十分だ。助かったよ」

真悟がつぶやくと、安堵《あんど》したのか阿久津は小さく息を吐いた。

「忘れないでくださいよ。一ヶ月以内に上原さんがホシを挙げられなかったら、全ての情報を俺に渡す。あと、間違っても俺が情報を提供したことは漏らさない」

念を押す阿久津に、真悟は「分かってるよ」と軽く手を振った。

「それじゃあ、そろそろ俺は行きます。あまり目立つことはしないでくださいよ。上原さんを公執でしょっ引きたがっている奴は少なくないんだから」

阿久津は椅子から腰を上げると出口に向かおうとする。

「……ちょっと待ってくれ」

真悟はその背中に声をかけた。振り返った阿久津が訝《いぶか》しげな表情を浮かべる。

「あの、……加山は。特殊班の加山楓はどうなったか知らないか」

ずっと訊くことをためらっていた質問を、真悟は口する。

「どうもなっていないはずですよ。いまのところはね」阿久津は冷めた口調で答えた。

「いまのところはと言うと？」

「言葉のままですよ。いまのところはまだ特殊班にいる。けれど、近いうちにどこかに飛ばされるという噂《うわさ》です」

「……そうか」非難の色を含んだ視線を受け、真悟は目を伏せる。

「上原さん、余計なお世話だとは思いますけど、もう加山のことは忘れてやった方がいいですよ。加山だって昔の男のことで、これ以上悩みたくないでしょうしね」

「ああ、そうだな。……そのとおりだ」

声を絞り出す真悟の前で、阿久津は「じゃあ」と身を翻すと、店から出ていった。

扉の閉まる乾いた音がバーの空気を震わせる。閉じた扉を眺めていた真悟は、ふと視界の隅に違和感をおぼえ、バーの奥に顔を向ける。テーブル席でビールを飲んでいる中年男が、横目でこちらを見ていた。真悟と目が合った男は、ごく自然に視線を外す。阿久津との緊迫したやりとりが注意を引いてしまったのかもしれない。

俺もそろそろお暇《いとま》するか。真悟はグラスに残っていたウイスキーを一気にあおる。口腔内に広がる痛みにも似た刺激が、毛羽だった神経をいくらか癒やしてくれた。

3

「いや、たしかに僕のクラスの生徒だったんですけど、あまり印象に残っていません」

堂本《どうもと》という名の若い塾講師は、聞き取りにくい籠もった声で答える。

阿久津から情報提供を受けた三日後の昼下がり、真悟は佐和奈々子が通っていたという塾の応接室にいた。この塾については昨日、阿久津から電話で詳細を聞いていた。

「どんなことでもいいんです。佐和奈々子さんについて情報はありませんか？」

「先週、他の刑事さんに知っていることは全部話しましたよ。なんでまた？」

堂本は不満げに口を尖《とが》らす。真悟は「警察の関係者だが、佐和奈々子を担当していた講師に話を聞きたい」と塾の受付に告げていた。元刑事の自分は〝警察関係者〟ではあるはずだ。身分の詐称はしていない。万が一のときは、そう言い逃れるつもりだった。

そうしてたっぷり一時間以上待たされ、ようやく堂本と会うことができていた。

「この一週間でなにか思い出されたこともあるかもしれません。何度もお時間を取っていただいてご迷惑だとは思いますが、なにとぞお願いいたします」

真悟は頭を下げると、堂本は「はぁ」とため息のような返事をした。

「しかし、先生はお若いのに、クラスを担当されているんですね」

真悟は話を聞き出しやすい雰囲気を作り出そうと、事件とは関係ない話題を口にする。

阿久津からの情報によると、佐和奈々子は週に三回、午後六時から八時半まで、品川駅から歩いて五分ほどのところにあるこの塾で、英語の授業を受けていた。そして、その授業を担当していたのが目の前にいる、堂本駿平《しゅんぺい》という名の眼鏡をかけた男だった。長身ながら姿勢が悪いせいで、その細身の体と相まって、どこか貧相に見える。口調もぼそぼそと覇気がない。こんな聞き取りにくい喋り方で授業ができるものなのだろうか。

「若いと言っても今年でもう三十二ですけどね」

「それで、佐和奈々子さんはどのような生徒さんでしたか？」

「どのようなと言われても……」

「佐和さんは、週に三回もあなたの授業をとっていたんですよね。それなら、彼女のことを色々とご存じじゃないですか？」

歯切れの悪い堂本に、真悟は質問を重ねていく。

「たしかに佐和さんは教室にはいましたけど、僕の話は聞いていませんでした」

「真面目《まじめ》に授業を受けていなかったということですか？」

「まあ、そんな感じです。いつも一番後ろの端の席に座って、授業中もずっとスマートフォンをいじっていました」

「そういう態度の生徒は注意しないんですか？」

「ここは学校ではなく、あくまで自分の意志で来る塾ですからね」堂本は淡々と言う。

「しかし、やる気もないのに週に三回も塾に来るもんなんですね」

「親にむりやり通わされているようなことを言っていました。ときどき、親御さんから佐和さんがしっかり授業に出ているか、確認する電話がかかってきていました」

「なるほど。ちなみに、佐和さんはいつ頃からこちらの塾に通ってきているんですか？」

「三ヶ月ほど前からでしたね」

「三ヶ月？　たったそれだけですか？」

「はあ、そんなもんだったはずですよ」

真悟は「そうですか……」と鼻の頭を掻いた。佐和夫婦が娘を厳しく教育していたという噂を耳にしていたので、てっきりずっと前から塾に通っているものと思っていた。それとも、ここの前には他の塾に通っていたのだろうか？

「あの、もういいですか。そろそろ授業の準備を始めないといけないんですが……」

「あっ、これは失礼いたしました。最後に一つだけ質問させてください。この塾に佐和さんと親しかった生徒さんはいませんか？　もしいるなら、お話を伺いたいんですが」

「いないですね。佐和さん、露骨にほかの生徒を避けていましたから」

「それじゃあ、講師の方には？　ほら、控室にたくさんの講師の方がいましたでしょ。あの中に佐和さんと親しかった人とかは？」

真悟は受付嬢に案内され講師控室に入ったときのことを思い出す。そこには二十人ほどの講師らしき若い男女がいた。

「あれは講師でなく、家庭教師のバイトをしている大学生です。うちの塾は家庭教師の派遣もやっているんですよ。彼らはここでは事務手続きをしたり、教材をもらったりするだけです。佐和さんは僕の授業しかとっていませんでしたし、その僕にもほとんど話そうとしなかったぐらいだ。講師陣で親しかった人なんていないと思いますけどね」

「分かりました。今日はわざわざお時間をとっていただき、ありがとうございました」

真悟は椅子から立ち上がり、頭を下げる。堂本は「いえ……」と生返事をすると、足早に応接室から出ていった。話を聞き終え塾を出た真悟は、軽く伸びをする。長い時間座っていたせいか、腰の辺りが重かった。この塾ではあまり有力な情報は得られなかったが、半ば予想していたので特に失望はなかった。本命はこれからだ。

真悟は腕時計に視線を落とす。時刻は午後四時を少し過ぎている。

さて、そろそろ行かないとな。真悟は品川駅に向かって歩きだす。ストレッチしたにもかかわらず、腰に感じる重みは消えなかった。


冷めきったフレンチフライを指先でつつきながら、真悟は窓の外に視線を向ける。大《お》江戸《えど》線の赤羽橋《あかばねばし》駅から数分歩いたところにあるファストフード店の窓際の席。真悟は一時間ほど前からそこに陣取り、外を眺め続けていた。

すでに日が落ち暗くなった外を、勤務を終えたサラリーマンや学生が歩いていく。真悟はそんな人の流れの中、セーラー服を着た女子高生たちの顔を一人一人確認していた。彼女たちはこのファストフード店と田町《たまち》駅の中間辺りにある女子高の生徒だ。そして、その高校こそ佐和奈々子が通っていた学校だった。生徒の多くは田町駅、三田《みた》駅、芝公《しばこう》園《えん》駅などを使っているのだろう。店の前を通り赤羽橋駅に向かう生徒の数は決して多くはない。しかし、真悟は目的の人物がここを通ることを確信していた。

漫然と窓の外を眺めていた真悟は、椅子から腰を浮かす。ギターケースを担いだ二人組の少女が店の前を通り過ぎた。真悟は素早くポケットの中からスマートフォンを取り出し、液晶画面を見る。そこにはセーラー服を着た少女の証明写真が写っていた。間違いなく、いま外を歩いている二人組の一人だ。

慌ててファストフード店を出た真悟は、少し距離をとりつつ少女たちの後ろを歩いていく。特殊班時代、尾行の技術は徹底的に叩きこまれた。刑事を辞めて四年が経つが、体に染みついた技術は錆びついていないはずだ。

楽しそうに喋りながら歩く二人を視界の隅で確認しつつ、真悟は尾行を続ける。やがて二人は、駅への近道なのか、人通りの少ない路地へと入っていった。真悟は一瞬足を止め、辺りを見回したあと、足早に路地へと入った。

「こんばんは」

二人に近づいた真悟は、背後から声をかける。足を止めて振り返った少女たちは、不審に満ちた目で真悟を見た。

「……誰？」かすかに茶色の入ったショートカットの少女が真悟を睨みつける。

「悪いんだけど、少し話を聞かせてもらえないかな」

真悟は愛想笑いを浮かべる。少女たちが醸し出す警戒の色が濃くなっていった。

「ねえ、行こうよ」

長い黒髪の少女が怯《おび》えた表情で、ショートカットの少女の裾を握る。ショートカットの少女は、真悟から視線を外すことなく小さく頷くと、身を翻そうとした。

「猪原《いのはら》美香《みか》さんだよね。そんなに警戒しないで」

真悟が慌てて言うと、ショートカットの少女はくっきりとした二重の目を大きくした。

「……なんで私の名前を？」ショートカットの少女、猪原美香は硬い声で言う。

「君から話を聞きたくて探していたんだ。佐和奈々子さんの話をね」

この少女、猪原美香こそ、事件前日に佐和奈々子が「一緒に勉強する」と母親に告げていた人物だった。美香が赤坂に住んでいるという情報は得ていたので、帰宅時は赤羽橋駅に向かい、そこから地下鉄を乗り継いで赤坂に向かうと踏んでいた。

「おじさん、マスコミの人ですか？　それとも警察の人？」

「どちらかというと、警察の方かな」

真悟は軽い口調で言うが、少女たちの表情が緩むことはなかった。

「警察ならこの前、学校で話をしました。なんでこんなとこで声をかけてきたんですか」

黒髪の少女を守るようにしながら、美香は嚙みつくように言う。

この路地で声をかけたのは、彼女たちと接触しているところを他人、特に殺人班の刑事たちに見られたくないからだった。そのために、学校の前でなく、わざわざ少し離れたファストフード店で張りこんだ。もし目撃されれば、自分が事件について追っているのを知られ、特捜本部にさらに警戒されてしまう。

「いやあ、なかなか学校から君たちに接触する許可がもらえなくてね。だから、学校の先生たちに見つからないところで声をかけさせてもらったんだよ」

「奈々子についてはなにも喋るなって、学校から指示されているんです」

硬い口調で言う美香を眺めながら、真悟はどう彼女たちから話を聞き出すべきか考える。どんな人間にも弱点はある。そこを突けば交渉を有利に運ぶことができる。特殊班時代、立て籠もり犯を説得するために叩きこまれた交渉術を思い出す。

「もういいですか？　私たち急いでいるんです。ねえ、行こう」

美香は軽く振り返り、背後に隠れる友人に目配《めくば》せをする。そのとき、真悟は二人の鞄に同じキーホルダーが取りつけられていることに気づく。有名な五人組男性アイドルの写真がついたキーホルダーだった。

「ちょっと待って！　一つだけ質問させてくれ」真悟は慌てて言う。

「だから、奈々子のことなら話せないって言っているじゃないですか」

顔をしかめる美香に向けて笑みを浮かべると、真悟はキーホルダーを指さす。

「君たち、そのアイドルグループのファンなのかな？」

二人の少女は虚を突かれたように、目をしばたたかせた。


「はい、約束のものだよ」

ジャケットのポケットから出した二枚のチケットを、真悟は二人に見せる。その瞬間、少女たちの口から悲鳴のような歓声が上がった。

「えー、これマジ？　マジで本物なわけ？　マジ信じられない！」

顔を紅潮させた猪原美香は、何度も「マジ」という単語を繰り返しながら、隣に座る黒髪の少女と手を握り合う。翌日の午後七時過ぎ、真悟と美香たちは青山《あおやま》一丁目の裏通りにあるカフェで会っていた。

「間違いなく本物だよ。君たちが好きなグループの、クリスマスコンサートのチケットだ。しかも、ステージに近いプレミア席だよ」

真悟がチケットを軽く振ると、再び少女たちは歓声を上げた。

昨夜、真悟は美香の鞄についているキーホルダーを指さしながら、「もし、話を聞かせてくれたら、そのグループのコンサートチケットを手に入れてあげるよ」と提案した。

「なに言っているの？ ファンクラブの会員でも、よっぽど運よくないと当たらないんだよ。手に入るわけないでしょ」

嚙みつくように言った美香だったが、その目にかすかに期待の光が灯《とも》ったのを真悟は見逃さなかった。

「警察の顔の広さをなめちゃだめだよ」

真悟は美香と連絡先を交換して別れると、すぐにチケット入手に動きだした。刑事だった頃のツテを最大限に使い、芸能関係者や金券交換所の経営者、果ては裏社会の人間にまで声をかけた。ほとんどの者が「あのグループのチケットはさすがに手に入らない」と断ったが、新宿署に勤めていた時代、情報屋として雇っていた男だけが、「かなり金を積めばなんとかなるかもしれない」と答えた。

結局、真悟は手数料も含めて八十万円もの大金を男に払って、そのプラチナチケットを手に入れた。癌になったことによって手に入れた三千万円の保険金が手つかずで残っていたので、金には余裕があった。

そして、すぐに美香に連絡を入れ、このカフェで会う約束を取りつけたのだった。

「ありがとう。このコンサート超行きたかったんだけど、抽選で落ちたんだよね」

美香が手を伸ばしてくる。しかし、その手が触れる寸前、真悟はチケットを引いた。

「佐和奈々子さんの話を聞かせてもらうのが先だよ」

「話す、ちゃんと話すからさ！」

声を上ずらせる美香に、真悟は鋭い視線を投げかける。美香の表情に緊張が走った。

「このチケットを手に入れるのに、かなり苦労したんだ。もし君たちが知っていることを全部話してくれなかったら、これはもっと詳しく話してくれそうな他のクラスメートに渡すことにする。分かったね」

真悟の言葉に、少女たちは顔を見合わせる。数十秒、二人は小声で言葉を交わしたあと、真悟に向き直った。

「私たちが教えたって、絶対に学校にはバレませんか？」

「もちろん、情報源は秘密にするよ。約束する」

真悟が微笑むと、二人は再び小声で話し合ったあと、ためらいがちに口を開いた。

「……なにが、聞きたいんですか？」

「君は佐和奈々子さんの友達なんだよね？」

真悟は手始めに簡単な質問を投げかける。美香の表情が曇った。

「友達……でした」

「過去形ということは、最近はあまり仲よくなかったってことかな？」

「はい。一年ぐらい前からは、ちょっと……。もともとクラスも違うから、三年に上がってからは一度も話していないと思います。だから、この前の事件のとき、奈々子が私のうちに勉強に行くと言っていたって聞いて、すごく驚きました」

「違うクラスだったのに、仲がよかったんだ」

「私たち軽音部に所属しているんです」美香は隣に座る黒髪の少女と自分を指さす。

「奈々子も同じ軽音部だったんですよ。今年の初めに辞めちゃいましたけど」

「ああ、部活仲間だったってことだね」

「はい、私たちは趣味程度だったけど、奈々子はけっこうガチでした。バンドの追っかけやってたりして。よくライブハウスに一人で行ってたっけ。将来は自分もバンド組んでメジャーデビューしたいとか、夢みたいなこと言っていました」

真悟は佐和奈々子の部屋を思い出す。たしかにバンドのポスターが壁に貼られていた。

「そんな本気だったのに、なんで佐和さんは軽音部を辞めたの？」

美香が「それは……」と口ごもったのを見て、真悟は手にしたチケットを軽く振る。

「彼氏ができたからだと思います」

ためらいがちに美香が発した言葉を聞いて、真悟の体に緊張が走る。佐和奈々子の恋人、その人物こそゲームマスターの可能性がある。

「その恋人が誰だか知らないか⁉」

「教えてもらってないから、恋人がどんな人かは知りません。というか、奈々子は彼氏ができたことも、私たちには教えてくれませんでした」

「教えてもらっていないのに、どうして恋人ができたのを知っているんだい？」

「バレバレですよ」美香は小馬鹿にしたように鼻を鳴らす。「それまで、ずっとはまっているバンドの話しかしなかったのに、急にファッションの話とか、デートスポットの話ばっかりするようになったんですよ。なんか、新しい携帯まで持っていたし。それに、うちに泊まったことにしてって、何度かアリバイ工作頼まれたんです。きっと彼氏と旅行とか行っていたんですよ。あれ、すごく嫌だった。友達だから断れなかったけど」

「つまり、恋人ができたせいで付き合いが悪くなり、部活も辞めた。それで君たちとも疎遠になったってことだね？」

「それだけじゃありませんよ」美香は声をひそめる。「彼氏ができてから奈々子、完全に変わっちゃったんです」

「変わった？　どういうふうに？」

「あの子、私たちのことをなにかと馬鹿にしだしたんですよ。彼氏ができたぐらいで偉そうに。それに、学校とか部活のことを悪く言ったり、あとはそれまでずっとはまっていたバンドもけなしだしたりして。けど、一番ひどかったのは親に対する悪口。そりゃ、私たちだって親に対してちょっとぐらい文句はありますよ。けど、奈々子は親を、なんていうか……憎んでいました。あんまりきついこと言うんで、私たちがたしなめたら、ヒステリーを起こして大変だったんですよ。ねえ」

美香は隣に座る友人に同意を求める。黒髪の少女はおずおずと頷いた。

「そんなことが重なって、奈々子と距離を取るようになったんです」

カフェラテのカップを取る美香を見ながら、真悟は鼻の頭を掻く。

友人を殺されてまだ二週間程度しか経っていないというのに、アイドルのコンサートに目の色を変えている美香たちに違和感をおぼえたが、事情がのみこめてきた。二人にとって、佐和奈々子はすでに〝いなくなった友人〟だったのだろう。まだ幼く、〝死〟に触れたことのない彼女たちは、もはや自分の生活圏に存在していなかった人物が消えたところで、それをリアルなものとして感じとれないのかもしれない。

真悟はそっとみぞおちに触れる。その奥にあるリアルな〝死〟、数ヶ月後に自分の命を奪うであろう死神の存在が掌に伝わってくる。

「つまり、恋人の影響を受けたから佐和さんは変わったってことか」

「影響を受けたっていうより、あれは……洗脳って感じでした」美香の表情がこわばる。

「洗脳……」

「そうですよ。彼氏ができる前とあとで、奈々子は完全に別人でした。なんかおかしな新興宗教にはまった人みたいで、気味が悪かったです」

顔をしかめる美香を見ながら、真悟は背筋に寒気をおぼえる。

四年前、警視庁を手玉にとり、日本中を震撼《しんかん》させ、一部の人間に熱狂的に支持されすらしたゲームマスター。そのカリスマ性を以《もっ》てすれば、高校生の少女を根本から、自分の思い通りに書き換えることも可能なのかもしれない。

「まだ聞きたいことあるんですか？　私たち、知っていることは全部話しましたよ」

美香がちらちらと真悟の手にあるチケットを見る。

「佐和さんが恋人と、どこで出会ったかについては、なにか知らないかな？」

「いえ。さっき言ったみたいに、奈々子、恋人がいることも話してくれなかったから」

「それじゃあもし、誰かが佐和さんに近づこうと思ったら、どうしたと思う？　君たちの話だと、一年前まで佐和さんはそれほど男性に興味がなかったんだろ。そんな彼女と仲よくなるのは、かなり難しいんじゃないかな？」

なにか手がかりがないか、真悟は藁《わら》にもすがる思いで質問を続ける。

「そんなの簡単ですよ。ねえ」

美香が友人と頷き合うのを見て、真悟は目を見開く。こんな曖昧な質問にすぐに答えが返ってくるとは思わなかった。「どうやるんだ？」と身を乗り出す。

「奈々子が好きだったバンドの話をしてあげればいいんですよ。あの子、一年前までは本当にそのバンドにぞっこんだったけど、マイナーなバンドだったから一緒に盛り上がれる仲間がいなかったんです。ライブ会場で声をかけて、自分もあのバンドのファンだとか言えば、絶対に食いついてきましたよ」

「そのバンドの名前は⁉」

興奮しつつ訊ねる真悟に向かって、美香は小悪魔っぽい笑みを浮かべた。

「あー、なんだっけなぁ。そのチケットもらえたら、すぐに思い出せそうなのになぁ」


文京区《ぶんきょう》の住宅街を真悟は重い足取りで歩く。腕時計を見ると、午前零時を過ぎていた。猪原美香から佐和奈々子がファンだったというバンドの名前を聞き出してすぐ、真悟はインターネットカフェへと向かい、そこでそのバンドについて調べた。

マイナーなうえ、何度もグループ名を変えているらしく、検索にかなり苦労した。しかし、二時間ほどインターネットで調べたところ、美香が言っていた〝ユメキス〟という名のバンドは、現在は〝MASK〟と名乗り、月に一回ほど小さなライブハウスで演奏していることが分かった。次回のライブが三日後に渋谷であることを確認した真悟は、インターネットカフェをあとにして帰路についていた。

千駄木《せんだぎ》駅から徒歩で十五分ほどの住宅地にある古いワンルームマンション、そこが離婚してからの住処《すみか》だった。真悟は足を止め、暗い空に浮かぶ月を眺める。

果たして、そのバンドを調べることでゲームマスターに繋がる手がかりを見つけることができるのだろうか。確証はなかったが、いまは目の前にある細い糸をたどっていく以外に道はなかった。

再び歩き出すと、背後から小さな足音が聞こえてきた。眉がぴくりと動く。

自分に合わせて歩きだした者がいる？　耳を澄ましながら足を速める。背後から聞こえる足音もテンポを上げた。間違いない、尾行されている。全身に緊張が走る。

殺人班の刑事だろうか？　いや、奴らならそんなまどろっこしいことはしないだろう。もし俺が事件について調べているのを知ったら、奴らは面と向かって警告してくる。なら、後ろにいるのは誰だ？　真悟は背後の足音に意識を集中させ続ける。

おそらく、二、三十メートルは離れている。深夜で人通りが少ない道なので、十分に距離を取っているのだろう。早足になったときも焦ることなく歩調を合わせてきたことから考えると、尾行には慣れているようだ。相手は一人だろう。もし組織的に尾行するなら、背後をついて回るのではなく、もっと気づかれにくい方法を取るはずだ。

特殊班時代に培った尾行のノウハウから、真悟は相手の正体を探っていく。

尾行に慣れていて、単独で行動し、しかも自分を尾《つ》ける必要のある者……。真悟は身をこわばらせる。

ゲームマスター、あいつは俺について調べ尽くしていた。あれほど詳しく調べる過程で、尾行したこともあっただろう。そしてあいつはなぜか、俺に異常に執着している。

背後にいるのがゲームマスターかもしれない。心臓が早鐘のように鳴っていた。

落ちつけ、落ちつくんだ。真悟は必死に乱れる呼吸を整えていく。

いますぐ振り返って走りだそうか？　しかし、それで逃げられては元も子もない。どうにか、背後にいる人物の姿を確認したいが、振り返って相手に警戒されるのは避けたかった。葛藤している真悟の視界にあるものが入ってくる。

あれだ！　真悟はこれ以上早足にならないように注意しつつ道を進んでいくと、十字路で右に折れた。数メートル進み、尾行者から見えない位置まで移動した真悟は、振り返って十字路に設置されたカーブミラーに視線を向ける。そこにはコートを着た男が映っていた。街灯の光が十分でないうえに距離があるのではっきりはしないが、中年の男のようだ。眼鏡《めがね》をかけ、口元はマスクで覆われている。

あの男がゲームマスター？　視線がカーブミラーの中の男に吸い寄せられる。そのとき、軽くうつむきながら歩いていた男が顔を上げた。

鏡の中の男と真悟の視線がぶつかる。男は明らかに体を震わせた。

気づかれた！　考える前に真悟は走りだしていた。鏡の中の男が身を翻す。

真悟は十字路を折れ、いま歩いてきた道を走って戻っていく。三十メートルほど先に、コートをなびかせながら走る男の姿が見えた。男は細い路地へと滑りこむ。

追いつける。男の走るスピードがそれほど速くないのを見て、真悟は確信する。

走るのは得意だ。いくら癌で体力が落ちているとはいえ、あれくらいのスピードなら、体力が尽きる前に追いつくことができるはずだ。男を追って、真悟は路地に入った。二十メートルほど先を走っていた男が振り返る。

すぐに捕まえてやる。真悟は体を前傾して加速していった。男との距離は見る見る詰まり、あと五メートルほどになる。

追いつく。そう思った瞬間、腰に焼けつくような痛みが走った。足が縺《もつ》れ、アスファルトの上に倒れこむ。反射的に顔をかばった右肘がアスファルトにこすれた。しかし、肘よりも腰の痛みの方がはるかに強かった。真悟は手を腰に当て、その場に丸くなる。

この痛みには覚えがあった。一年前、自分を苛《さいな》み続けた苦痛。真悟は自分の体になにが起きたのか気づく。

癌だ。抗癌剤により息をひそめていた癌細胞が、再び神経を侵しはじめたのだ。

歯を食いしばりながら、真悟は顔を上げる。男の姿はもはや消え去っていた。

なんでよりによってこのタイミングで……。胸の中で運命に対する恨み言を繰り返しながら、真悟はダンゴムシのように体を丸くして、激痛の波が凪《な》ぐのをただ待ち続けた。


何分経っただろうか？　真悟はおずおずと体を起こす。まだ腰の奥に鈍痛がわだかまっているものの、呼吸することさえも憚《はばか》られるような痛みは消え去っていた。

肺の奥に溜《た》まったよどんだ空気を吐き出すと、真悟はふらふらと路地を歩きはじめる。

癌細胞が再び増殖を始めていることは聞いていたが、体調に大きな変化がなかったため実感はなかった。しかし、とうとうあの疼痛がぶり返してきた。

残された時間があとわずかだという現実を、文字どおり痛いほどに思い知らされる。

……俺はいつまで動けるのだろうか？

もし痛みで動けなくなれば、もう捜査を続けることができない。ゲームマスターの正体を暴くこともできず、なにも成し遂げないままに……自分が消え去ってしまう。

これまで感じたことがないほど強い恐怖に、上下の歯がカチカチと鳴った。

考えるな。考えるんじゃない。真悟は震えを嚙み殺すと、ふらふらとした足取りで歩きはじめる。ただただ無心に足を進めていくと、いつの間にか自宅マンションのエントランスに到着していた。おぼつかない足取りのまま郵便受けの前まで移動する。

あれがゲームマスターだとしたら、目的はなんだ？　挑発か、それとも直接危害を加えるつもりだったのだろうか？

郵便受けを開くと、ダイレクトメールやポスティングされたチラシに交じり、住所と〝ウエハラ　シンゴ　サマ〟という角張った文字が書かれた茶封筒が見えた。

封筒を手に取り裏返すが、差出人の名前はなかった。胸騒ぎをおぼえた真悟は、封筒を無造作に破る。中には便箋《びんせん》が一枚だけ折りたたまれて入っていた。便箋を取り出し、せわしなく開く。そこに記されている文字が網膜に映しだされる。

『マダ　ボクヲ　ミツケラレナイノ？

ボクハ　ズット　マッテイルノニ
ボクハ　ズット　ウエハラサンヲ　ミテイルノニ
ハヤク　ボクヲ　ミツケテ
ハヤク　ボクヲ　ツカマエテヨ
ジャナイト　ソロソロ　バツゲームヲ　ハジメチャウヨ
ゲームマスター　ヨリ　アイヲコメテ』

立ち尽くす真悟には、その文字が襲いかかってくるかのように見えた。

4

いったいなんなんだ、これは？　ライブ会場の一番後方で壁に寄りかかりながら、真悟は顔をしかめてステージを眺める。渋谷の外れにある、寂れたライブハウス。猪原美香から話を聞いた四日後、真悟はそこでステージを眺めていた。

奥行きが十五メートルほどしかない、百人も入ったら立錐《りっすい》の余地もなくなるほどの小さな会場には、二十人ほどの客が入っていた。客はステージ前に集中しているので、周囲はがらんとしている。

ステージ上では、複雑な形に編み上げた髪を原色に染め、もはや素顔が分からないほど濃いメイクをした四人組の若い女が、なぜか全員大きなマスクをしながらロックミュージックを演奏していた。しかし、ボーカルさえもマスクをしながら歌っているため、声がくぐもって歌詞がよく聞き取れない。この四人組こそ、去年まで佐和奈々子がはまっていたという、〝MASK〟というバンドだった。

なるほど、全員がマスクをして演奏するからMASKという名なのか。鼓膜に叩きつけられるような爆音に顔をしかめつつ、真悟は納得する。ステージ前に集まっている客たちは、悲鳴じみた歓声を上げ、細かく飛び跳ねていた。

客の大部分が未成年の少女であるこの空間で、シャツの上に地味なジャケットを羽織った中年男は完全に浮いていたが、特に不審げな視線を向けてくる者はいなかった。あまりにも場違いな存在なので、会場の関係者とでも思われているのかもしれない。

いつまでこの演奏は続くのだろう。真悟は腕時計に視線を落とす。時刻はまもなく午後八時になるところだった。午後七時の開演からこの会場にいるので、一時間以上もこの爆音を浴びていることになる。そろそろめまいすらしてきた。軽く頭を振った真悟は、重い痛みを感じて腰を押さえる。あの激痛の発作が起こる予兆だった。

すぐ脇にある扉から廊下に出た真悟は、古びた自動販売機で缶コーヒーを買うと、そばにあるベンチに腰掛けた。スーツの内ポケットから薬のPTPシートを取り出し、そこから一錠を掌に出すと、口の中に放りこんで缶コーヒーで流しこむ。

薬が効くまで二、三十分はかかる。それまでは、あの耐えがたい疼痛が生じないように大人しくしていなければ。腰を曲げてうつむき、発作の予兆に怯えながら、真悟は一昨日のことを思い起こす。ゲームマスターからの封筒が送られてきた翌日、真悟は予約外で主治医を受診し、また痛みがぶり返してきたことを訴えた。

主治医は一度入院して放射線療法を受ければ、またある程度の期間は痛みを抑えることができる可能性があること、そうでなければ鎮痛薬で抑えるしかないと説明した。

入院する余裕はなかった。鎮痛薬を選択した真悟に、主治医は少量の麻薬を投与することを勧めた。しかし、真悟は通常の消炎鎮痛薬による治療を選択した。麻薬を使用する副作用として、思考が鈍る可能性があるということが、受けいれられなかった。

ただでさえ、ゲームマスターの正体は深い霧の中に隠れているのだ。思考が鈍った状態で、その正体にたどり着けるとはとても思えなかった。

そうして、真悟はあの身の置き所のないような疼痛発作に怯えつつ、指定された量以上の消炎鎮痛薬を内服することで、かろうじて捜査を続けることができていた。

腰の痛みが増してくる。額の脂汗を拭った真悟は、腰から必死に意識を逸らす。

頭にゲームマスターからの手紙が浮かんできた。

なぜゲームマスターはあんな手紙を送ってきたのだろうか？　この三日間、そのことばかり考えているが、答えは出ていない。ただ一つたしかなのは、ゲームはまだ続いているということだ。ならば、これからもゲームマスターは接触を図ってくるだろう。

たった一人で捜査をしている自分が、特捜本部より早くゲームマスターの正体を暴くには、この状況を利用するしかない。真悟は乾いた唇を舐める。

住所を知られている以上、夜間に自宅に忍びこまれて襲われるリスクもあったが、真悟は住処を変えてはいなかった。侵入してきたゲームマスターと命のやりとりをする。そんな決着も悪くない。この因縁がどのような形で終わりを迎えるのかは分からない。しかし、癌に侵された体が動かなくなるまえに勝負をつけたかった。そして、きっとゲームマスターもそれを望んでいる。

真悟は拳を強く握りこむ。鎮痛薬が効いたのか、腰の痛みは消え去っていた。

会場へと続く扉が勢いよく開く。顔を上げると、扉から派手なメイクをした少女たちが次々と出てきた。どうやらライブが終わったらしい。腕時計を見ると、時刻は午後八時半になっていた。真悟はベンチに座ったまま、客の少女たちが出ていくのを待つ。

そろそろか。ゆっくりと立ち上がり、ライブ会場へと戻っていく。無人になったライブ会場はやけに広く感じた。真悟は奥にあるステージへと大股で進む。

「お客さん、清掃しますんで出てもらってもいいですか?」

背後から声をかけられ振り返る。出入り口近くに清掃員らしき男が立っていた。

「ああ、今日出演したバンドの関係者なんですよ」

真悟はステージに上り、袖にある扉から中に入った。

コンクリート打ちっ放しの寒々とした廊下が延び、その右手に〝出演者控室〟と記された扉があった。真悟はノックをする。

中から「誰ー？　入ってもいいよー」という女の声が聞こえてきた。

「お邪魔するよ」

中に入ると、化粧台が二つだけ置かれた、十畳ほどの広さの殺風景な部屋が広がっていた。ステージで演奏していた四人の女がいる。年齢は全員が二十歳前後といったところだろうか。いまはマスクは外されているため、メイクの濃い顔が露《あら》わになっていた。

「この会場の人？」

女の一人が、警戒心を滲ませながら訊ねてくる。どうやら彼女がリーダー格のようだ。髪型から判断すると、ドラムを演奏していた女だろう。

「いや、会場の関係者じゃないんだ。ちょっと君たちに話を聞きたくてね」

四人の視線に含まれた不審の色が濃くなった。

「ねえメイ、なんか怪しいよ」

ボーカルの女がドラムの女に寄り添う。メイと呼ばれた女は、真悟から視線を外さないまま、「大丈夫だって、アカネ」とつぶやいた。

真悟は壁に貼られた、このバンドのポスターに、ちらりと視線を向けた。そのポスターにはマスク姿の四人が、バストショットで映っている。一人一人の下には〝メイ〟〝スズ〟〝アカネ〟〝キッコ〟と記してあった。これが彼女たちの名前なのだろう。

「話ってなに？　そもそも、あなた誰なの？」

硬い口調でメイは言う。真悟はスーツの内ポケットから、佐和奈々子の写真を取り出した。先日、猪俣美香から受け取ったものだった。四人の視線が写真に集まる。

「……これってさ、昔よく私たちのライブに来てくれていた子じゃない？」

ベースの女が、自信なげに言った。ギターの女が、「あっ、そうかも」と相槌《あいづち》を打つ。

「知っているんだね！」

真悟は勢いこんで訊ねる。ベースの女がためらいがちに頷いた。

「悪いんだけど、彼女について知りたいんだ。話を聞かせてもらえないかな？」

真悟が頼むと、ベースの女は助けを求めるように、バンド仲間を見回した。

「ねえ、おじさんさ、勝手に話を進めないでくれないかな。あんたさ、いったい誰なのよ？　その子になにかあったの？」

メイが一歩前に出る。

「この子が消えちゃってね、ご両親がすごく悲しんでいるんだ。だから、彼女について色々と調べているんだよ」

「……家出しちゃったってこと？　おじさん、探偵かなんか？」

「まあ、そんな感じかな」

「事情は分かったけどさ、いきなり控室にくるのって失礼じゃない？　それにさ、なんで私たちがおじさんの質問に答えないといけないの？　私たちも暇じゃないんだよ」

「もうライブは終わっただろ。少し話をするぐらいの暇はあるんじゃないかな」

「これからバイトにいくメンバーもいるんだよ。ライブで疲れているのに、一晩中コンビニでレジ打ったり、おにぎり並べたりするの。だから、さっさと帰って」

「いまからバイトか。なかなかハードスケジュールだね」

「しかたないでしょ。ライブ開くのにも金がかかるんだからさ」

「入場料をとっているのに？」

「あれっぽっちの客で利益が出るわけないでしょ。赤字だよ、大赤字。CDとか買ってもらえれば少しはましなんだけど、最近のファンの子は財布の紐《ひも》が堅くてさ」

メイは自虐的な笑みを浮かべた。真悟は部屋の隅に積まれている段ボールに視線を向ける。その中にぎっちりとCDが詰めこまれていた。そういえば、ライブがはじまる前に、係員らしき中年女性がやる気なさそうにCDを販売していた。

「そういうわけで、おじさんの相手している暇はないの」メイは顎をくいっと反らす。

「そこのCD、全部で何枚あるんだ？」

真悟は唇の片端を上げると、部屋の隅に置かれている段ボールを指さした。

「……おじさんには関係ないでしょ」

「何枚あるのかぐらい教えてくれてもいいだろ」

「多分……三百枚弱かな。調子に乗って作り過ぎちゃってさ」メイは首筋を掻く。

「三百枚か、けっこうあるな。それで、一枚はいくらなんだ？」

「二千円だけど、それがどうしたっていうの？」

苛立たしげに言ったメイの前で、真悟は財布を取り出した。

「そのCD、全部買わせてもらうよ」

「はぁ？　なに言っているの⁉」

メイの声が裏返る。他のメンバーたちも目を剥いた。

「だから、そこにあるCDを全部買い取るって言っているんだ。一枚二千円で三百枚弱だから、六十万円あればいいかな」

真悟は財布から取り出した一万円札の束を数えはじめる。なにかのときに必要になるかと思い、捜査をはじめてからというもの、常に百万円前後の現金を財布に入れていた。

「ちょっと待ってよ。本気なの？　本当に全部買い取るの？」

「ん？　駄目なのかな？」

「いや、ダメじゃないよ……。そりゃ、買ってもらえたら助かるけどさ……」

ためらいがちにつぶやくメイに、真悟は六十枚の一万円札を押しつける。

「取引成立だ。その代わりといってはなんだけど、少し俺と話をしてもらうよ」

両手で金を受け取ったメイは、首をすくめるようにして頷いた。

「それじゃあ、この写真の子について、知っていることを教えてくれるかな？」

再び佐和奈々子の写真を掲げると、バンドのメンバーたちはお互いに顔を見合わせる。

「前に私たちの追っかけをしていた子だよ。最近は全然見ないけど」メイが答える。

「最近っていうのはいつぐらい？」

「特にその子を意識していたわけじゃないから、はっきりしないけど。たぶん……一年近く見ていない気がする。ねぇ」

　メイはメンバーたちを見回す。ベースとギターの女が小さく頷いた。

「けれど、この子は君たちの熱烈なファンだったんだろ。それなら、もう少し詳しく知っているんじゃないか？」

「熱烈なファンは何百人もいたんだよ。だから、そんなに詳しく覚えてはいないんだ」

「何百人も？」

「おじさんが言いたいことは分かるよ。今日のライブぐらいしか客が入らないようなバンドに、そんなに熱烈な追っかけが大量にいるわけがないって思っているんでしょ？」

　メイは皮肉っぽく鼻を鳴らした。真悟は「いや、そんな……」と言葉を濁す。

「いいって、遠慮しなくて。そのとおりなんだから。たしかにいまは人気ないけどさ、去年の夏ぐらいまでは、私たちけっこう売れていたんだ。CDもあの頃は飛ぶように売れたの。そのときの感覚で枚数発注したから、こんなに余っちゃったんだけどね」

「君たちが『ユメキス』とか名乗っていた頃の話かい？」

「おっ、よく調べてあるね。さすがは探偵さん。そう、その頃の話。けどさ、去年の夏頃から、なんというか……うちのバンドにカリスマ性がなくなったっていうか……。まあ、じわじわ人気が落ちていったんだ」

「それで心機一転、バンド名も変えたってわけか」

「そんな感じかな。そしてみんなで相談して、マスクをして演奏するっていうスタイルにしたの。マスクすると女は魅力的に見えるってテレビで見たからさ。前衛的でしょ」

「……そうだね」

前衛的すぎるんじゃないか？　真悟は頬の辺りを引きつらせる。

「つまり、もともとはかなり熱烈なファンがいたけど、スタイルを変えることでそのファンたちが離れていった。写真の子はその一人だったっていうことかな」

「そんなところかな」

メイが曖昧に相槌を打つのを見て、真悟はこめかみを掻く。猪原美香から、恋人に洗脳されて熱烈なファンだったバンドを嫌うようになったと聞いていたが、なにやら怪しくなってきた。これまでの話を総合すると、佐和奈々子ははまっていたバンドが急にスタイルを変えたことに失望し、ファンを辞めたのではないだろうか。

「どうしたの？　難しい顔してさ」

メイに声をかけられ、真悟は我に返る。

「なんでもないよ。そうだ、この子が男と一緒にライブにやってきたことはないか？」

最も訊ねたかった質問を口にする。もし佐和奈々子がこのバンドを通じて〝恋人〟と出会ったなら、その二人が一緒にいる姿を、バンドのメンバーたちが目撃しているかもしれない。しかし、彼女たちの反応は芳しくなかった。

「……見たことない気がするけど」「うん、私も見たことない……」

次々につぶやきながら、メンバーたちは顔を見合わせる。

「本当に？　もう少し思い出してくれないか。大切なことなんだ」

必死に頼みこむ真悟の前で、メイは申し訳なさそうに首をすくめる。

「いやあ、私たちのファンってさ、ほとんどが若い女の子なんだよね。だから、ライブに男が来たらかなり目立って、覚えていると思うんだ。けど、その子が男と一緒にいたことはなかったはずだよ」

メイははっきりと言い切った。真悟は肩を落とし、「そうか……」とうなだれる。ここまで必死にたどってきたゲームマスターへの手がかり、その細い糸が切れる。

「ごめんね、せっかくCDまで買ってもらったのに、たいしたこと教えられないでさ」

よほど真悟の姿が痛々しかったのか、メイが慰めるように言う。

「気にしなくていいよ。君たちのせいじゃないさ」真悟はむりやり笑顔を作った。

「あのさ、もしこの子についてなにか思い出したことがあったら教えるから、連絡先とか教えてくれないかな？」

「ああ、ありがとう」礼を言うと、真悟は自らのスマートフォンの番号をメイに教えた。

「それじゃあ、お邪魔したね」

真悟が控室をあとにしようとすると、背後からメイの声が追ってきた。

「あっ、CDはどうするの？」

真悟は振り返って微笑む。今度はうまく笑うことができた。

「俺みたいに感性が錆《さ》びついた中年男にはもったいないよ。君たちのファンに渡してあげてくれ」

冷たい風が首元から体温を奪っていく。ライブハウスから出た真悟は、身を震わせながらコートの襟を立てた。体だけでなく、心の温度も下がっていく気がする。もはや、これからどうすればいいのか分からなかった。

ゲームマスターはあのバンドを餌にして佐和奈々子に近づき、洗脳したというストーリーを思い描いていた。しかし、完全に見当違いだったのかもしれない。

そもそも、本当に佐和奈々子の〝恋人〟はゲームマスターだったのだろうか？　いや、それ以前に佐和奈々子に恋人はいたのだろうか。もはや、そのことすら疑わしかった。

とりあえず家に帰ろう。真悟は腰を曲げてとぼとぼと歩きはじめる。

残業を終え、帰宅の途につくサラリーマンたちの流れに乗りながら、真悟は駅に向かって歩き続ける。そのとき、腰の辺りからかすかにジャズミュージックが聞こえてきた。

なんだよ、こんなときに。真悟はポケットからスマートフォンを取り出す。液晶画面には〝非通知〟の文字が表示されていた。

非通知の着信？　人の流れから抜け出した真悟は、シャッターの閉まった店舗の軒先で通話ボタンに触れ、スマートフォンを耳に当てる。

『こんばんは、上原さん』

ボイスチェンジャーを通した甲高い声が響く。全身の血液が逆流した気がした。

「ゲームマスター!?」

『今夜午前二時に指定する場所に来て。そうしたら、僕に会えるかもよ』

真悟の問いに答えることなく、その声は言う。

「どこだ！　どこに行けばいい！」真悟は唾を飛ばして叫ぶ。

『そんなに興奮しないでよ。警察には連絡しないでね。もし警察が近づいたら、僕はすぐに逃げるからね。上原さん、一人で来て。場所は品川区八潮《やしお》にある……』

両手でスマートフォンを持つ真悟の体の奥から、熱が湧きあがってきた。


吐いた息が街灯の薄い明かりの中で白く色づいていく。真悟は胸に手を置いて、加速している心臓の鼓動を抑えようとする。

すでに時刻は午前一時五十分を過ぎている。指定された時間まで十分を切っていた。

東京港野鳥公園の近くにある、東京湾に面したふ頭。真悟は辺りを警戒しながら、左右に巨大な倉庫がそびえ立つ路地を進んでいく。

もうすぐゲームマスターと対峙《たいじ》できるかもしれない。その期待と不安がアドレナリンを分泌させ、心拍数を上げていた。死角の多いこの港ではいつ襲われるか分からず、気を抜くことはできない。

指示されたとおり、このことは警察には知らせていなかった。ゲームマスターは警察の動きに精通している。もし通報すれば、それに気づき姿を消してしまうだろう。だから、通報できなかったのだ。真悟は自分にそう言いきかせる。しかし、心の隅では分かっていた。それが本当の理由ではないということを。

誰にも邪魔されることなく、ゲームマスターとの決着をつけたい。胸の奥底から湧き上がるその欲求に真悟は身をゆだねていく。やがて、一棟の倉庫の入り口までやってきた。大きな倉庫だった。小学校の体育館ぐらいはあるだろう。

入り口のそばに掲げられた表札には、電話で指定された倉庫の名が記されていた。扉のノブに手を伸ばし、ゆっくりと回す。扉は抵抗なく手前に開いた。

真悟は一度唾を飲み下すと、意を決して倉庫の中へと滑りこんだ。

天井までゆうに十メートルはある内部には、無数のコンテナが複雑に積まれていた。天井からぶら下がった裸電球の光は弱々しく、辺りは薄暗い。

真悟は一歩一歩、慎重に進んでいく。倉庫の奥までは一本の太い道が通っていて、その左右にコンテナが積み上げられている。真悟は目を細めて、倉庫の奥に視線を向ける。そのとき、心臓が大きく跳ねた。奥にあるコンテナの陰に、人影が見える。

真悟は走りだしていた。理性は「慌てるな！　警戒しろ！」と叫ぶが、もはや獣じみた衝動を抑えこむことは不可能だった。とうとう四年間追い続けた相手と、ゲームマスターと対峙できる。真悟は倉庫の奥に向かって走っていく。

あと少し、あと少しだ。通路を半分ほど進んだ真悟は拳を握りこむ。そのとき、すぐ脇のコンテナの陰から、人影が飛びかかってきた。

全力疾走している真悟は、その不意打ちに対応できなかった。人影が振り下ろした拳が真悟の横っ面をとらえた。大きく揺れる視界の中、床が高速で迫ってくる。次の瞬間、側頭部に激しい衝撃が走り、意識が真っ白に塗り潰された。


「早く！　さっさとしてください！」

遠くからやけにエコーのかかった男の声が聞こえた。真悟はゆっくりと瞼《まぶた》を上げる。

体の左部分がコンクリートに触れていた。頬に冷たい感触が伝わってくる。

壁か？　いや、これは壁じゃない。床だ。俺は倒れているんだ。

自らの状況を把握した真悟は、立ち上がろうとする。しかし、脳と体を繋ぐ配線が断裂してしまったかのように、体はぴくりとも動かなかった。

混乱する頭を必死に動かして、なにが起こったのか考える。そのとき、視界の中に革靴が入ってきた。真悟は眼球だけ動かして視線を上げる。すぐそばに、大きなサングラスをかけた中年の男が立っていた。ようやく状況を理解する。コンテナの死角から出てきたこいつに殴り倒されたのだ。

この男がゲームマスターなのだろうか？　だとしたら、倉庫の奥に見えた人影は？

重い頭に疑問が次々と浮かんでいく。

「早くしてくださいって！　もう大丈夫ですから！」

すぐそばに立つ男が声を張り上げると、倉庫の最も奥まったところに置かれたコンテナの陰からもう一人、目出し帽を被《かぶ》った男が姿を現した。

「ほら、いまのうちです。さっさとやっちゃってくださいよ」

サングラスの男が早口で言う。倉庫の奥の目出し帽の男は無言のまま小さく頷いた。

やりとりから見ると、目出し帽の男の方が立場が上のようだ。ということはあの男がゲームマスターで、サングラスの男は共犯ということだろうか？

目出し帽の男はゆっくりと近づいてきた。真悟は倒れ伏したまま、ゆっくりと両手を開閉させる。断線していた神経が次第に繋がりはじめていた。

「急がないと！　俺が立たせますから」

サングラスの男が、真悟の襟を無造作に摑み、強引に立たせようとする。

動け！　奥歯を嚙みしめた瞬間、頭と体が繋がった感覚があった。真悟は両手で男の手を摑むと、逆上がりの要領で下半身を跳ね上げる。蛇《へび》が絡みつくように、真悟の足が男の胸元と首にかかり、男の肘が真悟の股の間で固定された。

警官時代、柔道訓練で得意技だった腕ひしぎ十字固め。男は目を見開いて腕を引こうとする。しかし、両手で摑まれた手が、そう簡単に引き抜かれることはなかった。

真悟は足に力を込めて引きつける。鎌首をもたげる蛇のような形になった足に首元を刈られた男は、バランスを崩してその場に倒れこんだ。サングラスが宙を飛ぶ。

真悟は男の動きを足で制したまま、両腕に力を込める。男が暴れだすが、もはやここまで型に入ってしまっては逃げられるわけもなかった。真悟は後方に上半身を倒しつつ腰を浮かした。股の間からぐしゃりという果実が潰れたような音が響き、続いて男の口からくぐもった悲鳴が漏れる。

真悟は男から離れ、膝立ちになる。サングラスの男はうめき声を上げながら肘を守るように体を丸くした。真悟は膝立ちのまま十メートルほど先に立つ男に注意を向ける。目出し帽を被っているため、その表情は読めなかった。

真悟は目出し帽の男から視線を外すことなく、じりじりとすぐそばで丸くなっている男に近づくと、その肩に手をかけ、強引に自分の方を向かせる。男の激痛と恐怖で引きつった顔を見ると同時に、頭の奥に疼きをおぼえた。

この男、見たことがある。記憶を探る真悟の脳裏に、数日前の光景が映し出される。

「お前……、バーにいた男だな」

真悟は男を睨みつけた。歌舞伎町のバーで阿久津から情報を聞いた際、店内にいた客の男。

「……なんのことだ」男はかすれた声を絞り出す。

真悟は男の肘を鷲摑《わしづか》みにした。男の口から喘《あえ》ぐような悲鳴が漏れる。

「お前は、歌舞伎町のバーで俺を監視していたな？　ずっと俺を尾けていたのか？」

「そ、そうだ。頼まれて、あんたを尾行していたんだ！」

男は叫ぶ。真悟は男の肘を摑む手に、さらに力を込めた。

「ゲームマスターだな。ゲームマスターに頼まれて、俺を尾行していたんだな！」

「違う。そんなんじゃ……」

息も絶え絶えに男が声を絞り出したとき、獣の遠吠《とおぼ》えのような声が響く。顔を上げると、目出し帽の男が雄叫《おたけ》びを上げて走ってきていた。

男の肘を離した真悟は立ち上がると、重心を落として身構える。

立て籠もり事件への突入を任務とする特殊班は、紛れもない特殊作戦部隊だ。対人戦闘訓練は嫌というほど重ねてきた。その経験はいまも体に染みついている。

目出し帽の男が振るった右拳を体を捌《さば》いてかわすと同時に、真悟は男の腹に膝蹴りを打ちこんだ。男の口から唾液と苦痛のうめき声が漏れる。

くの字に体を曲げる男のコートの袖を摑み、素早く足を払った。出足払《であしばら》いが決まり、男はその場に倒れる。真悟は倒れこんだ男の体に馬乗りになると、右の拳を男の横っ面に打ちこんだ。拳頭《けんとう》に痺《しび》れるような手応えが走るとともに、男の体から力が抜ける。真悟は男の頭部に震える手を伸ばす。指先が目出し帽にかかった。

とうとう、ゲームマスターの正体を暴くことができる。胸の中で様々な感情が暴れ回り、視界が滲んだ。真悟は歯を食いしばると、男の顔から一気に目出し帽を剝ぎ取った。

露わになった男の顔を見て、思考が停止した。

「なんで……」半開きになった口から、弱々しい声が漏れる。

目出し帽の下から現れたのは、見知った顔だった。一重の目、濃い眉、太い鼻筋。そこに倒れていたのは佐和好継、ゲームマスターに殺害された佐和奈々子の父親だった。

佐和好継がゲームマスター？　この男が娘を誘拐し、殺害したのか？

けれど事件の日、この男は常に自宅にいたはず。混乱で真悟は動けなくなる。

「なんで……だと？　なんでか分からないっていうのか！」

怒りで飽和した声に、真悟は怯《ひる》む。好継は真悟の襟を両手で掴んで、思い切り引きつけた。虚を突かれた真悟はバランスを崩し、上半身が前のめりになる。二人は額が触れそうな距離で視線を合わせる。見開いた好継の目の奥に、暗い炎が燃え上がっていた。

「お前のせいで奈々子は殺されたんだ！　お前さえいなければ、奈々子はいまも生きていたんだ！　全部お前のせいなんだ！」

好継が絞り出した言葉を聞いて、全身から力が抜けていく。

違う……、この男はゲームマスターなんかじゃない。

襟から手を放した好継は両手で顔を覆う。真悟はゆっくりと立ち上がると、肘を押さえている男に近づいた。男は恐怖で顔を歪めながら、後ずさりをする。

「お前は佐和さんに雇われた探偵かなにかだな？」

男を見下ろしながら、真悟は冷めた口調で訊ねる。男は一瞬躊躇《ちゅうちょ》するようなそぶりを見せたあと、おずおずと頷いた。

「佐和さんはお前に俺のことを調べさせたあと、ボイスチェンジャーで声を変えてここにおびき寄せた。そうすれば、ゲームマスターからの呼び出しだと思って、俺がのこのこやってくると思ったから。そうだな？」

真悟の問いに、再び男は頷く。真悟は事件当日、好継に名刺を渡したことを思い出す。そこにはスマートフォンの番号も記していた。連絡できるはずだ。

「ここは佐和貿易の倉庫かなんかなんだろうな。それで、俺をここに呼び出して、どうするつもりだったんだ？　殺して、海にでも捨てるつもりだったのか？」

真悟が声を低くすると、男は慌てて首を左右に振った。

「そんなことするわけないじゃないか！　あんたを二、三発殴らないと頭がおかしくなるって佐和さんが言うから、しかたなく協力したんだ。俺は止めたんだぞ。そんなことしたらただじゃ済まないって。ただ、一人でもやるって言うから……」

真悟の鋭い視線を浴び、男の声が尻すぼみに小さくなっていく。

「……消えろ」真悟は小さくつぶやいた。

「え？」男は目をしばたたかせる。

「さっさとここから消えろって言っているんだ。それとも、警察呼ばれたいのか？」

「は、はい！」

男は肘をかばいつつ、這うように出口へ向かっていく。男が倉庫から出たのを確認すると、真悟は振り返った。そこには血走った目で真悟を睨みつける好継が立っていた。

「……娘は死んで、妻も自殺をはかった。俺の家庭はめちゃくちゃだ。それもこれも、全部お前のせいだ。全部お前が悪いんだ！」

怨嗟《えんさ》の籠もったセリフを吐く好継を、真悟は無言で眺める。

「なんで黙っているんだ！　なにか言え！」

好継は拳を大きく振り上げる。顔面に迫ってくるその拳を、真悟は避けなかった。衝撃で視界に火花が走り、口の中に鉄の味が広がる。

「なにか言えっていうのが分からないのか！」

吠えた好継は、真悟の襟を掴むと、すぐそばのコンテナに叩きつけた。硬い鉄板に後頭部をぶつけた真悟は、コンテナに寄りかかりながらずるずると倒れこむ。そんな真悟の襟を左手で掴んだ好継は、言葉にならない叫び声を上げながら、真悟の頭部に右の拳を打ちこんでいく。真悟は一度も避けることなく、その攻撃を甘んじて受け続けた。

やがて、好継の攻撃がやむ。握られていた拳がゆっくりと開いていった。

「なんで、……なんにも言ってくれないんだ。……なんで、こんなことになったんだ」

好継はその場に膝をつき、深く慟哭《どうこく》しはじめる。真悟は口に溜まった血液を吐き捨てると、頭頂部が見えるほどに頭を下げた。

「……本当に申し訳ありませんでした」

真悟の謝罪を聞き、好継の慟哭はさらに大きくなる。真悟はコンテナに背中を預けたまま、むせび泣く好継を眺め続けた。きっと、好継も分かっているのだ。こんなことをしても、なにも意味がないことを。しかしそれでも、この理不尽な現実に対する怒りをどこかにぶつけずにはいられなかったのだろう。

真悟は震える足に力を込めて立ち上がると、土下座をするような姿勢で体を震わせている好継の背中に手を添える。好継は涙と鼻汁にまみれた顔を上げた。

「佐和さん、私は娘さんにあんな酷《ひど》い仕打ちをした犯人を捜しています。どうか私に協力していただけませんでしょうか？」


「どうぞ……」

インスタントコーヒーの入ったカップをローテーブルに置く。カーペットにあぐらをかいた好継は、硬い表情のままカップを手に取ると、一口すすった。

一時間ほど前、倉庫をあとにした二人は近くの国道でタクシーを拾い、真悟の自宅マンションへとやってきていた。顔から血を流した真悟と、泣き腫らした好継に、タクシーの運転手はバックミラー越しに何度も気味悪そうに視線を送ってきた。

「奥さんの件、伺いました。……容体はいかがですか？」

「……まだ入院中だ。ただ、治療が効いているのか、少し落ちついてきている」

「そうですか」真悟は自分もコーヒーを一口含んだ。口の中の傷にしみる。

「……どうしてだ？」好継がつぶやく。

「どうしてと言いますと？」真悟はコーヒーカップをテーブルに置く。

「どうして私を警察に引き渡さなかったんだ。覚悟はできていた。あんたを殴ったあと、逮捕されようが、刑務所に送られようが構わなかったんだ」

「……私にも娘がいます。一人娘です」

無意識にそんな言葉が口をついていた。答えにはなっていない答え。しかし、好継は追及してこようとはしなかった。

「ここは、あんたの自宅なのか？」

好継は狭い部屋を見回す。真悟は「はい」と顎を引いた。

「家族は？」

「二年半ほど前に離婚しました。娘の親権は元妻が持っています。娘には月に一回は会っていましたけど、この前の件で縁を切られました」

「そうか……」

再びコーヒーを一口飲んだ好継は、「不味《まず》いな」と顔をしかめる。

「安物のインスタントですから」

好継はかすかに口角を上げ、残っていたコーヒーを一気に飲み干した。

「それで、こんなところに連れてきて、なにをするつもりだ。殴られた報復に、ここで俺を殺そうっていうのか？」

「まさか！　ただ、お話を聞かせていただきたいだけです」

真悟が慌てて言うと、好継は小馬鹿にするように鼻を鳴らす。

「それで、なにが聞きたい？」

「お嬢さんについての話です。父親として言いにくいことも含めて」

「なんでそんなことをあんたに言わないといけないんだ」好継の目つきが鋭くなった。

「娘さんにあんなことをした犯人を逮捕するためです」

ライブハウスで有力な情報を得られなかったとき、ゲームマスターに繋がる細い糸は途切れたと思っていた。しかし、佐和奈々子の父親である好継なら、なにか知っているかもしれない。好継は数秒間、真悟を睨んだあと、低い声で話しはじめる。

「ここ一週間ぐらいのあんたの行動は、さっき私を置いて逃げたクズ探偵から逐一報告を受けていた。あんた、一人で犯人を追っているんだってな」

「はい、そうです」

「なんで一人でやる？　警察より先に、あんたが犯人にたどり着けるわけがないだろ」

「俺しか知らない情報があるんですよ」

「……もし、それが本当なら、警察にその情報を教えるべきだ。一人で捜査しているあんたなんかより、警察の方がその情報を有効に使えるはずだからな」

「たしかにおっしゃるとおりです」

「それならどうして……」

「俺がもうすぐ死ぬからです」

目を見張る好継の前で、真悟は平板な口調で話し続けた。

「ご存じかもしれませんが、俺は末期癌患者です。あと数ヶ月以内に死ぬでしょう。俺は今回の事件の犯人であるゲームマスターにかかわったせいで、仕事も、そして家族も失いました。自分の手でゲームマスターの正体を暴いて罪を償わせる。それが俺がいま生きている唯一の理由なんですよ」

言葉を切った真悟は、立ち上がって押入れを開ける。中に小さな金庫が置かれていた。

「心配なさらないでください。いつ死んでもいいように、ゲームマスターの件で俺が知っている全ての情報は、この金庫の中のノートにまとめられています。俺が死んだら、特捜本部で捜査に当たっている刑事の一人に、ノートが渡るようになっています」

「犯人は、……見つかりそうなのか？」好継は真悟を睨《ね》め上げる。

「分かりません。けれど、奈々子さんを一番近くで見てきたあなたから話を聞ければ、その正体に迫れる可能性はあります」

好継は険しい顔で考えこむ。真悟は急《せ》かすことなく、回答を待った。

「もし……」たっぷり三分間は黙りこんだあと、好継が言葉を発する。「もし、犯人を逮捕できたら、そいつは死刑になるか？」

「ゲームマスターはこれまで、未成年の少女を二人も殺害しています。よほどのことがない限り、吊るすことができるはずです」

「よほどのことっていうのはなんだ？　どんな場合、死刑にできない？」

「犯人が未成年者の場合、または精神疾患などで責任能力がないと判断された場合は、死刑以外の判決が出るかもしれません。ただ、今回の犯人像にはどちらも当てはまりません。犯人は死刑判決を受けるはずです」

真悟は言いきかせるように、ゆっくりとした口調で説明した。うつむいて話を聞く好継の顔から、潮が引くように表情が消えていく。

「……殺してくれ」無表情になった好継は、ぼそりとつぶやく。

「なんですって？」

「もし、犯人がさっきあんたが言ったような理由で死刑を逃れそうなら、そいつを逮捕しないで、その場で殺すと約束しろ」

抑揚のないその口調は、好継が本気であることを伝えてくる。

「それは……」

「もし約束しないなら、私はなにも話さない」

「……分かりました。そのときは私が犯人を殺します」

真悟は押し殺した声で答える、好継の顔に安堵に近い表情が浮かぶ。

「それで、私はどんなことを話せばいいんだ」

もしものとき、俺は本当に自分の手でゲームマスターを殺すのか？　その答えを出せず、ふわふわとした心持ちのまま、真悟は最初の質問を口にする。

「まず、ご両親と奈々子さんの関係はどうでしたか？」

「親子の関係？　良好だったよ」

「良好……ですか？」

「その反応を見ると、誰かからうちの家庭について話を聞いたみたいだな。けど、本当に良好だったんだよ。娘は私たちを慕ってくれていた。……一年前まではな」

「去年、娘さんになにかあったんですか？」

「急になにかと噛みつくようになったんだ。話しかけても無視するし、食事も一緒にとりたがらなくなった。最初はたんなる反抗期だと思っていたよ」

「けれど、違ったんですね」

「ああ、違った。奈々子は私たちを……憎むようになっていた」

「憎む？」あまりにも強い表現に、真悟は眉をひそめる。

「そうだ。いつの間にか、私たちを憎悪の対象として見るようになっていたんだ」

「なんでそんなことに？　なにかきっかけがあったんですか？」

「なにもないよ。それなのに、娘の態度は日に日に険しくなっていく。どうしていいか分からなかったよ。まるで、娘がじわじわと別人になっていくようだった」

　猪原美香が言っていた「奈々子は洗脳された」という言葉を、真悟は思い出す。

「けどな、三ヶ月ほど前、ようやく原因が分かったんだよ」好継の声が震える。

「原因というのは？」

「男だよ」好継は憎々しげに吐き捨てた。

　真悟は目を大きくする。その存在が疑わしくなりつつあった〝佐和奈々子の恋人〟。父親である好継が、それについて言及するとは思っていなかった。

「奈々子さんに交際している男性がいたっていうのは、間違いないんですか？」

「ああ、間違いない」好継はつらそうに表情を歪めた。

「なんでそう言い切れるんです？　その相手が誰か知っているんですか？」

「相手が誰かは知らない。ただ、付き合っている男がいたことは間違いないんだ」

「どういうことですか？」

「三ヶ月前、自宅に写真が送られてきたんだよ。私宛ての封筒に入って」

「写真、ですか？」

「そうだ。……奈々子が男とホテルに入るところを撮った写真だ」

片手で目元を覆った好継の前で、真悟は息を吞む。

「それは間違いなく娘さんだったんですか？　男の顔は分かりましたか？」

「娘であることは間違いない。顔が写っていたからな。男は後ろ姿だったので、顔は分からなかった。ただ、娘の同年代ではないことは見てとれた。たぶん三十過ぎ……」

それ以上言葉を継げなくなった好継の前で、真悟は混乱する頭を軽く振る。なぜ、そして誰が、男と逢《あ》い引《び》きしている娘の写真を父親に送りつけたというのだろう。

「合成写真だった可能性はありませんか？　最近は技術が進歩してきていますし」

「いや、それはないな。直接本人を問い詰めたんだから」

「娘さんに直接!?」

「ああ、帰ってきた奈々子に写真を見せて、どういうことなのか聞いた。あの子は私を睨みながら、そこに写っているのが自分だと認めたよ。ただ、相手の男が誰なのかについては、絶対に言おうとしなかった」

「その写真を送ってきた人物に心当たりは？」

「さあ、見当もつかんよ」好継は弱々しく首を横に振った。

「そうですか……。それで、その写真が送られてきたあと、どうしたんですか？」

「当然、別れさせようとした。大人の男がまだ未成年の娘と付き合うなんて許せるわけがない。場合によっては警察に訴えようとも思っていた」

「別れさせることには成功したんですか？」

「成功した……はずだ」

「はず、といいますと？」

「男と会う時間をなくした。週に三回は塾に行かせ、他の日は門限を午後六時にした」

「塾をサボって男と会っていた可能性もあるのでは？」

「それはない。ちゃんと塾に通っているか、定期的に出席を確認していた。それに土日や休日などは、誰とどこに行くか説明させてから外出させた」

「友人と口裏合わせをして、実際には違う場所に行っていたかもしれませんよ」

「それもない。休日に奈々子が外出する際には、さっき逃げた探偵に尾行させていたんだ。奈々子が男に会うことはなかった。だから、きっともう別れていたはずだ」

「そこまでやったんですか!?」

「当たり前だ！　たった一人の娘なんだぞ。たった一人の、大切な娘だったんだ！」

好継の目に涙が浮かぶのを見て、真悟は言葉に詰まる。

「……娘さんの反応はどうでしたか？　大人しく従いましたか？」

「とんでもない。わめき散らして大変だったよ。あれから三ヶ月、ほとんど口をきかなくなった。家ですれ違っても完全に無視か、下手《へた》をすれば舌打ちすらしてきた」

「……事件当日は、探偵の尾行はついていなかったんですか？」

「なかったよ。あの日、奈々子が外出することを私は知らなかったんだ。奈々子は私が出張する日を狙って、妻に外泊を頼みこんだんだろう。私がやり過ぎだと思っていた妻は、それを認めてしまった」

ああ、なるほど。事件当日、好継が妻に「お前のせいだ」となじっていた理由が、いまになってようやく分かった。

「妻はその責任を感じて、大量の睡眠薬を飲んだんだ。けど、……本当は私の責任なんだ。私が奈々子を追い詰めすぎたからあんなことに……」

両手で頭を抱える好継を真悟は見つめる。妻に負けず劣らず、好継も精神的に不安定になっているのだろう。だからこそ、俺を襲撃するなんて馬鹿な計画を実行に移した。

「……事件前日、奈々子さんが友人の家に向かっていなかったのはご存じですか？」

「なんの話だ？」顔を上げた好継は、訝しげな視線を向けてくる。

「奈々子さんは最初から、友人の家に行くつもりなんてなかったんです。友人もそんな話は聞いていませんでした。そして奈々子さんは、一人で渋谷に向かいました」

「渋谷？　なんでそんなところに？」

「おそらく、恋人に会うためだと思います」

「そんな!?　まだ別れていなかったっていうのか？　恋人に会いに行って、その途中で誘拐されたっていうことか？」

「その可能性もありますが……」真悟は好継の目を真《ま》っ直《す》ぐに見る。「奈々子さんが付き合っていた恋人、その人物こそが誘拐犯だったのかもしれません」

最初、意味が分からなかったのか、好継は呆《ほう》けた表情を浮かべた。やがて、その目が大きく見開かれていく。

「そんな……、そんなわけ……」

「はっきりとは言い切れませんが、その可能性は高いと思います。ゲームマスターは一年以上前から、奈々子さんに目をつけ、近づいた。そして、奈々子さんを信用させ、事件の前日に呼び出した。きっと、自分の正体を誰にも言わないように強く言っていたのでしょう。だから、奈々子さんはいくら追及されても恋人の名前を言わなかった」

「じゃあ……、あの写真に写っていた男が、娘を殺したかもしれないっていうのか？」

「好継さん、どうにか思い出してください。なにかその男に繋がるような手がかりはないですか？　どんな些細《ささい》なことでもいいんです」

「……ない。奈々子は相手の男について、本当に何一つ教えてくれなかったんだ。奈々子と男の写真も焼いて捨ててしまった。ただ……、事件のあと娘の部屋を整理していたら、おかしなものが見つかったんだ」

「おかしなもの？　なんですか、それは？」

「私にもなにがなんだか……。気味が悪かったんで、誰にも言っていない。私だけの胸にとどめておくつもりだったんだ」

「教えてください！　どこから犯人に繋がるか分からないんです」

真悟が促すと、好継はおずおずとスマートフォンを取り出し、操作しはじめる。

「奈々子の……遺品を整理していたとき、これを見つけたんだ」

好継はスマートフォンを掲げる。そこには写真が映っていた。

「これは……？」

「奈々子の机の抽斗《ひきだし》だよ。鍵を壊して中を見ると、こんな物が詰めこまれていたんだ」

目を細めてディスプレイを凝視しながら、真悟は事件当日に奈々子の部屋を観察したとき、一つだけ開かない抽斗があったことを思い出す。

大きく開けられた抽斗、その中にぎっしりと書籍が詰めこまれていた。背表紙に記された文字を読み、真悟は眉根を寄せる。

『怪物　桃井一太の正体』『警視庁を翻弄《ほんろう》した男』『SITが敗れた日』『実録　高輪台女子中学生誘拐殺人事件』『誘拐犯〈ゲームマスター〉の深層心理』

それらは、四年前の誘拐殺人事件について記した本だった。

佐和奈々子がこんな本を集めていた？　混乱がさらに深くなり、頭痛すらしてくる。

「あ、あの……。奈々子さんは四年前の誘拐事件に興味があったんですか？」

「分からない。少なくとも、奈々子が四年前の事件について口にしたことはなかったはずだ。けれど、この本を見たら……」

たしかにこの蔵書を見れば、佐和奈々子が四年前の誘拐事件に強い興味を持っていたことは間違いないだろう。ふと、恐ろしい想像が頭をかすめ、真悟は体を震わせる。

もしかしたら、佐和奈々子は恋人がゲームマスターだと知っていたのではないだろうか？　相手が女子中学生を殺害した犯人だと知って、そのうえで惹《ひ》かれていったのではないだろうか？　現にゲームマスターを崇拝している人間は存在する。佐和奈々子がその一人であった可能性は否定できない。

「あと、本に混ざって、こんな写真も……」

好継はスマートフォンの画面を切り替える。そこには机の上に置かれた数枚の写真が映っていた。その全てが一軒の家を写したものだった。古ぼけて、いまにも壊れそうな木造の平屋。窓ガラスはところどころ割れ、ガムテープで補修されている。

口から漏れそうになった驚きの声を、真悟は必死に飲み下す。その家を知っていた。しかし、なぜ佐和奈々子があの家の写真を？

「俺からの情報はこれくらいだ。……犯人は分かりそうか？」

「とても参考になりました。犯人は絶対に捕まえます」

「約束、忘れるな」好継は低い声で言う。真悟は唾を飲みこむと、ゆっくりと頷いた。

「それじゃあ、俺は帰るよ」好継は緩慢な動作で立ち上がる。

「いまはどちらにいらっしゃるんですか？　たしか、ご自宅には戻っていないとか」

「妻が入院している病院の裏手にある安ホテルだよ。そこなら通いやすいからな」

「そうですか……、エントランスまで送らせてください」

かすかに微笑んだ好継に続いて真悟も立ち上がり、玄関に向かう。二人は言葉を交わさぬままエレベーターで一階まで降りた。

「ここでいい」エントランスを出ながら好継はつぶやく。「絶対に、私の娘を殺した奴に報いを受けさせてくれ」

真悟は足を止めると、「はい」と返事をした。振り返ることなく歩を進めた好継は、タイミングよくマンションの前を通りかかったタクシーを止める。

「今日はありがとうございました。おかげで、犯人に近づくことができました」

タクシーに乗りこもうとする好継に、真悟は声をかける。好継は振り返ると、皮肉っぽい笑みを浮かべた。

「なに人の好《い》いこと言っているんだよ。あんなことまでされて」

好継は軽く拳を振るうそぶりを見せる。

「それ以上の情報をもらいましたからね」

「……今日のことは悪かった。どうかしていたんだ。許してくれ」好継は頭を下げた。

「だから、気にしていませんって。まあ、脅迫状まで送ってくるなんて。あれは少しやり過ぎでしたね」

　真悟がおどけるように言うと、好継の顔に訝しげな表情が浮かんだ。

「脅迫状？　なんのことだ？　私があの探偵に指示したのは、君を監視することと、ボイスチェンジャーを使って呼び寄せることだけだ」

「えっ、でも……」

　真悟が戸惑っていると、タクシーの運転手が「お客さん、乗らないんですか？」と声をかけてくる。

「ああ、なんでもありません。ちょっとした勘違いです。乗ってください」

　真悟が促すと、好継はためらいがちに後部座席に乗りこんだ。扉が閉まり、タクシーが発進する。タクシーのテールランプを見送った真悟は、急いでエントランスにある郵便受けの前に向かうと、ダイヤルキーを回しはじめる。

　郵便受けの扉が開く。チラシを掻き分けていた真悟の手が、動きを止めた。

　郵便受けの底に茶封筒が一つ横たわっている。そこには『ウエハラ　シンゴ　サマ』と、やけに角張った文字で記してあった。

5

自宅マンションで佐和好継から話を聞いた翌日の昼下がり、真悟はタクシーの後部座席で便箋に視線を落としていた。

『マダ　ボクヲ　ミツケラレナイノ？
ボクハ10ネン　イジョウ　キミヲ　ミツヅケテ　イルノニ
モウ　マチクタビレタ　ソロソロ　バツゲーム　ヲ　ハジメルヨ
タノシミニ　シテ　イテネ
ゲームマスター　ヨリ　アイヲコメテ』

昨夜、郵便受けの中で見つけた茶封筒。それは予想どおりゲームマスターからの二通目の脅迫状だった。どうにかして、その脅迫状を入れた人物を見つけたかったが、真悟が住む古いマンションには、エントランスに防犯カメラも設置されていなかった。

昨日から何度もその文面を眺めているが、一ヶ所意味が分からないところがあった。

『10ネン　イジョウ　キミヲ　ミツヅケテ　イルノニ』という記載。十年前と言えば、真悟はまだ特殊班の刑事になっておらず、新宿署の刑事課に勤めていた。その頃から見続けているとはいったいどういうことなのだろう？

文面を読み進めていった真悟は、『バッゲーム』の文字で視線を止める。

「お客さん、この辺りだと思うんですけど」

運転手に声をかけられ、真悟は顔を上げた。いつの間にか、フロントグラスの奥に見覚えのある光景が広がっていた。

「ええ、ここで大丈夫です」

代金を払ってタクシーを降りた真悟は辺りを見回す。日比谷線の三ノ輪《みのわ》駅から徒歩で二十分ほどにある、寂れた雰囲気の住宅街。ここに来るのは三年ぶりか……。コートのポケットに手を突っこむと、真悟はゆっくりと歩いていく。腰の奥に鈍痛が走り、真悟は歯を食いしばる。指定された量を遥《はる》かに超える鎮痛薬を飲んでいるのにもかかわらず、痛みが襲ってくる回数が増えていた。

早く全てを終わらせなければ。真悟は足を速める。ゲームマスターの正体に近づいている気はする。しかし、まだその姿は輪郭がぶれている。

あそこを調べれば、その輪郭をはっきりとさせられるかもしれない。そんな予感が真悟の歩くスピードを速めた。いまから向かう場所は、刑事に監視されている可能性がある。真悟は目立たないように三百メートルほど離れた位置でタクシーを降りて、辺りを警戒しながら進んでいった。路地を何度か曲がりながら進んでいくと、右手に空き地が見えてくる。その奥には古ぼけた木造平屋造りの家が建っていた。数十メートル先にあるその一軒家こそ、佐和奈々子の抽斗に入っていた写真に写っていた家だった。辺りに刑事がいないことを確認しつつ、家の前まで近づいた真悟は、そこから漂ってくる異様な雰囲気に立ちすくむ。

敷地を囲む木製のフェンスには鉄条網が何重にも巻きつけられていた。玄関の脇には感情のままに書き殴ったような文字で〝敷地内立入禁止〟と記された看板が立っている。

三年前はこんな状態ではなかった。古ぼけていたが普通の家で、隣には小さなアパートが建っていた。桃井一太の住んでいたアパートが。目の前に建つ家は、桃井一太、誘拐事件の犯人と疑われ、命を絶った男の親が住む家だった。

警官になるという夢に破れた桃井一太は、実家の隣に両親が所有していたアパートの一階で引きこもりはじめた。そして四年前、警察への復讐《ふくしゅう》のために女子中学生を誘拐した桃井一太は、アパートの自室に少女を監禁し、殺害した。そう思われていた。

三年前、必死の捜査の末に桃井一太に疑いの目を向けた真悟は、何度もこの場所に通い、最後には向かいのアパートに張りこんで桃井一太を観察した。さらに記者を名乗って家を訪ね、桃井一太の両親から話を聞いたこともあった。

なぜ佐和奈々子がこの家の写真を持っていたのかはまだ分からない。しかし、あの抽斗に詰まっていた大量の書籍を見ると、彼女が四年前の誘拐事件に強い興味を持っていたことは間違いない。それどころか、もしあの写真が佐和奈々子自身の手で撮影されたものなら、彼女はこの家を訪れたことがあるということになる。有刺鉄線に触れないように気をつけながら柵を開け、玄関前までやってきた真悟は、インターホンを押す。

阿久津からの情報では、桃井一太の父親は二年前に自殺したらしい。ということは、いまこの家には桃井一太の母親が一人で住んでいるはずだ。

たしか、名前は桃井初子《はつこ》とかいったな。口元に力を込めつつ真悟は返事を待つ。しかし、一分以上待ってもインターホンから返事は聞こえてこなかった。

再びインターホンに手を伸ばした瞬間、唐突に扉が開き、中から飛び出した手が真悟の手首を摑んだ。わずかに開いた扉の隙間から、痩せた女が真悟を睨みつけていた。

扉から突き出した腕は枯れ枝のように細く、筋が浮き出ていた。皮膚は乾燥しきって、ところどころひび割れている。眼窩《がんか》が落ちくぼんでいるせいか、眼球が飛び出しているかのように見えた。これが桃井初子？　真悟は戸惑う。

三年前に話を聞いたときは、どこにでもいるごく普通の主婦といった風貌だった。こんなに瘦せ細ってはおらず、どちらかというと少しふくよかな感じさえした。

自殺した一人息子が誘拐殺人犯として告発され、さらにその後配偶者も自ら命を絶った三年間。その三年間が、彼女を完全に別人にしてしまったのだろう。

「あんた……誰だよ？」桃井初子は唇を歪める。茶色い前歯が剝き出しになった。

「あの、私はこういう者ですが……」

真悟はコートのポケットから、〝フリージャーナリスト　上田真也《うえだしんや》〟と記された名刺を取り出す。三年前、個人的に捜査をした際に作った偽名の名刺だった。

「あんた……、三年前にも来た奴か？」

「はい、そうです」真悟は大きく頷く。

三年前、初子に話を聞いた際も同じ名刺を渡し、「この辺りに誘拐された少女が監禁されていたらしい。なにか声などは聞いていないか？」と訊ねていた。初子が覚えていたおかげで、少しはやりやすくなった。真悟は間髪いれずに言葉を続ける。

「息子さんの件で少しお話を聞かせていただき……」

「ふざけるな！」

初子の怒声が響きわたる。その剣幕に硬直した真悟に、初子はまくし立てる。

「話を聞かせろだ？　盗《ぬす》っ人猛々《とたけだけ》しい。息子が人殺しなんていう出鱈目《でたらめ》をあんたらが書いたせいで、ウチらがどんな目に遭ったと思ってんだよ！」

頬にかかった唾を袖で拭いながら、真悟は横目で柵に巻きついている有刺鉄線を見た。

初子たちがどんな目に遭ったか、元刑事である真悟には容易に想像できた。少女を誘拐し惨殺したとされる桃井一太が自ら命を絶ったことで、行き場を失った世間の怒りの矛先が、その怪物を育てた親に向かったのだろう。歪んだ正義感の持ち主たちが、この家に対して様々ないやがらせを行ったに違いない。

「さっさと帰れ、じゃなきゃ警察呼ぶよ」

初子は真悟の手首を離すと、扉を閉めようとする。しかし、その一瞬前に真悟は扉の隙間に爪先をねじこんでいた。勢いよく挟まれた足に痛みが走る。

「あんた、いい加減にしなよ。なにも話すことなんて……」

「息子さんは冤罪《えんざい》です！」真悟は声を張り上げる。初子の眉がぴくりと跳ねた。

「……あんた、いまなんて言った」

上目遣いに視線を向けてくる初子を見て、真悟は手応えをおぼえる。

「ですから、息子さんは誘拐殺人犯なんかじゃない、逆に被害者だったんです。全て警察のでっち上げ、陰謀だったんですよ」

初子の興味をさらに引くため、真悟は刺激的な言葉を並べ立てていく。初子は真悟を睨みながら、ゆっくりと扉を開いていった。

「なんでいま頃になって、一太が被害者だなんて言いだすんだよ。私は三年間、ずっとそう言っているのに、警察も記者たちもずっと無視し続けてきたじゃないか！」

「二週間ほど前、東京であった誘拐殺人事件はご存じですか？」真悟が声をひそめる。

「そりゃまあ、テレビでずっと流しているからね」

「実はあの事件の犯人は、四年前の誘拐犯と同一人物である可能性が高いんです」

「なっ⁉　本当なの、それ⁉」初子は血走った目を剝いた。

「本当です。今回の事件の犯人は四年前と同じように、ゲームマスターと名乗り、桃井一太さんは誘拐犯なんかじゃなかったと言っているんです」

状況についていけないのか、初子は口を半開きにして視線を彷徨《さまよ》わせはじめた。

「桃井さん、お願いします。少しお話を聞かせていただけませんか。息子さんのお話を」

真悟は呆然と立ち尽くしている初子に、必死に話しかける。

「……騙《だま》すつもりじゃないの？　また一太のことを悪く書くために、そんな出鱈目を」

初子の力なく開いた口から、疑念の言葉が漏れ出す。

「桃井さん、最近警察が訪ねてきたでしょ？」

真悟が質問を返すと、初子の頰がぴくりと動いた。

「やっぱり来たんですね。それは、一太さんが四年前の犯人ではなかったのかもしれないと思って調べにきたんですよ」

「けど、一太が犯人じゃなかったかもしれないなんて話は、全然出なかったよ」

「無実の男性を犯人扱いして自殺に追いこんでしまったことを、警察は認めたくないんです。そんなことが明らかになったら、日本中からバッシングを受けますからね」

「そんな馬鹿な話があるわけ⁉　うちの子はあいつらのせいで死んだんだよ。うちの旦那だって……。それなのに、それを認め……、責任もとらずに……」

興奮のあまり舌がこわばったのか、初子は途切れ途切れに言葉を絞り出していく。

「ですから、私に話を聞かせてください、私たちマスコミが警察の卑怯《ひきょう》なやり方を糾弾し、きっと息子さんの汚名を晴らしてみせますから」

初子は真悟の顔を数秒間見つめたあと、扉を大きく開いた。真悟は「失礼します」と会釈をすると、家の中に入った。

「こっちだよ」

廊下を初子に先導されて進んでいく。床板が腐っているのか、一歩踏み出すたびに足元が軋みを上げた。鼻腔に酸っぱい匂いが侵入してくる。どこかで生ゴミでも腐っているのかもしれない。廊下にはいくつものゴミ袋が無造作に散乱していた。

「その辺りに適当に座って」

突き当たりの部屋に案内された。そこは八畳ほどの和室だった。部屋の中心に置かれたこたつの上には、ビールの空き缶やカップラーメンの容器などが散乱している。

「汚い家で驚いただろ?」

「いえ、そんな……」

「誤魔化さなくたっていいよ。この前なんて、裏口の窓割られて空き巣に入られたのに、なにも盗まれなかったんだよ。まあ、こんな家の中を見れば、金なんてないことぐらいすぐに分かるよね」

初子は腰を曲げて部屋の隅に移動する。そこには質素な仏壇が置かれていた。おそらくは夫と息子のものだろう。初子はその前に正座すると、手を合わせる。

初子の姿に、真悟は罪悪感をおぼえる。初子には息子がゲームマスターではなかった可能性が高いと言ったが、桃井一太に罪がなかったわけでは決してないのだ。

たしかに桃井一太は四年前の誘拐殺人事件の主犯ではないかもしれない。しかし、誘拐事件にかかわっていたのは間違いない。桃井一太を思いどおりに操り、誘拐殺人事件をプロデュースしたゲームマスター。その人物像を真悟は思い浮かべる。

きっと、一見したところは誰をも惹きつけるような魅力を持ち、さらに他人の思考を読むことに長《た》けた人物なのだろう。相手を魅了するカリスマ性と同時に、他人を自分の思いどおりに動かすことに快感を得る、歪んだ精神を持っている。そして欲望のためなら倫理を無視できるだけの残酷性を秘めているはずだ。

つぶやきが聞こえなくなる。初子は緩慢な動作で仏壇の前から立ち上がった。

「なに案山子《かかし》みたいにぼーっと立っているんだよ。その辺に座れって言っただろ」

真悟は「失礼します」と腰を下ろし、こたつの中に足を入れる。

「それで、なにが聞きたいんだよ。どうすれば一太が無罪だったって証明できるの？」

「一番確実なのは、犯人を見つけることです。今回の事件の犯人が捕まって、しかも四年前の事件と同一犯だと証明できたら、一太さんは犯人ではなかったことになります」

「どうしたらそんなことできるんだい？　私はなにをすればいいの？」

「四年前の事件で、犯人は一太さんを身代わりにしました。赤の他人を身代わりにするのは難しい。一太さんと犯人は顔見知りだった可能性が高いはずです。四年前に一太さんが親しくしていた友人はいませんでしたか？」

「……いなかったはずだよ。四年前、あの子は誰とも会おうとしなかったから。全部警察が悪いんだよ。あんなに警察官になりたがっていたのに、全部試験で落としてさ」

「けれど、一太さんはこの家ではなく、隣のアパートに住んでいたんですよね。お母さんが気づかないうちに、友達が家を訪れていたかもしれないんじゃないですか？」

「あの子の食事は朝、昼、晩、全部私が運んでいたんだ。けど、あの子の部屋に一度も友達なんていたことはなかったよ」

「家以外の場所で友人と会っていた可能性は？」

「それもないと思うけどね。一太はほとんど外出しなかったから。ときどき近所のコンビニとかには行っていたけど、外に出ていたのは十分か二十分ぐらいのものだよ」

どうにも有効な情報が得られない。真悟は鼻の頭を掻く。桃井一太が首を吊ったあと、部屋にあったものは証拠品として押収されたはずだ。当然、パソコンや携帯電話のデータは一通り調べられただろう。それにもかかわらず、共犯がいた可能性が検討されなかったところを見ると、共犯者との連絡をうかがわせるデータはなかったということだ。

しかし、被疑者が死亡した場合、押収された品々の調査は適当になりがちだ。裁判で被疑者の犯行を証明する必要がないのだから、それも当然だった。

少なくとも表だって桃井一太と頻繁に会ったり、メールや電話で連絡を取っていた者はいなかったのだろう。だとしたら、ゲームマスターと桃井一太はどんな関係だったのだろうか。行動を支配するほど他人に影響を与えるためには、濃厚なコミュニケーションを取る必要があるはずなのだが……。

そんなことを考えつつ、真悟はコートの内ポケットから一枚の写真を取り出した。

「話は変わりますが、この子に見覚えはありませんか」

写真をこたつの上に置く。それは佐和奈々子の写真だった。奈々子は四年前の誘拐事件のことを調べ上げ、抽斗にこの家の写真を忍ばせていた。もしあの写真が奈々子自身の手によって撮影されたものだとしたら、彼女は初子と接触したかもしれない。

初子は写真を手に取ると、老眼で見えにくいのか、前後に動かしながら凝視する。真悟は緊張しながら初子の答えを待った。すぐに、初子は破顔した。

「あら、この子、ナオコちゃんじゃない」

「ナオコちゃん？」

「そう、ナオコちゃん。間違いない。よくうちに来てくれた子よ。眼鏡をかけていなかったから分からなかった」

真悟は唾を飲みこむ。佐和奈々子は生前、眼鏡で変装したうえ〝ナオコ〟という偽名を使ってこの家を訪れていたのか。しかし、いったいなんのために？

「あっ、もしかしてあなた、ナオコちゃんに言われて一太のこと調べているの？　だから一太が無罪だって信じてくれたんだ。そうなんでしょ？」

「え、ええ、実は彼女が熱心に一太さんのことを教えてくれまして、それであらためて調べているんです。初子さんはナオコさんとは親しいんですか？」

真悟は必死に話を合わせる。

「もちろんだよ。本当にいい子でね、何度もうちに来てくれているんだよ」

「あの、彼女はなんで桃井さんのお宅を訪ねたんでしょうか？」

慎重に質問を選びながら真悟は訊ねる。初子の眉毛がぴくっと動いた。

「なんでって、一太が無実だって信じてくれたからに決まっているじゃない。だから、どうにかそれを証明したいって言ってさ。子供になにができるんだって思っていたけど、本当の記者さんを連れてきてくれるなんてね」

佐和奈々子が桃井一太の無実を信じて訪ねてきた？　真悟は頭を片手で押さえる。

「あの、奈々子……ナオコさんがはじめてこちらに来たときのこと、覚えていますか？」

「半年ぐらい前だったかな。急にナオコちゃんはうちに来て、『息子さんは無実だと思います』とか言ったんだよ。最初は嫌がらせだと思って追い返そうとしたけどさ、『息子さんの濡《ぬ》れ衣《ぎぬ》を晴らしたいんです。話を聞かせてください』って聞かなくてさ」

半年前というと、すでに奈々子には〝恋人〟ができ、行動に変化が表れていた頃だ。

目を細める初子を眺めながら、真悟は頭の中で計算をする。

「ナオコさんはなんで、一太さんについて興味を持ったか言っていましたか？」

「うん？　えっとね、たしか大学の、なんていったっけ、ああ犯罪心理学とかいう授業で四年前の誘拐事件についてレポートを書くことになったらしくてさ、詳しく調べていくうちに一太が犯人じゃないって気づいたみたいだね」

真悟は「そうですか」と相槌を打ちながら、頭の中で状況を整理していく。

佐和奈々子が四年前の殺人事件について調べていたのは間違いない。しかし、わざわざ偽名を使い、しかも大学の授業で興味を持ったなどと嘘をついているところを見ると、桃井一太の無実を信じ、それを証明したいと思っていたわけではないはずだ。きっといまの自分と同じように、初子に取り入るための方便だったのだろう。

佐和奈々子はなんの目的で初子に接触した？

「ナオコさんはよくここにいらしていたんですか？」

「そうだねえ、月に二回くらいは来ていたよ。そのたびにお弁当を作ってきてくれたり、掃除してくれたりしてね。本当にいい子だよ」

「最後にナオコさんが来たのは、いつ頃だったか覚えていますか？」

「たしか、三ヶ月ぐらい前かな。なんか、どこか海外に留学することになったから、当分は来られないって言っていたよ」

三ヶ月前、父親である好継に恋人との関係を知られてしまった頃だ。つまり、父親の監視がきつくなるから、もう来られなくなるということだろうか？　いや、好継は恋人の存在を知ってすぐに探偵を雇って、奈々子を尾行させている。もし最後に奈々子がこの家を訪れたときすでに尾行がついていれば、そのことは好継に知らされているはずだ。つまり、恋人の存在を知られたのは、最後にこの家を訪れたあとの可能性が高い。

ではなぜ奈々子は、「留学するから当分来られない」などと嘘をついたのか。

……もう、この家に来る必要がなくなったから？

「桃井さん、最後にこの家に来たとき、ナオコさんはなにをしましたか？」

うつむいて思考を巡らせていた真悟は、勢いよく顔を跳ね上げて初子に訊ねる。

「最後のとき？　いつもみたいにお弁当をくれて、掃除して、ちょっと一太についての話をして、それから、それから……」

「それから……？」真悟は先を促す。

それだ！　真悟の手に力が籠もる。

「それから……。ああ、そうだ。一太の遺品を見たいって言うから見せてあげたね」

佐和奈々子が時間をかけて初子を懐柔したのは、桃井一太の遺品を見せてもらうためだった。その目的を果たしたからこそ、奈々子はもうこの家に来る必要がないと判断したのだ。

「もしよかったら、私にも一太さんの遺品を見せていただけませんでしょうか？」

「一太の遺品を？　そんなものあんたが見てどうするんだい？」

「もしかしたら一太さんの無実を証明できるものが見つかるかもしれませんから」

「本当に遺品を見るだけで、一太が無実だって分かるっていうの？」

「あくまでその可能性もあるというだけですが、それでも見せていただく価値はあると思います。警察の欺瞞《ぎまん》を暴いて、息子さんの名誉を回復するために、できることはなんでもしないといけませんから」

初子は「息子の名誉を回復する」という殺し文句に、唇の端を引きつらせた。

「分かったよ。こっちにおいでよ」

気怠そうに立ち上がり、真悟を連れて和室を出た初子は、廊下の中ほどで足を止め、しゃがみこんだ。初子の意図が読めず、真悟が首をひねると、初子は廊下と壁の境目辺りに手を伸ばす。その部分がへこみ、取っ手状になった。初子は「よいしょ」と、そこに手をかけ持ち上げる。床の一部が大きく開き、地下へと下りる階段が露わになった。

「地下室?」真悟は呆然とつぶやいた。

「そんな大したもんじゃないよ。ちょっとした収納だって。ほれ、見てみな」

初子に促され、真悟は開いた穴を覗きこむ。十数段の階段を下った先に四畳半ほどスペースがあり、段ボールが十個ほど置かれてあるのが見えた。

「あの子が遺《のこ》していったものだよ」初子は寂しそうに言う。

「息子さんが亡くなったとき、アパートの部屋に置かれていたものですか?」

「アパートの部屋にあったものは、あらかた警察に持っていかれちまったよ。何ヶ月かして返すとか言われたけどさ、旦那が拒否したんで返してもらえなかった。……あの人は、一太のことを忘れたかったんだよ」

真悟は神妙な面持ちで初子の話に耳を傾ける。

「ここにあるものは、一太があの部屋に移るまでのものだよ。幼稚園で描いた絵とか、小学校の運動会でもらった徒競走一位の賞状とか」

初子は天井の辺りに視線を彷徨わせる。息子との思い出を反芻《はんすう》しているのだろう。

「一太さんがアパートに移ってからのものはないんですか?」

真悟はかすかに失望しながら言う。最も見たかったのは、桃井一太が採用試験に失敗して引きこもり、警察への歪んだ復讐心を育んでいた頃の遺留品だったのだが。

「ああ、そこにあるよ」初子は倉庫の隅に置かれた、大きな三つの段ボールを指さす。

「えっ？　でもアパートにあったものはほとんど押収されたって……」

「いなくなる二、三週間前かな、あの子が『これを預かっておいてくれ』って、その三つの段ボールを持ってきたんだ。それからずっと置いてあるんだよ」

いなくなる、つまりは首を吊る少し前に、桃井一太が実家に運びこんだ荷物。その頃はちょうど、捜査の手が迫っていたはずだ。その気配を感じとり警察に見られたくないものを段ボールに詰めこみ、ここに隠したのだろう。心臓の鼓動が加速していく。

「その段ボールの中身を見ましたか？」

「見てないよ」

初子は露骨に視線を外した。きっと初子も感づいているのだろう、段ボールになにかよくないものが入っていることを。

「桃井さん。息子さんの無実を証明できるものがないか、じっくり調べたいので、少し一人で見せていただいてもよろしいですか？」

「ああ、いいよ。好きなだけ見てくれ。私はさっきの部屋にいるよ」

初子は逃げるように和室へと戻っていった。真悟は階段を下り、スイッチを押す。天井からぶら下げられた裸電球が力なく光った。手を伸ばせば天井に触れられるほどの狭い空間。座敷牢《ざしきろう》に閉じこめられたかのような圧迫感をおぼえる。

真悟は目的の段ボールの前で胡坐《あぐら》をかいた。板張りの床の冷たさが、ズボンの生地を通して尻に伝わってくる。真悟は大きく息を吐くと、段ボールの一つに手を伸ばす。

三年前にこれらの段ボールを押収できなかったのは、捜査の怠慢と言われてもしかたがない。しかし、真悟は当時の捜査員を責める気にはなれなかった。容疑者に死なれた時点で、〝被疑者死亡にて書類送検〟という曖昧な形で捜査は終了するのだ。実家の家宅捜索を行いたくても、捜査本部の幹部たちと裁判所が許可を出さなかっただろう。

段ボールの上面に触れると、指先に埃《ほこり》のざらついた感触が走った。真悟は手を止め、部屋を見渡す。多くの段ボールにはうっすらと色が変わるほどの埃が積もっているが、目の前の三個だけは触れないと気づかないほどしか付着していなかった。この段ボールだけ最近開けられた証拠だ。

やはり佐和奈々子の目的はこれだった。確信を得た真悟は、せわしなく三つの段ボールを開いていった。中に詰まっていたものを見て、真悟は目を見張る。

それらには、警察関連の書籍が無数に詰めこまれていた。

『犯罪捜査の実際』『誘拐捜査とは』『警視庁捜査一課大解剖』『刑事の生き方』等々。背表紙に書かれたそれらの文字が次々と目に飛びこんでくる。少なく見積もっても百冊はあるだろう。

真悟は慎重に一冊一冊本を取り出していく。全ての書籍が手垢《てあか》にまみれてぼろぼろで、何度も何度も繰り返し読みこまれた形跡が見てとれた。真悟はふと、そのうちの一冊を開いてみる。思わず口から「うっ」というめき声が漏れた。

数色のマーカーによって文章にアンダーラインが隙間なく引かれ、さらに空白部分には、目で追うのが疲れるほどの細かい文字でメモがみっしりと書きこまれている。

桃井一太が警察官にあこがれていたという話は聞いていた。しかし、この資料の山を見ると、それは〝あこがれ〟というより〝妄執《もうしゅう》〟に近いものだったのだろう。

真悟は書籍を取り出していく。やがて段ボールの一つで、本の下から数十冊の大学ノートが姿を現した。そこになにが記されているのか半ば予想しつつ、真悟はノートの一冊を手に取る。表紙には『殺人犯捜査係⑦』と記されていた。どうやら殺人班についてまとめたものらしい。適当なページを開いた真悟は、思わず目頭を押さえる。

空白を残すことを恐れているかのように、ページが細かい字で埋め尽くされている。

桃井一太はあらゆることをノートにまとめていたようだ。となると、これらのノートのどこかに、ゲームマスターについても書いてある可能性が高い。しかし、大量のノートの中から必要な情報を拾い上げるのは、どう考えても一人では不可能だった。

どうする？　この情報を特捜本部に伝えれば、ノートすべてを押収し、そのマンパワーで短期間のうちにゲームマスターについての記載を見つけるかもしれない。しかしそうなれば、自らの手でゲームマスターを追い詰めることはできなくなる。

激しい葛藤をおぼえつつ、真悟は項目ごとにノートを整理しはじめた。自分でノートの中身を調べるとしても、さすがに全てを持って帰ることはできない。ゲームマスターについての記載がある可能性が高い数冊を持ち出すのが関の山だろう。

ノートを三分の一ほど段ボールから出して床に並べたところで、真悟はあることに気づいた。段ボールの中に両手を突っこむと、残りをせわしなく確認していく。

……ない。全てのノートを確認し終えた真悟は、それらを眺める。

『捜査一課殺人犯捜査係』『捜査二課』『捜査三課』『捜査四課』『公安』『所轄署（概論）』『交通課』『SAT』『機動捜査隊』『鑑識』『派出所・駐在所』等々、警察の様々な部署ごとにタイトルが記されているが、一つだけ見つからない部署があった。『特殊犯捜査係』または『SIT』、つまりは特殊班についてまとめられているノートが見つからない。

たしかに特殊班は殺人班などに比べれば目立つこともなく、さらにその全貌はベールに包まれて、ほとんど情報が表に出ることのない部署だ。しかし、交通課や機動捜査隊についてまでまとめている男が、特殊班について調べていないというのは違和感がある。

もしゲームマスターに操られていたとしても、少なくともレポとして桃井一太は四年前の誘拐事件にかかわっていた。それなら、誘拐事件の捜査を主導する特殊班について詳しく調べ上げるはずだ。それだけではなく、誘拐についての詳しい計画を記したノートだって作っていた可能性が高い。

「これが、佐和奈々子の目的……」

捜査の手が迫っているのを感じとった桃井一太は、アパートの自室が調べられるのを恐れて、誘拐事件の証拠になりそうな資料を全てこの部屋に隠した。本当なら燃やしでもすればよかったのだろうが、何年もかけて必死に作った血と汗の結晶を、そう簡単に手放すことはできなかったのだろう。その後、桃井一太が死んだため、これらの資料は警察の目に触れることなく今日まで保管されていた。

しかし、そこにあるべき資料の一部が消えている。そして、桃井一太の死亡から今日までの間に、この資料に触れたのは佐和奈々子だけ。

佐和奈々子が偽名を使い変装してまで桃井初子に接触した目的は、桃井一太が書き残していたであろう誘拐事件に関する資料を盗むことだった。しかし、なぜそんなことをしたのか。理由は一つしかない。……ゲームマスターの正体を隠すため。

桃井一太がゲームマスターではなかったことが明らかになれば、いつかはこの資料が捜査関係者の目に触れる。それを恐れたゲームマスターは、佐和奈々子を使って、ノートを盗み出させたのだ。

やはり佐和奈々子はゲームマスターの信奉者だったのだろう。哀れな少女は、自分が次のゲームで犠牲になるとも知らず、ゲームマスターの命令に忠実に従った。

「畜生が！」真悟は壁を横殴りにする。拳に痺れるような痛みが走った。

またこれで振り出しだ。こちらの行動は全て読まれている。全て自分で考え、必死に捜査をしていたつもりだった。しかし、実際はゲームマスターの思惑どおりに動かされていただけだ。桃井一太、佐和奈々子、そして捜査関係者たち。それら全員を手玉に取るゲームマスターとはいったい誰なんだ？　本当に俺はそいつを知っているのか？　足元が定まらなくなる。雲の上を歩いているような感覚。現実感が希釈されていく。

真悟は平手で自分の頰を張る。好継に殴られた傷が開いたのか、鉄の味が口に広がった。痛みのおかげで少しは現実感が戻ってきた。犯人のイメージを肥大させてどうする。相手は同じ人間だ。いくら他人を容易に操るほどのカリスマ性と知能があったとしても、どこかでほころびがあるはずだ。それを見つけるんだ。

真悟は段ボールの中に残っているノートを取り出していった。残り数冊にまでなったとき、真悟は違和感をおぼえる。手にしている一冊が他のものに比べてやけに厚かった。そのノートを顔の辺りまで持ち上げると、なにかが滑り落ち、床で軽い音を立てた。

真悟はノートを段ボールの中に戻し、しゃがみこんで床に落ちたものを見る。それはプラスチック製の小さなピルケースだった。

なんでこんなものがノートに？　真悟は錠剤五錠ほどしか入らないであろう小さなピルケースを手に取り、上蓋を開く。中を覗きこんだ瞬間、真悟は大きく息を吞んだ。

派手なエメラルドグリーンの、楕円形の錠剤。頭の中で火花が散る。

エメラルドグリーンの錠剤。ゲームマスターと桃井一太の関係。自分がゲームに巻きこまれた理由。いくつもの点が一本の線になっていく。

ゲームマスターから送られてきた手紙には「十年以上君を見続けている」という言葉があった。そう、十年前だ。すべては十年前からはじまったのだ。

霞《かすみ》の中に隠れて見えなかったゲームマスターの姿。その輪郭をとうとうとらえることができた。もうすぐあの怪物の正体を暴くことができる。

真悟はピルケースを力いっぱい握りしめた。

「どうもお世話になりました」

真悟が和室に顔を覗かせると、こたつに入っていた初子は顔を上げる。

「もういいのかい？　なにか見つかった？　一太が犯人じゃないっていうなにか」

「いえ、残念ながらはっきりした証拠になるようなものは……」

真悟はゆっくりとかぶりを振る。あの地下室で見つけたものについて、誰にも言うつもりはなかった。少なくとも自分の体が動くうちは。

エメラルドグリーンの錠剤を見つけたあと、真悟は取り出したノートや警察に関する資料を全て、段ボールの中に戻していた。ピルケースを含めて。

あの段ボールの中身はゲームマスターに繋がる重要な手がかりだ。自分の手でゲームマスターの正体を暴ければそれに越したことはないが、もしその前に動けなくなった場合は、阿久津を通じて警察に情報を提供し、調べてもらう必要がある。

「そうか、しかたがないね」初子は大きく肩を落とした。

「もし、なにか思い出したことなどあれば、名刺の番号に電話をください」

「ああ、分かったよ。なあ、あんた、お願いだから一太が誘拐の犯人なんかじゃなかったって証明しておくれよ。それまで私は死ぬに死ねないんだからさ」

真悟は「最善を尽くします」と頭を下げ、部屋を出る。廊下を進み、玄関で靴を履いていると、背後から「本当にお願いだよ」と初子の声が聞こえてきた。嘔気《おうき》を感じて真悟は鳩尾《みぞおち》を押さえる。初子を騙した罪悪感によるものだろうか。鉄条網が巻きついている門を押して敷地から出た真悟は、緩慢な足取りで道を進んでいく。

なんにしろ、大きな手がかりを摑むことができた。しかし、その手がかりをたどってゲームマスターの正体に行き着くのは、自分一人では難しかった。

阿久津に情報を渡して調べてもらうか？　しかし、いくら現役の殺人班刑事である阿久津でも、〝あの事件〟について詳しく調べ上げるためには、特捜本部に情報を上げる必要があるはずだ。そうなると、もはや自分の出る幕はなくなるだろう。

特捜本部に情報を知られることなく、あの事件の関係者を調べ上げる。そんなことが可能だろうか？　もう十年も前の事件だというのに。

考えこみながら狭い路地に入った真悟は、さっきより遥かに強い嘔気をおぼえて足を止める。気を抜くと胃の中身が食道を逆流してきそうだった。そのとき、唐突に体が後方に引かれた。不意を突かれた真悟は大きくバランスを崩すと、すぐ脇のブロック塀に背中から叩きつけられた。後頭部を塀に強く打ちつけ、視界に火花が散る。

いったいなにが？　状況を把握しようとした真悟は、首元に太い棒のようなものを押しつけられ、ブロック塀にはりつけにされる。気道《きどう》が圧迫され、息が詰まった。

「よう、上原。元気そうだな」

「重野……」

真悟はかすれた声を上げる。目の前に立ち、真悟の首に前腕を押しつけているのは、重野竜三、先日、事件について調べないように真悟に警告をしてきた刑事だった。重野のそばには、ペアを組んでいる佐藤が、おどおどとした態度で周囲に視線を送っている。

「なあ、上原。お前さ、あの家でなにをしていたんだよ？」

「……お前には関係ないだろ」真悟はなんとか声を出す。

重野は前腕の圧力を強くしながら顔を近づけてきた。首に押しつけられる腕を引き剝がそうとするのだが、コートの襟元を摑まれ、びくともしなかった。

「おいおい、これでも柔道四段だぜ、お前ごときに振りほどけるわけがないだろ。いいから、桃井一太の母親となにを話したか教えろよ」

重野は分厚い唇にサディスティックな笑みを浮かべる。気道だけでなく頸動脈まで圧迫され、視界が白くなってきた。

「おっと、このままじゃ落ちちまうか」

重野は手を引っこめる。真悟はその場に崩れ落ちると、激しくむせこんだ。

「情けねえなあ。それでも元刑事かよ。よっぽど病気が進んでいるのか？　まあ、んなことはどうでもいい。問題はお前が俺の警告を無視して、また捜査を引っ搔き回したことだ。どう落とし前つけてくれるんだ？　え？」

「落とし前？　ヤクザみたいな物言いだな。一般市民が家に招かれて、茶を飲みながらちょっと話をしただけだよ。それのなにが問題なんだ？」

　呼吸を整えた真悟は、挑発的な笑みを浮かべる。重野の顔に赤みが差した。

「なにが一般市民だ！　桃井一太の母親にまで接触しやがって、こっちが時間をかけて慎重に情報を聞き出そうとしているのによ。おかげで計画がめちゃくちゃだ」

「時間をかけて慎重に？　追い払われて話が聞けないだけだろ。まあ、お前の熊みたいな外見じゃ、追い払われるのもしかたがないか。誰だって怯えちまうだろうからな」

　重野は「てめえ……」となると、倒れている真悟のスーツの両襟を無造作に摑み、強引に立たせる。真悟は背後のブロック塀に体重を預けた。

「いいか、桃井一太の母親から聞いたことを一言も漏らさず俺に教えろ。さもなきゃ、お前をこの場で逮捕する」

「なんの罪状で逮捕するっていうんだよ？」

　真悟が鼻を鳴らすと、重野はスーツの襟を摑んでいた左手を離し、自分のシャツの首元に手をかけると、力任せに引っ張った。ボタンがはじけ、真悟の顔に当たる。

「公務執行妨害だ。お前は俺に摑みかかってシャツを破いた。そうだよな？」

　重野は立ち尽くしている佐藤を見る。佐藤は助けを求めるように視線を彷徨わせた。

「おいおい、公安みたいな真似《まね》すんじゃねえよ」

真悟が呆《あき》れ声で言うと、重野はすっと目を細めた。

「お前を放っておいたら、なにをするか分かったもんじゃねえ。お前の執念は異常だからな。ワッパかけられたくなかったら、さっさとあの家で聞いた話を全部言え」

こいつは本気だ。重野の雰囲気から真悟は確信する。ここで拒否すれば、この男は間違いなく俺を逮捕する。下手をすると、そのまま何週間か勾留されかねない。

残された時間が少ない真悟にとって、それは文字どおり致命的だった。

どうする？　どうすればこの場を切り抜けられる？　真悟は脳に鞭《むち》を入れる。

ここで重野に話せば、情報は特捜本部に上がり、すぐにでも十年前のあの事件の関係者を調べはじめるだろう。そうなれば、それほど時間がかからず容疑者が、ゲームマスターの正体だと思われる人物が浮かび上がってくるはずだ。

阿久津からうまく情報をもらえば、警察より早くその人物を確保できるかも……。

いや、だめだ。真悟は軽く頭を振る。四係の重野に情報を提供すれば、ライバル関係にある六係の阿久津との協力関係は消滅する。阿久津からの情報が途切れてしまう。

桃井一太とゲームマスターを繋ぐ貴重な情報。それを渡すとしたら、重野ではなく阿久津だ。この場はなんとかお茶を濁して……。そこまで考えたとき、再び激しい嘔気が真悟に襲いかかった。真悟は慌てて両手で口を押さえる。しかし、もはや意思とは関係なく胃が蠕動《ぜんどう》し、中身を食道へ押し出していく。

「おいおい、仮病で誤魔化そうって言うのか？　俺はそんなに甘く……」

重野の言葉を最後まで聞く前に、食道をせり上がってきた熱い奔流が狭い口腔を満たした。濁った音とともに真悟の口から赤黒い液体が噴き出す。

「うおおっ⁉」

シャツの胸元に吐瀉物《としゃぶつ》を受けた重野が声を上げる。白いシャツが赤く染まった。

血液？　俺は吐血しているのか？　真悟が唖然《あぜん》としていると、再び食道を熱いものが上がってくる。真悟は体をくの字に曲げると、大量の血液を吐き出した。

「お、おい、上原。大丈夫か？」

重野が慌てて声をかけてくるが、答える余裕はなかった。真悟は荒い息をつきながら、口元を拭う。粘着質な液体がべっとりと手の甲についた。赤く濡れた自らの手を呆然と眺めると同時に、視界がぐるりと回った。平衡感覚を失った真悟はその場に尻餅をつく。

「なにぼけっとしているんだ！　救急車だ！　救急車を呼べ！」

重野が佐藤を怒鳴りつける。佐藤は「あっ、あっ……」と言葉にならない声を上げたあと、慌ててズボンのポケットからスマートフォンを取り出した。

「いま救急車を呼ぶからな。死ぬんじゃないぞ」重野が真悟の隣にひざまずく。

〝死〟、その単語が頭を支配する。まだ時間があると思っていた。命が尽きるまで、まだ猶予があると信じていた。しかし、主治医はこうも言っていた。「ここまで癌が進行していた場合、まれに急変することもある」と。

俺はここで死ぬのか？　こんな中途半端なまま……。これまで必死に目を逸らしていた〝死〟という怪物が、圧倒的な存在感でのしかかってくる。耐えようもない恐怖が全身の細胞を侵していく。

　自分の存在が消えるのが恐ろしかった。しかしそれ以上に、命をかけてようやく掴んだゲームマスターへの手がかりを誰にも伝えないままに逝《い》くことが怖かった。

　真悟は目を見開くと、重野の襟を掴んで引きつける。

「聞いてくれ！」口から血のしぶきを吹きながら、真悟は叫ぶ。

「喋るな。もう少しで救急車が来るから、それまで黙って……」

「黙るのはお前だ。いいから俺の話を聞け！　俺が死ぬ前に！」

　真悟の気迫に圧《お》されたのか、重野は口をつぐんだ。

「あの家を、桃井一太の実家をガサ入れするんだ」

「おい、簡単に言うなよ。どうやって令状を取れっていうんだ」

「どんな理由でもいいから、裁判所を説得しろ。ガサに入ったら廊下の真ん中辺りの床を調べるんだ。隠し扉になっていて、小さな地下室に続いている。そこに、桃井一太が自殺する寸前に隠した段ボールがある。中身は警察に関する資料と、あの男がまとめたノートだ。それを調べればゲームマスターの正体が分かるはずだ」

　真悟が必死に紡いだ言葉を聞いて、重野は腫れぼったい目を剝く。

「そのノートに、ホシの正体が書いてあるってことか!?」

「違う！　いや、たしかに書いてあったノートもあったのかもしれない。けどそれは、三ヶ月前に佐和奈々子が持ち出している」

「佐和奈々子⁉　ガイシャが桃井一太の実家に行ったっていうのか⁉　なんで？」

困惑の声を上げる重野に真悟は苛つく。その情報はすでに捜査ノートにまとめてある。もし真悟が死んでも、家に置いてあるノートを阿久津が見つけ、情報は特捜本部に伝わるだろう。いま伝えるべきは、まだノートに書いていないこと。ついさっき、あの家の地下室で見つけた手がかりだ。

「それはどうでもいいんだ！　あとで佐和好継と桃井初子に話を聞いて確認しろ。それより大切なのは、資料やノートと一緒にあの段ボールに入っていたものだ。それがゲームマスターが俺に執着する理由で……」

そこまで言ったところで真悟は口を押さえると、再び少量の吐血をした。

「おい、上原。死ぬな！　なんだ？　なにがその段ボールに入っていたんだ？」

「……グリーングリーンだ」

真悟は口の中に溜まっていた血液とともに、その言葉を吐き出す。全身の力が抜けていき、体を支えることすら億劫《おっくう》だった。

「グリーングリーン、たしかそれは……」

「そうだ。十年前、俺が壊滅させた組織が売りさばいていたヤクだ」

十年前、渋谷のクラブを中心に、『グリーングリーン』と呼ばれる合成麻薬が出回った。軽い名前と、エメラルドグリーンの美しい色が薬物に対する拒否反応を薄めたのか、若者を中心に急速に広まっていた。その販売ルートは、従来の暴力団が仕切っていたものとは完全に別物だったため、警視庁も供給元を突き止めるのに手を焼いていた。

その頃、新宿署の刑事だった真悟は、使っていた情報屋からグリーングリーンを売りさばいている集団について情報を手に入れた。その情報をもとに泥をするような地道な捜査を行った真悟は、グリーングリーンを大量に保管していた男にたどり着いた。

都内私立大学の学生だった男は、取り調べで少し脅しをかけただけで腰を抜かすほどに怯え、あっさりとグリーングリーン販売ルートの全容について喋った。

販売を仕切っていたのは、同じ大学に通うイベントサークルの仲間十数人で、グリーングリーンはアメリカから密輸したものだった。逮捕された男が語学留学した際に麻薬の売人と知り合いになり、日本ならアメリカの数倍の値段で麻薬を売れるとそそのかされたらしい。その売人が毎月、サークルのメンバーの一人に向けてコーヒー豆の缶に詰めたグリーングリーンを送り、その代わりに口座に金を振りこませていた。

逮捕された男は「ちょっとした小遣い稼ぎのつもりだった。逮捕されるとは思わなかった」などと、呆れるような発言を繰り返した。

グリーングリーンの販売にかかわっていた者は次々と逮捕されていった。蜘蛛《くも》の巣のように広がっていた販売網は、多くの他大学へと繋がっていき、最終的には二百人を超える学生が送検されるという大捕物《おおとりもの》にまで発展した。驚いたことに中には〝超一流大学〟と呼ばれる大学の学生も含まれていた。そうして、短期間のうちにグリーングリーンの販売ルートは壊滅した。その功績が認められ、真悟は半年後にかねてから希望していた警視庁捜査一課特殊班への転属が決まったのだった。
「桃井一太がグリーングリーンを使っていたってことか?」
「そうだ。十年前、桃井は二十歳前後だ。グリーングリーンは若者を中心に広がってい
た。桃井が手を出していてもおかしくはない。ゲームマスターは桃井にグリーングリー
ンを売っていた人物。そして、俺に検挙された人物のはずだ」
真悟は息も絶え絶えに言う。ゲームマスターに「顔を合わせたことがある」と言われ
たとき、三年前の捜査で会っているのだと思った。しかし、それは十年前の話だったの
だ。グリーングリーンの捜査中、きっと俺はゲームマスターと顔を合わせていた。
「ホシがお前にこだわるのは、十年前にお前に挙げられたからか……」
重野がつぶやくのを聞きながら、真悟はアスファルトの上に倒れこむ。もはや体を支
えることすらできなかった。遠くから救急車のサイレン音が響いてくる。
「しっかりしろ! もうすぐ救急車が来るからな」
重野の声は聞こえるが、視界は黒いカーテンが掛かったかのように暗かった。真悟は
必死に手を伸ばす。指先が布地に触れた。おそらくは重野のスーツ。
それを握ると、真悟は残された力を振り絞って口を開く。
「俺が挙げた奴らを徹底的に洗え。その中にあいつが……ゲームマスターがいる」
言い終えると同時に、真悟の意識はふっと闇の中に沈んだ。

6

「これが昨日の内視鏡の結果となります」

　マウスを動かしながら主治医がつぶやく。電子カルテのディスプレイに、ピンク色の粘膜が大きく映し出された。

「そして問題の箇所ですが……」

　カチカチと主治医はマウスをクリックする。画面に映し出される画像が次々に切り替わっていく。やがて、白く引き攣《つ》れた粘膜が画面の中央に映し出された。

「このように、しっかりと粘膜が再生しています」

「つまり、退院できるということですか？」

　真悟が訊ねると、主治医は渋い表情を浮かべた。

「食事を開始しても出血は見られないので、絶対に退院できない状況ではないです。けれど、十二日前に運びこまれたとき、あなたは大量出血によるショックで、かなり危険な状態だったんですよ。本当ならあと数日は入院して、様子を見たほうが……」

「先生、私にとっての数日は、残された人生の数分の一の時間なんです」

　真悟は平板な口調で言う。主治医は一瞬言葉に詰まったあと、大きく息を吐いた。

「そのとおりですね。分かりました。今日退院してくださってけっこうです」

「ありがとうございます。お手数おかけして本当に申し訳ありません」

「ただし」主治医の視線が鋭さを増す。「もうあの鎮痛薬は飲まないでくださいね」

十二日前、重野の前で大量の吐血をした真悟は、もともと通っていたこの大学病院の救急部に搬送された。緊急の内視鏡検査の結果、胃に深い潰瘍《かいよう》が生じていて、そこから大量に出血していることが判明した。医師たちは内視鏡で出血部にクリップをかけて止血し、真悟はなんとか一命を取り留めることができた。

その後、入院して容体が安定してきた真悟に主治医は訊ねた。「上原さん、いったい一日何錠、鎮痛薬を飲んでいましたか？」と。

胃潰瘍の原因は、癌による疼痛を誤魔化すために、真悟が許容量の何倍も内服し続けてきた解熱鎮痛薬だった。胃の粘膜を薄くする副作用があり、一日三錠までと強く言われていたその薬を、真悟は多いときは一日で二十錠近くも内服していた。

「けど先生、あの鎮痛剤が一番効くんですが……」

真悟はおずおずと言う。主治医の目つきがさらに険しくなった。

「なに言っているんですか。パッチ剤でかなりコントロールできているでしょ？」

真悟は唇をへの字に歪めると、入院着の袖をまくり、二の腕に貼ってある半透明のシールを眺める。それは合成麻薬のパッチ剤だった。鎮痛用の合成麻薬が皮膚を通して吸収され、癌の痛みを抑えてくれるらしい。たしかに、このパッチ剤を使いはじめてからというもの、疼痛はかなり収まっている。

「おっしゃるとおり痛みは減っているけれど、それでも一日に二、三回は強く痛むんですよ。まあ、これを使う前よりは弱いんですけど……」

「そのときは頓服の麻薬を使ってくださいすぐ痛みは消えているじゃないですか」

真悟は叱られた子供のようにうつむく。主治医の言うとおり、発作的な痛みが生じたときに内服する錠剤の麻薬も処方されていた。それを飲むと、すぐに痛みが溶けるように消えていく。しかし、同時に軽い倦怠感《けんたいかん》と眠気に襲われるのだ。症状は数時間ほど続き、その間は思考が少々濁ってしまう。

「あの、強い痛みが出たときだけ、また前の解熱鎮痛剤を使うっていうわけには……」

機嫌をうかがうような口調で言った真悟に、主治医の視線が突き刺さる。

「それについては何度も説明したじゃないですか。上原さん、数日間の絶食と強い制酸薬の投与によって荒れに荒れていたあなたの胃粘膜はある程度は回復しました。けれど、まだまだ完治には程遠いんです。もしあの消炎鎮痛剤の内服を再開したら、間違いなくまた吐血しますよ。たとえそれが通常使用量だったとしても。それに……」

主治医はマウスを操作した。ディスプレイに表示されていた胃粘膜の画像が消え、代わりに腹部のCT写真が映し出される。胴体を輪切りに撮影した画像、その背部に境界が不鮮明で、いびつな形の塊があった。主治医はその塊を指さす。

「残念ですが、このCTを見ると上原さんの腫瘍はかなり増大しています。今後、痛みはさらに強くなっていきます。もう、通常の鎮痛剤では対応できない段階に来ているんですよ。今後は麻薬によって痛みをコントロールする。それが退院の条件です」

主治医は強い口調で言うと、真悟の顔を覗きこむ。真悟は液晶画面に映る白い塊、まもなく自分の命を奪うであろう癌腫を凝視しながら渋々頷いた。

網膜に映し出される癌細胞の塊が、嘲笑するかのように蠢《うごめ》いた気がした。


退院の手続きを終え病院を出る頃には、すでに日が落ちかけていた。真悟は最寄《もよ》りである御茶ノ水駅までの道をとぼとぼと歩く。病み上がりで体力が落ちているので、自宅マンションまでタクシーを使うことも考えたが、いまは少し歩きたい気分だった。

夕暮れの冷たい空気が脳細胞を引き締めてくれる。またすぐにでもゲームマスターを追うつもりだ。しかし、それに意味があるのか疑問だった。

真悟は振り返ると、ついさっきまで入院していた病院を見上げる。

病状が落ちついたあと、真悟は入院したことを、元妻である水田亜紀にだけは伝えていた。亜紀からそのことを聞いた優衣が見舞いに来てくれるのではないかという、かすかな願いをこめて。しかし、一人娘が姿を現すことはなかった。

結局、入院中に訪れた見舞い客はたった一人、特殊班時代の上司で、先日の事件でも無線越しに会話を交わした近衛管理官だけだった。三日前に見舞いに来た近衛は、一通りの雑談をしたあと、「あくまで、噂で聞いた話だけどな」と前置きしたうえで、特捜本部の捜査状況について教えてくれた。かなり有力な情報が入ったらしく、この数日で捜査員たちが活発に動き回っていると。

その〝有力な情報〟が、自分が重野に伝えたものであることは明らかだった。きっと重野の報告を受けた特捜本部は、なんとか裁判所から許可を得て、桃井一太の実家を家宅捜索したのだろう。そして、あの地下室を調べ、グリーングリーンを、桃井一太、ゲームマスター、そして真悟とを繋ぐ糸を発見した。

いまごろ特捜本部は、そのマンパワーを最大限に利用し、十年前にグリーングリーンの取引で逮捕された人物たちを虱潰《しらみつぶ》しに当たっているだろう。真悟が逮捕した人物だけでも数十人にのぼるので、ある程度の時間はかかるだろうが、特捜本部は数週間、いや早ければ数日以内に有力な容疑者を見つけるはずだ。切り札の情報を渡してしまった時点で、自分が特捜本部に先んじることはほぼ不可能になった。

情報を渡したのが、協力関係を結んでいた阿久津なら、見返りとして情報を返してもらえたかもしれない。しかし実際に渡したのは、ライバルである四係の重野だ。阿久津は裏切り行為と受け取っただろう。もはや協力は望めなかった。

真悟は軽く腰を曲げて歩いていく。やがて駅の入り口が見えてきた。そのとき、ポケットからジャズミュージックが響く。真悟はスマートフォンを取り出すと、液晶画面に表示されている相手の名前を確認することもなく通話ボタンを押した。相手が誰でも、いまは話をするような気分ではなかった。用件だけ確認してすぐ切るつもりだった。

『やあ、上原さん』

鼓膜を揺らす甲高い声。真悟はスマートフォンを落としそうになる。

「ゲームマスター⁉」

痛みを感じるほどに心臓が激しく鼓動する胸を、真悟は片手で押さえる。

『そうだよ。ゲームマスターだよ。久しぶりだね、上原さん。元気だったかな。いや、元気なわけないか、さっきまで入院していたんだからね』

「なんでそのことを⁉」

『何度も言っているじゃないか。僕は上原さんのことならなんでも知っているんだよ。だって、ずっと昔から上原さんのことを見ていたんだからね』

真悟は口を固く結ぶと、周囲にせわしなく視線を送る。仕事を終えた多くのサラリーマンやＯＬが帰路を急いでいた。その中には何人か電話をしている者もいる。

あの中にゲームマスターがいるのか？　やつはいまも俺を監視しているのか？

『ねえ、上原さん。僕は寂しかったんだよ。いくら待っても、上原さんが僕を見つけてくれないからさ。だから、罰ゲームをすることにしたんだ』

「……いったいなにをするつもりなんだ？」

『「する」んじゃない、もう「した」んだよ』歌うようにゲームマスターは言う。

「した？　いったいなにを？」

『すぐに分かるさ。上原さん、僕を見つけない限り、〝罰ゲーム〟は続くよ。どんどん上原さんの大切なものは消えていっちゃうよ。それが嫌なら、早く僕を見つけてよ』

黒板を引っ掻くような笑い声を聞きながら、真悟はいま取るべき行動を脳内でシミュレートする。捜査本部より早くゲームマスターにたどり着くためには……。

「……グリーングリーン」

真悟がつぶやいた瞬間、笑い声が消えた。

『……なにか言った？』

「グリーングリーンだよ、ゲームマスター。十年前に頭の悪いガキどもの間で流行《はや》っていたドラッグだ。知っているだろ？」

『さあ、なんのことだか？』

スマートフォンから聞こえてくるゲームマスターの声が、わずかに低くなる。

「誤魔化すなよ、もう全部分かっているんだ。お前は十年前、俺が挙げたガキの一人だ。そのことを逆恨みしたお前は、ずっと俺に復讐するチャンスを狙っていた。桃井一太ともグリーングリーンの売買で知り合ったんだろ？」

ゲームマスターは答えなかった。はじめてゲームマスターに対して優位に立っている。その実感が真悟の舌を動かす。

「もうお前は終わりだ。特捜本部はグリーングリーンの件で俺に挙げられた奴らを、全員調べて回っている。もうすぐお前は逮捕される。お前は吊るされるんだよ」

一息に喋った真悟は聴覚に意識を集中させた。かすかな息づかいがスマートフォンから聞こえてくる。明らかにこれまでと違った反応。真悟はゲームマスターがグリーングリーン事件の関係者だと確信する。

数十秒の沈黙のあと、ボイスチェンジャーで変換された人工的な声が言う。

『それじゃあ、ゲームも仕上げに入らないと。上原さん、近いうちに連絡するね』

その声を残して回線が遮断された。真悟は細く息を吐く。

仕上げ、いまのやりとりの中でゲームマスターはそう言った。それはすなわち、俺との最後の決着をつけるということだ。グリーングリーンの件を知られたことで、ゲームマスターは間もなく自分に捜査の手が伸びることを、もう小細工をする時間がないことを知った。きっと、一番の目的を果たそうとするはずだ。

一番の目的、……俺を殺すこと。真悟は細く息を吐く。

俺をなぶり続け、絶望の底に叩きこんだゲームマスター。そこまでするほど恨んでいる俺が癌で死ぬなど、奴が許せるわけがない。きっと自らの手で俺を殺し、このゲームを、復讐を完成させようとするだろう。

チャンスだ。真悟はスマートフォンを握る手に力を込める。もしゲームマスターから出向いてくれるなら、特捜本部に先んじることができるかもしれない。

興奮しすぎたのか、軽いめまいをおぼえて真悟は頭を振る。体力は十分には回復していない。最後のゲームがはじまるまで、少しでも体力を回復しておかなくては。

真悟はスマートフォンをポケットにねじこむと、地下鉄新御茶ノ水駅の入り口に向かって大股で進んでいった。

街灯の光が歩道を照らす。真悟はかじかむ手に息を吹きかけた。

千駄木駅を出て十分ほど歩き、すでに自宅マンションまではあと数分のところに来ていた。体力の落ちている体に夜の冷たさが堪《こた》える。ゲームマスターが口にした〝最後のゲーム〟。それはいつはじまり、そしていったいどのようなものなのだろう。帰りの電車の中、そして駅からの道すがら、真悟はそのことばかり考えていた。

ゲームマスターにとって、グリーングリーンの件が知られることは予想外だったはずだ。捜査の手が伸びる前に、急いでゲームの準備を進めるはずだ。何週間も待つようなことはないだろうが、今日明日という可能性も低いだろう。

四、五日後辺り。真悟はそう目処《めど》をつけていた。それまでは家で体を休めて体調を整えつつ、ゲームマスターからの連絡を待つつもりだった。

そのとき、聞き慣れたジャズミュージックが鼓膜を揺らす。息を呑んで反射的にポケットからスマートフォンを出した真悟は、液晶画面に表示されている名を見て表情を緩める。一瞬、もうゲームマスターからの連絡が来たのかと思った。しかし、ディスプレイには〝阿久津〟と記されていた。

阿久津がなんの用だろう？　協定を破り、重野に情報を渡してしまった後ろめたさから、真悟は少し躊躇したあと通話ボタンに触れる。

「阿久津か？」

『はい。お久しぶりです、上原さん』

「ああ、久しぶり。あのな、阿久津……。悪かったな」

真悟が謝罪すると、スマートフォンから小さなため息が聞こえてきた。

『本当ですよ、よりによって四係に情報を渡すなんて。あっちに手柄持っていかれて、うちの係長、頭から湯気が出るぐらい腹立てていましたよ』

阿久津の口調はあくまで軽かった。真悟は拍子抜けする。

「腹が立っていないのか？　お前との約束を破ったのに」

『そりゃあ、全然腹が立たないかって言えば嘘になりますけど、まあ状況が状況でしたからね。血を吐いて、死にかけたんでしょ。仕方ないですよ』

「そう言ってもらえると、少しは気が楽だよ」

『その代わり、新しい情報が分かったら、すぐに教えてくださいよ。今度は俺に』

罪悪感が真悟を襲う。さっきゲームマスターから連絡があったことを教えれば、阿久津は特捜本部にそのことを報告して大きな手柄を得るだろう。しかしそうなれば、大量の捜査員が真悟に張りつき、ゲームマスターとの決着がつけられなくなる。

「俺はずっと入院していたんだぞ。なにも調べられないよ」

真悟はわざとらしくならないように注意しながら、おどけた口調で言う。『ですよね』

と阿久津は軽く笑った。

「捜査の方はどうなっているんだ？　俺が十年前に挙げた奴らを洗っているんだろ？」

『……ええ、そのとおりです。捜査員の半分近くを動員して、上原さんが逮捕した奴らに一人一人当たって、佐和奈々子と接点がないか探しています』

「佐和奈々子の恋人がゲームマスターで間違いないと、特捜本部も思っているんだな？」

『ええ、その線で捜査していますね。それに、ガイシャが桃井一太の実家に通っていたのも鑑識が確認しました。佐和奈々子がホシに操られていたのは間違いないです』

「ガイシャの持ち物から、恋人に繋がるようなものは見つかっていないのか？」

『いやあ、なぜか佐和好継も急に協力的になったんで、ガイシャの部屋も調べることができたんですけどね……』

それは、俺を殴り、憑《つ》きものが落ちたからだろう。真悟は「それで？」と先を促す。

『ホシに繋がるようなものはまったく見つかりませんでした。桃井家から持ち出したと思われるノートはおろか、パソコンも、手帳も、プライベートのことが知られそうなものはまったく見つかりませんでした。たぶん、事件の前に処分したんでしょうね』

真悟は軽く首をひねる。普通に考えれば、佐和奈々子は恋人の誘拐に人質役として参加したあと、家に戻るつもりだったはずだ。それなのにパソコンや手帳などを処分するだろうか？　まるで自分が二度と家に戻れないことを前もって知っていたようだ。

まさか佐和奈々子は、最後に自分が殺されることを知っていたにもかかわらず、恋人に協力していた？　真悟は寒気を感じて体を震わせる。

『上原さん、聞こえています？』

「あ、ああ、聞いているよ。早くホシを逮捕できるといいな。わざわざ捜査状況を教えるために連絡してきてくれて、ありがとうな」

『あ、いえ、べつに捜査状況を教えるために電話したわけじゃないですよ。なんか、上原さんの口車に乗せられちゃったな』

「それじゃあ、なんで連絡してきたんだ？」真悟は首をひねる。

『いやあ、上原さん、大丈夫かなと思って』

「体ならもう大丈夫だ。心配かけて悪いな」

『ああ、そのことじゃないです。雑誌のことですよ』

「雑誌？」

『もしかして、知らないんですか？　え？　上原さん、まだ入院していますよね？』

「いや、実はいまさっき退院したんだ」

『ええ!?　いや、それはまずいですよ。いまどこにいるんですか？』

「どこって、もう自宅に着くところだけど……」

『自宅はだめです！　すぐにそこから離れてください！』

「離れてくださいって、いったいどういうことだよ」

自宅マンションは、数十メートル先の十字路を曲がったすぐ先だ。

『だから、雑誌です。今日発売の週刊誌に、この前の事件のことが詳しく出ているんです。ホシが上原さんを指名したこと、上原さんが身代金を運んだこと、四年前の事件にも上原さんがかかわっていたことも』

「なっ!?　どこからそんな情報が漏れたんだ?」真悟は唖然とする。

『分かりません。記事の中では、上原さんが身代金を犯人に渡さなかったから人質は殺された。事件の責任は全部上原さんにあると言わんばかりの論調になっています』

「そんな……」真悟は言葉を失う。

『さすがに実名では報道されていませんが、明らかに悪意をもって歪めた情報がリークされています。それだけじゃありません、上原さんの住所もマスコミに漏れています。きっと自宅前にはマスコミが大量に張りついていますよ』

阿久津の話を聞きながら十字路にさしかかった真悟は、ブロック塀の陰からマンションを窺う。喉の奥から「うっ」といううめき声が漏れた。一見してマスコミ関係者と分かる人々が、マンションの前にたむろしていた。その数は三十人は下らないだろう。

誘拐殺人というセンセーショナルな事件も、発生から三週間を過ぎて世間の興味が薄れつつある。その中で〝身代金の受け渡しに失敗し、少女を救えなかった人物〟の登場は、再び視聴率や雑誌の売り上げを伸ばすためのカンフル剤となるのだろう。

「ありがとう、助かった」

阿久津に礼を言った真悟は、スマートフォンをポケットに戻しながら後ずさりする。一刻も早くこの場から逃れなくては。走りだそうと振り返った瞬間、真悟はすぐ背後にいた人物とぶつかりそうになる。両手に缶コーヒーを持った若い男は、真悟の顔を不思議そうにまじまじと見た。男の手から缶コーヒーが滑り落ちる。

「いたー!」

男は真悟の顔を指さし、声を張り上げた。それと同時に、辺りの空気がざわりと震えた。無数の足音が迫ってくる。わずか十数秒で真悟は人垣に取り囲まれ、いくつものマイクを突きつけられた。

「あなたが身代金を運んだ人ですか」「なんで身代金を渡さなかったんですか?」「佐和奈々子さんの死に責任は?」「被害者のご両親に謝罪の言葉は」

次々と質問が叩きつけられ、ストロボが顔を照らす。真悟は思わず両手で顔を覆った。

「なんで顔を隠すんですか? やましいことがあるからじゃないですか?」

正面からマイクを突きつけてくる中年の男が、唾を飛ばしながらしたり顔で言う。怒号が飛び交い、もはや誰がなにを言っているのか分からなかった。四方八方から押され、真悟は苦痛に顔をしかめる。この状況から逃れる手段が思いつかなかった。

そのとき、腹の底に響くエンジン音が辺りの空気を震わせた。一瞬怒号がおさまり、続いて「わぁ!?」「危ない」などの声が後方から聞こえてくる。殺到する人々の圧力に必死に耐えていた真悟が振り向くと、人垣が割れ、その奥に大型バイクが現れた。

ライダースーツを着てフルフェイスヘルメットを被ったドライバーは、エンジンを大きく吹かすと急発進する。真悟の周りにいた人々が慌てて後ずさった。

バイクは遠心力で大きく後輪を横滑りさせると、真悟の前に側面を見せて停車した。

突然の事態に反応できず、真悟は棒立ちになる。マスコミたちも真悟とバイクを遠巻きにして固まっていた。

「乗ってください、早く！」

ドライバーが鋭い声で言う。その声を聞いて、真悟はなにが起きているのか悟る。素早くバイクのタンデムシートに飛び乗った真悟は、ドライバーの体に両手を回した。

「飛ばすから、しっかり摑まってください」

真悟は指示どおり力を込める。腕に柔らかい感触が伝わってきた。

バイクは再び猛獣の咆哮《ほうこう》のようなエンジン音を上げると、人垣の隙間に向かって一気に加速する。猛スピードでマスコミの集団を置き去りにしたバイクは、ほとんどスピードを落とすことなく何度も路地を曲がり、やがて太い国道へと出た。

そのまま二十分ほど走ったバイクは、ゆっくりとスピードを落としていくと、ファミリーレストランの駐車場へと入る。

「ここまで来れば大丈夫です」

エンジンを切ったドライバーは、真悟とともにバイクを降りる。真悟は大きく息を吐くと、ドライバーに向けて笑みを浮かべた。

「本当に助かった。ありがとう、楓」

「どういたしまして」

フルフェイスヘルメットを脱いだ加山楓は、ショートの髪を掻き上げて微笑んだ。


「酷いですね、これ！」楓は声を荒らげると、週刊誌をテーブルの上に放る。

「しかたがないさ」真悟はレンゲですくった中華粥《がゆ》を、息を吹きかけて冷ます。

「でも、事件の責任が全部真悟さんにあるみたいな書き方じゃないですか」

楓はスプーンを手に取ると、目の前に置かれたドリアを苛立たしげに掻き混ぜる。

マスコミから逃れた真悟と楓は、ファミリーレストランで夕食をとっていた。楓はここから百メートルほどのところにある自宅マンションに一度戻り、ライダースーツから普段着に着替えてきている。楓が戻ってくる前に、真悟はコンビニで、くだんの週刊誌を買った。合流してファミリーレストランに入った真悟と楓は、夕食をとりながら、事件のことについて話し合っていた。真悟はこれまで自分が調べてきたことの全てを楓に語った。なぜか楓には、自分がなにをしてきたのか知ってほしかった。

「責任が俺にあることは間違いないんだ。なんて書かれようが自業自得だ」

自虐的につぶやくと、楓は形のよい鼻の付け根にしわを寄せた。

「だから、また一人でゲームマスターを追って、自分を追い詰めているんですか？」

楓の問いに答えることなく、真悟は中華粥をすする。

「そのグリーングリーンって麻薬の件で、真悟さんが逮捕した人物がゲームマスターかもしれないからですか？　けど、だからって真悟さんが責任を感じる必要はないじゃないですか。真悟さんは自分の仕事をこなしただけなんだから」

「……ところで楓、今日は非番なのか？」

「誤魔化さないでください」楓の唇がへの字に歪む。

「誤魔化しているわけじゃないさ。さっきから不思議だったんだ。普通なら警視庁に詰めているか、訓練をしている時間だろ？」

「一昨日から有休をもらっているんです。けっこう溜まっていましたからね」

「有休？」

「総務に転属が決まったんです。だからその前に休みをとらせてもらいました」

真悟の喉からうめき声が漏れる。楓は苦笑を浮かべた。

「そんな顔しないでくださいって。真悟さんのせいじゃありません」

「けれど……」

「見損なわないでください。こんなことで真悟さんを責めるほど、私は卑怯じゃありません。まだ離婚が成立していなかったあなたと付き合ったのは、私の選択です」

凛《りん》と言う楓の前で、真悟は「そうか……」と小さく頷くことしかできなかった。

「私は後悔なんかしていませんよ。まあ、本当なら離婚が成立するまで待つべきだったんでしょうけどね」

楓は少女のような笑みを浮かべた。交際しているときよく見た表情。

「それで、なんで俺のマンションの前で待っていたんだ？　俺が今日退院してくること、知っていたのか？」

「近衛管理官から連絡があったんですよ。真悟さんがマスコミに追いかけられるかもしれない。今日退院だから、もしマスコミに捕まったら助けてやってくれないかってね」

楓はスプーンを軽く振った。近衛さんらしいな。真悟は苦笑する。本来なら、電話の一本でも入れてくれたら済む話だったはずだ。それなのにわざわざ楓をよこしたのは、自分たちを会わせるためだろう。

先日の事件以来、どう接すればいいのか分からず、真悟は楓に連絡を取れずにいた。そのことが指に刺さった棘《とげ》のようにずっと気になっていた。そしておそらく、楓も同じような気持ちだったのだろう。だからこそ、近衛は自分たちを直接会わせようとした。

「けれど、この週刊誌、どこから情報を得たんでしょう。ちょこちょこデマも混じってはいますけど、捜査関係者しか知らないはずの情報も多いです」

「……ゲームマスターだよ」

真悟がつぶやくと、楓は「え!?　いまなんて？」と目を大きくした。

「ゲームマスターが週刊誌に情報を流したんだ。その記事を書かせるためにな」

「なんでゲームマスターがそんなことを!?」

「俺を苦しめるためだ。あいつはとことんまで俺を苦しめたいんだよ」

「でも、情報を提供したのがゲームマスターだとは限らないんじゃ……」

「あいつが言っていたんだよ。罰ゲームをはじめるってな。きっとこれがそうさ」

真悟が皮肉っぽく言うと、楓は一瞬呆けた表情を浮かべたあと、大きく息を呑んだ。

「真悟さん、ゲームマスターと連絡を取っているんですか⁉」

「大きな声出すなって。べつに連絡を取っているわけじゃない。あっちから一方的に手紙やら電話やらが来るんだよ」

「そのことは特捜本部は知っているんですか？」

真悟は笑みを浮かべたまま答えなかった。

「なんで報告しないんですか？　ホシに繋がる重要な情報でしょ」

「分かるだろ」

「……まだ、自分でゲームマスターを捕まえるつもりなんですね」

真悟が「ああ、そうだよ」とごく自然に答えると、楓が睨みつけてくる。

「しかし、佐和奈々子はなにを考えていたんだろうな？」

真悟は雰囲気を変えようと軽い口調で言った。楓は「はい？」と首をかしげる。

「だから、佐和奈々子さ。彼女はおそらく恋人がゲームマスターだって知っていたにもかかわらず、夢中になった。それまで熱狂的なファンだったバンドとも、友人とも、そして家族とまで距離を取るほどにな。相手は誘拐殺人犯だぞ。わけが分からない」

「女って若いうちは、危険な男に惹かれるものなんですよ」

「楓にもそんな時期があったのか？」

何気なく真悟が訊ねると、楓は「さあ、どうでしょう？」と思わせ振りな流し目をくれた。真悟は慌てて言葉を続ける。

「けど、佐和奈々子は少しも自分が殺されると疑わなかったのか？　彼女には名門の女子高に入れるぐらいの知性はあった。そのリスクに気づかないとは思えない」

「恋は盲目って言いますからね。それにこれまでの状況を見ると、ゲームマスターは他人を操ることにかなり長《た》けています。それこそ洗脳ってレベルで。社会経験の乏しい女の子なら、操り人形になってもおかしくないんじゃないですか？」

腕を組んで「そういうもんか」とつぶやく真悟の前で、楓は口を開く。

「……本当に佐和奈々子は、恋人がゲームマスターだって知っていたんでしょうか？」

「なに言っているんだ？　現に彼女の抽斗には、四年前の事件の資料が詰まっていたし、桃井一太の実家で、ゲームマスターに繋がりそうな資料を盗み出しているんだぞ」

「いえ、たしかにそうなんですけど。だからって、恋人が殺人犯だって知っていたとは限らないんじゃないですか」

「どういうことだ？」

「今回の事件で、いくつか釈然としないことがあるんです。例えば、なんでホシは五千万円も身代金を運ばせたのか、誰が佐和奈々子と恋人の写真を佐和家に送りつけたのか、あとは……なんでスカイツリーにいた真悟さんを、わざわざ佐和邸に向かわせたのか」

「佐和邸に？　なにかおかしいか？」

「あのゲームマスターなら、佐和奈々子の遺体が隠してあったバンを捜すのにも、真悟さんを参加させようとするんじゃないかとか思いまして。もしかして、真悟さんを佐和邸に戻したのにも、なにか目的があったんじゃないかなぁ、とか」

「目的？　なんだ、それは？」

「いえ、そこまでは分かりませんよ。なんとなく違和感をおぼえただけで。けど、身代金と写真の件なら、説明がつく気がするんですよ」

「本当か？」真悟は身を乗り出す。

「ええ、佐和奈々子さんが恋人を誘拐殺人犯だと知らなかったと仮定したら、その二つの謎の辻褄《つじつま》が合うと思うんです」

「どういうことだ？」

「まず前提として、奈々子さんがかなりのお嬢様でしかも未成年、それに対して恋人は三十歳前後なんですよね」

「ああ、そうだ。送りつけられた写真を見た好継は、それくらいに見えたと言っていた。十年前にグリーングリーンの件で逮捕された奴らの大半が大学生だ。計算も合う」

「そんな二人が交際したら、どうなると思いますか？」

「どうって、……問題になるんじゃないか？」

「そうです。問題になるはずです。現にホテルに入る写真を見た好継さんは激怒して、相手を聞き出そうとしたり、奈々子さんを監視させたりした」

楓は我が意を得たりとばかりに、胸の前で手を合わせる。

「それがどうしたって言うんだ？」

「話を最後まで聞いてください。つまり、奈々子さんは自分たちの交際が世間的に許されないものだと知っていたから、必死にそれを隠そうとしていたんだと思います。そして交際の障害になるかもしれない両親や友人に反感を持ち、距離を取るようになった」

「そうなるように、ゲームマスターが誘導したっていうことか」

「はい、おそらく。けど、高校生がそんな息苦しい交際に不満を持たないわけがありません。たぶんゲームマスターは、奈々子さんの不満が十分に溜まったところで計画を切り出したんだと思います。誰の目も気にせず、二人で生きていくための計画を」

「……駆け落ちか」

「そうです。奈々子さんは恋人に、駆け落ちして二人で新しい人生をはじめようとそそのかされたんじゃないでしょうか。恋人にぞっこんだった奈々子さんにとって、それはとても魅力的な提案に見えたでしょう。けれど、そのためには必要なものがあった」

「金、だな」

「そう、お金、生活資金です。奈々子さんの実家はかなりの資産家だった。恋人はその資金を奪おうと持ちかけたんですよ。狂言誘拐をして」

「狂言誘拐……」真悟はその言葉をつぶやく。

佐和奈々子の部屋を見たとき、一瞬ではあるが狂言誘拐を疑った。しかし、犯人がゲームマスターであるという確信を得てからは、その可能性は頭から消え去っていた。

「恋人は狂言誘拐で佐和家から大金を奪い、その金で二人で生きていこうと奈々子に言ったんです。そしてそのあと、こうつけ足したんだと思います。『四年前の誘拐事件を参考にして計画を練ろう』って」

表情をこわばらせる真悟の前で、楓は言葉を続けた。

「四年前の事件は日本中を震撼させました。その頃、中学生だった奈々子さんも、おぼえていたでしょう。犯人もすぐには捕まらず、しかも人質が殺害されたあの事件、それを模倣すれば怯えた両親が簡単に金を出すと、奈々子さんはそう思い込んだ」

「抽斗に四年前の事件についての資料が詰まっていたのは、ゲームマスターのファンだったからじゃなく、犯行を真似するためだったということか」

「そうだと思います。そして、恋人は奈々子さんを桃井一太の実家にまで向かわせ、犯人が遺した重要な資料を運び出してくれと言いくるめた。そうやって、自分に繋がる証拠を持ち出させたんです」

「いくらなんでも、そんな簡単に行動をコントロールできるものか？」

「ゲームマスターは警視庁を手玉に取るようなモンスターですよ。未成年の少女を思いどおりに動かすなんて、赤子の手をひねるようなものだったはずです。相手が自分に惚《ほ》いれていればなおさら。恋する女は周りが見えなくなっちゃいますからね」

楓のセリフに居心地の悪さをおぼえ、真悟は身じろぎして尻の位置を直した。

「けど、奈々子さんも本当に狂言誘拐をやるかどうか、簡単には踏ん切りがつかなかったと思います。それをすれば、もう後戻りできないことは分かっていたでしょうから。だから、最後の一押しが必要だった。それがあの写真です」

「あれは、恋人が送ったっていうのか⁉」真悟の声が大きくなる。

「そう考えれば、すべて説明がつきます。あの写真のせいで好継さんは奈々子さんを厳しく管理しはじめた。そのせいで恋人と会えなくなった奈々子さんは、前々から計画していた狂言誘拐を行うことを決意する。恋人が本物のゲームマスターとは思わずに」

「殺される瞬間まで、佐和奈々子は恋人のことを信頼していたってことか……」

信頼していた男に喉を裂かれる瞬間、佐和奈々子は何を思ったのだろう。

「あくまでも仮説ですけどね」

「いや、……たぶんそれが正しいんだろう」

真悟は暗い声で言った。佐和奈々子の部屋からはパソコンや手帳などが消えていた。恋人と駆け落ちして二度と家に戻らないつもりだったとしたら、それも説明がつく。

楓は目元を揉《も》むと、四分の一ほど残っているドリアの皿を脇に置いた。

「……もう食べないのか？」

「なんだか、食欲なくなってきちゃいました」

「そうか」

二人とも暗い表情で黙りこむ。

「これから、どうするんですか？」楓が暗い声で訊ねる。

「とりあえず、自宅には帰れないからな。どこかビジネスホテルでも探すよ」

「私がそんなことを訊いていると、本気で思ってます？」楓の目に非難の色が浮かぶ。

「いや……」真悟はゆっくりと首を左右に振る。「けど、楓も分かっているだろ。俺がゲームマスターを追うことをやめるわけがないって」

「もういいじゃないですか！　放っておいてもゲームマスターは逮捕されます。なんで真悟さんが追わないといけないんですか⁉」

「楓、……俺はあと二、三ヶ月で死ぬんだよ」

真悟は笑みを浮かべながら言った。楓の表情が炎にあぶられた蠟《ろう》のように歪んだ。

「優衣に、……娘に拒絶された俺にとって、生きる意味はあいつと決着をつけることしかないんだ。分かってくれ」

真悟のセリフに答えることなく、楓は視線を落とす。

「そろそろ行こうか」

真悟は立ち上がって伝票を手に取ると、楓の肩を軽く叩いた。楓はうつむいたまま、真悟のあとについてきた。レストランを出ると、いつの間にか雨が降っていた。

「こりゃまいったな」

真悟は大粒の雨が降ってくる空を見上げる。目の前の通りはそれほど車通りが多くない。タクシーを捕まえるのは難しそうだ。

「傘、貸しましょうか？　私のマンションはすぐですから」

背後に立つ楓が独りごつような口調でつぶやく。振り返った真悟は数秒迷ったあと、

「悪いけど、そうしてもらえるか？」と答えた。

アスファルトに雨粒がはじける中、二人は小走りで百メートルほど離れた楓のマンションへと向かう。エントランスに走りこんだ真悟は顔を拭った。

「……行きましょう」

楓は濡れた黒髪をゆっくりと掻き上げた。楓とともにエレベーターに乗りこんだ真悟は、扉の前に立つ楓の後ろ姿を眺める。濡れた後ろ髪の隙間から覗くうなじがやけに艶《つや》っぽく、視線を外してしまう。エレベーターが九階についた。雨音だけが響く廊下を、二人は並んで歩いていく。自室に着いた楓は鍵を開けると、扉を開き「どうぞ」とつぶやいた。真悟は軽く顎を引くと、扉をくぐって室内に入る。

「ちょっと待っていてください。タオル持ってきますから」

靴を脱いで蛍光灯をつけた楓は、玄関のそばにあるバスルームへと続く扉を開けて姿を消した。真悟は廊下の奥の扉を眺める。交際していた頃は、週に一度はこの部屋に泊まっていた。脳裏に湧いた甘い記憶を、真悟は頭を振って払いのける。

二枚のバスタオルを手に戻ってきた楓は、一枚を「どうぞ」と真悟に手渡した。真悟

は受け取ったタオルで首筋を拭く。

「傘、貸してもらえるか？」

真悟はタオルを楓に返す。楓は玄関脇の扉を開き、その中に靴とともに置かれていたビニール傘を真悟に手渡した。

「ありがとう、楓。今日は本当に助かった」

傘を受け取った真悟は部屋から出ようとする。これ以上、ここにいてはいけない。理性がそう急《せ》かしていた。ドアノブに手をかけた瞬間、真悟の体は軽く後ろに引かれた。振り返ると、楓が真悟のコートの裾を摑んでいた。

「……私にもらえませんか？」蚊の鳴くような声で楓はつぶやく。

「なにを言って……？」口腔内が乾き、声がかすれた。

「真悟さんに残された時間です。それを私にもらえませんか？　ゲームマスターなんかを追わないで、私と暮らしませんか？」

「なにを言っているんだ！　お前には恋人が……」

「いません」楓は目をつぶって首を左右に振った。真悟は耳を疑う。

「でも、この前……」

「見栄《みえ》を張りました」楓の顔に自虐的な笑みが浮かぶ。「そう言えば、真悟さんがちょっと嫉妬してくれるかなって思って。でも、全部が嘘っていうわけじゃないんですよ。去年まで、本当に恋人はいました。その人と結婚するつもりでした。でも、ダメでした。

やっぱり女刑事なんて普通の男は引いちゃうんですかね。それに……」

楓は少しうるんだ目で真悟を見つめる。

「彼にも見抜かれていました。真悟さんのことを引きずっているって。ふとしたときに、その人と真悟さんを比べていたって」

「……すまない」

謝罪の言葉を口にした瞬間、楓は真悟の胸を拳で軽く叩いた。

「何度も言っているじゃないですか。謝らないでって。私はあなたと付き合ったことを後悔なんかしていません。後悔しているのは、あなたを救えなかったことです。ゲームマスターに囚《とら》われて、壊れていくあなたを……。だから、もう一度だけ私にチャンスをくれませんか？」

楓はまっすぐ真悟を見る。その瞳に吸いこまれるような錯覚に襲われる。楓との記憶、優衣との記憶、事件の記憶が頭の中で渦を巻く。激しい葛藤が真悟の全身を縛った。

真悟を見つめる瞳から涙が零《こぼ》れ落ち、一筋のしずくとなって頬を伝っていった。

金縛りが解ける。真悟は腕を伸ばすと、楓を強く抱きしめた。壊れてしまうほど強く。

訓練で鍛えこまれた楓の細くてしなやかな体から、ふっと力が抜けていった。

姿見の前で音を立てないようにシャツのボタンをかける。まだかすかに濡れていて不快だったが、シルエットが乱れるほどではなかった。

椅子の背にかけておいたコートを手にすると、真悟は部屋の奥に置かれたベッドに視線を向ける。薄暗い部屋の中、目を閉じた楓の横顔と、白い肩が毛布から覗いていた。

足音を殺しながら、真悟は廊下へと続く扉の前まで移動する。

「……行くんですか？」

ドアノブに手を触れると同時に、背後から声がかかった。真悟は首だけ振り返る。ベッドの上で上半身を起こした楓が、胸元を毛布で隠しながら真悟を見ていた。

真悟が「ああ……」と答えると、楓はなにかを諦めたように微笑んだ。

「そうですか。……気をつけて」

「……ありがとう」

正面を向いて扉を開いた真悟は、廊下へ踏み出しかけた足を止める。

「もし……」今度は体ごと振り返って楓を見た。「もし、ゲームマスターとの決着をつけたら、そのときに俺が無事なら、またここに戻ってきてもいいか？」

楓は目を大きく見開くと、毛布を持っていない手を口元に当てた。

「勝手なことを言っているのは分かっているんだ。ただ、もし許してくれるなら……」

真悟は言い訳するように言葉を重ねる。楓は微笑んだ。さっきのように寂しげな笑みではなく、心から幸せそうな笑み。

「……待ってます。ずっと」

「ありがとう」

真悟は微笑みを返す。二人の視線が絡んだ。

「それじゃあ、行ってくるよ」

「ええ、行ってらっしゃい。真悟さん」

真悟は迷いを振り払うように踵《きびす》を返すと、廊下を早足で進んでいく。

できることなら、この部屋から出たくなかった。ゲームマスターのことなど忘れ、残されたわずかな時間を楓とともに生きていきたかった。しかし、捜査の手が迫っていることを知ったゲームマスターは〝最後のゲーム〟を行おうとしている。おそらくはお互いの命をかけた〝最後のゲーム〟を。俺といれば楓にまで危険が及ぶかもしれない。その思いが真悟にこの部屋に留《とど》まることを許さなかった。

けれど、もしゲームマスターとの決着がついたら、そのときは……。

真悟は決意を固めると、玄関扉を開けて外に出る。すでに雨は上がっていた。冬の朝の清冽《せいれつ》な空気が全身を引き締める。

真悟は大きく一歩を踏み出した。

7

熱いシャワーが皮膚を伝っていく。体の奥に残っていた気怠さが洗い流されていく。

楓はシャワーを止めると、バスルームの鏡に映る自らの裸身を眺める。もう三十半ばだが、特殊班での厳しい訓練のため、二十代の頃と変わらぬ引き締まったプロポーションを保っていた。

転属して内勤になってもこのスタイルを維持できるかな？　先週、係長から総務課への転属の内示を受けたときは、半ば予想していたこととはいえ、強いショックを受けた。かつて真悟と交際したことを後悔する気持ちが、胸の奥でくすぶっていた。けれど、そんな後悔はきれいに消え去っていた。昨夜、四年ぶりに真悟と一晩を過ごし、確信することができた。自分にとって彼は特別な存在だったのだと。彼に残された時間をともに過ごす。それは刑事であることより、自分には重要なことなのだと。

楓は少しコンプレックスを持っている小ぶりな乳房に手を添える。そこにかすかに残る真悟のぬくもりが、胸の奥を温かくしてくれた。

シャワールームから出てタオルで体を拭き、下着を身に着けた楓は、天井を眺める。これからどうしようか。溜まっていた有休を取ったので、あと二週間は出勤する必要がない。五年近く、特殊班刑事として訓練に明け暮れる生活をしていたので、こんなに時間があるのは久しぶりだった。部屋でうだうだと過ごすのは性に合わない。

ドライヤーで髪を乾かしながら脱衣所の扉を開けて顔を出す。リビングの窓からは朝日が差しこんでいた。昨夜の激しい雨も上がり、いい天気になっている。

そうだ。ツーリングにでも行こう。楓はドライヤーのスイッチをオフにする。

もともと、バイクで遠出することが好きだった。特殊班の刑事になってからはいつ緊急招集がかかるか分からないので控えてきたが、いまならどこへでも行ける。

楓は顔を上げて正面を見る。鏡の中の女が笑みを浮かべた。刑事でなくなったら、自分など無価値なのかもしれないと思っていた。しかし、そんなことはなかったのだ。

善は急げだ。下着姿のまま脱衣所から出た楓は、椅子の背中にかけていたライダースーツを着こむ。体にフィットする感触が心地よかった。

軽くメイクをした楓は、フルフェイスヘルメットを抱えて玄関を出ると、エレベーターで一階に降り、マンションの裏手にある駐輪場に向かう。建物の陰になり日当たりの悪い駐輪場は、朝だというのに薄暗く、湿度が高かった。

楓はバイクのシートを上げると、そこにある収納スペースから首都圏の地図を取り出し、パラパラとめくりはじめる。さて、どこに行こうか。二十三区全体を示したページを開いたとき、その中心に〝皇居〟の文字を見つけて、楓は軽く顔をしかめる。

脳裏に先日の事件のことが浮かび、せっかく高揚していた気分がいくらか濁ってしまう。ほとんど無意識に、楓はあの事件で真悟が回った地点を目で追っていた。

白金の佐和邸、池袋のジュンク堂書店、豊洲のららぽーと、そして東京スカイツリー……。楓はふと違和感を覚える。

──なんでスカイツリーにいた真悟さんを、わざわざ佐和邸に向かわせたのか。

昨夜、自分が口にした疑問が耳に蘇る。楓はシートの上に地図を置くと、違和感の正体を探っていく。地図を見つめているうちに、体が細かく震えだした。上下の歯がカチカチと音を鳴らしはじめる。腕からフルフェイスヘルメットが零れ落ち、アスファルトに跳ねて乾いた音を立てた。

もしかして、これがゲームの本当の答え？　そうだとするなら犯人は……、ゲームマスターの正体は……。楓は悲鳴が漏れそうになった口を両手で押さえる。

そんなわけない。そんなことがあるわけがない。

必死に自分に言いきかせようとする。しかし、頭の中では徐々に一つの仮説が浮かび上がっていった。すべての状況を説明できる仮説が。

きっと私の勘違いだ。けど、そうじゃないとしたら……。楓はぶるりと一際大きく体を震わすと、ウエストポーチの中からスマートフォンを取り出す。

真悟に伝えなければ。一刻も早くこのことを真悟に伝えなければ。

細かく震える指で必死にスマートフォンを操作し、真悟の番号を表示する。発信ボタンに触れようとした瞬間、楓は腰の辺りに衝撃を感じた。

反射的に衝撃が走った左の腰に触れる。ぬるりとした感触があった。

状況が摑めぬまま、楓は手を見る。掌にはべっとりと赤い液体が付着していた。唐突に、焼けた鉄を押し当てられたような激痛が左腰から脳天まで走った。楓は声にならない悲鳴を上げながら、体を軽く反らす。そのとき、楓は目の前の人影に気づく。その右手には、刃が赤く濡れたナイフが握られていた。

刺された。しかもかなり深く。状況を把握した楓は、左の腰を片手で押さえて止血を試みながら目の前に立つ人物の顔を見る。

……やっぱり。楓は自分の仮説がすべて正しかったことに気づく。

「なんで、あなたがこんなことを……？」

くいしばった歯の隙間から、楓は必死に声を絞り出す。しかし、目の前の人物が答えることはなかった。ナイフが無造作に突き出される。楓は必死にそれをはじこうとする。しかし、手に力が入らなかった。赤く濡れた刃が自分の胸に吸いこまれていくのが、楓の目にはスローモーションで映った。

胸に小突かれたような感覚が走る。痛みは感じなかった。ただ、全身から力が抜けていった。体を支えることができず、楓はその場に崩れ落ちる。

頬が温かい液体に触れる。楓はそれがアスファルトの上に溜まった自分の血液であることにさえ気づかなかった。

やけに眠い。意識が、自分が薄くなっていく。

すぐそばに立つ人物がなにか言っているが、聞きとれなかった。

楓は目をゆっくりと閉じていく。

瞼の裏に、真悟のはにかんだ笑顔が浮かんだ。

8

連絡はまだなのか？　ベッドに横になった真悟は、枕元のスマートフォンを見つめる。楓のマンションをあとにした真悟は、とりあえず電車で新宿まで出て、替えの下着などの生活必需品を買いこむと、喫茶店で時間を潰した。そして午後三時になると、歌舞伎町の外れにあるビジネスホテルにチェックインし、体を休めながらゲームマスターからの連絡を待っていた。

昨日、ゲームマスターはゲームの予定を早めると言った。早ければ、今夜にも決着をつけようとするかもしれない。

真悟は横目で、ナイトテーブルに置かれたデジタル時計に視線を向ける。時刻は午後五時近くになっていた。そのとき、腰の奥に疼きを感じ、真悟は小さくうめいた。

立ち上がり、椅子の背にかけたコートのポケットからＰＴＰシートを取り出した真悟は、掌の上に一錠出す。しかし、錠剤を見つめたまま、真悟は動かなかった。

頓服の鎮痛用麻薬。これを飲めば、腰の疼痛はすぐに消え去るだろう。しかしその代わり、数時間は頭にもやがかかったような感覚に襲われ、思考がまとまらなくなる。

真悟は手にした錠剤を部屋の隅に置かれたゴミ箱に向かって投げ捨てる。

いつゲームマスターとの決着をつけることになるのかわからないのだ。そのとき、頭が回らないなどというリスクを冒すことはできない。

ベッドに倒れこんだ真悟は、枕を噛み、シーツを両手で摑むと、痛みの波が凪ぐのを必死に待つ。全身の汗腺から脂汗が滲み出した。

どれだけ時間が経っただろう。腰の痛みが徐々に弱まってきた。真悟は再び時計に視線を向ける。時刻は五時半を回ったところだった。枕カバーから口を離した真悟は顔をしかめた。何時間も痛みに耐えていた気がしたが、三十分しか経っていなかったらしい。

これから頓服薬なしでやっていけるのだろうか？　体を回転させ、仰向《あおむ》けになる。今回は耐えることができたが、痛みは徐々に強くなっている。不安が胸を満たしていく。

部屋の空気がジャズミュージックによって揺らされた。真悟はばね仕掛けの人形のように勢いよく上半身を起こすと、スマートフォンを鷲摑みにする。しかし、液晶画面を見た真悟は表情を曇らせた。そこには〝阿久津〟と表示されていた。

いったいなんの用なんだ？　まさか、ゲームマスターを逮捕したっていうんじゃないだろうな。胸の奥が締めつけられるような気分になる。

特捜本部がゲームマスターを逮捕したなら、それでいいはずだった。そうすれば、残された時間を楓と寄り添って過ごすことができる。それこそが最も大切なことだと昨夜気づいたはずだった。しかし、胸の奥にはまだ消し炭の残り火のように、ゲームマスターへの未練がくすぶっていた。真悟は通話ボタンに触れる。

『どうもどうも、上原さん』

「……どうしたんだ。なにか用か？」阿久津のやけに明るい声に、真悟は眉根を寄せる。

『なんですか、つれないなあ。せっかく捜査が劇的に進展したんで、ちょっと情報を提供しようと思ったのに』

「ホシを逮捕したのか⁉」真悟の声が跳ね上がる。

『いえいえ、逮捕はまだです。ただですね、今日、重要参考人が浮かびました。いま関係各所に当たっているところです』

「重要参考人？　誰なんだそれは⁉」

『そんなに興奮しないでくださいよ。ちゃんと一から説明しますから。まずですね、十年前、上原さんがグリーングリーンの件で逮捕した男たちを片っ端から洗いました。いやあ、けっこう大変だったんですよ。苗字《みょうじ》を変えたりしている奴も多かったですからね。けど、一人だけ見つけました。ガイシャ、佐和奈々子と接点がある人物を』

「もったいぶらないで、それが誰だか教えてくれ！」真悟は声を嗄《か》らして叫ぶ。

『本当にせっかちですね。上原さん、服部《はっとり》駿平って男は覚えていますか？』

かすかに、真っ青な顔をした長身の優男の姿が頭をかすめた。

「俺が逮捕した大学生の一人だ……。たしか、医学部の学生だったような……」

『さすが、よく覚えていますね。そのとおりです。服部駿平は逮捕時、新宿にある賀陽《かよう》医大の四年生でした。元締めの一人と高校の同級生で、そのツテで小遣い稼ぎにグリーングリーンの販売に手を染めていました。芋づる式に捕まった雑魚《ざこ》の一人ですね』

「ああ、たしかそんな感じだった」

じわじわと記憶が蘇ってくる。髪を明るい茶色に染め、眉をやけに細く整えていたあの男は、事情聴取の間ずっと細かく震えながら謝罪と責任転嫁の言葉を繰り返していた。世間知らずの甘ったれたガキ、それが真悟の服部駿平に対する評価だった。

「それで、そいつが佐和奈々子とどう関係していたんだ？」

『服部駿平は起訴され、執行猶予付きの有罪判決を受けました。ただ、収監は免れましたけど、大学は退学になっています』

「そりゃそうだろ。薬物の売買をやるような奴が、医者にはなれるわけがない」

『それが原因かは分かりませんけど、両親は離婚し、服部駿平は母親の姓に苗字を変えました。その後はあまり有名ではない大学の英文科に通い、卒業しました。ただ、有罪判決を受けたこともあり、まともな会社に就職できなかった。もともと帰国子女だった服部駿平は、英語の能力を生かしながら、職を転々としていたということです』

「なあ、阿久津。その男の人生はもう十分に分かった。薬物に手を出したせいでエリートコースから転落して、俺を逆恨みしているかもしれないってことだろ。それで、そいつと佐和奈々子にどんな接点があったんだ。さっさと教えてくれ」

『まだ分からないんですか？　上原さんも最近、その男に会っているはずですよ』

「俺が、そいつに会っている？」

『ええ、そうです。その男が最終的についた仕事は、学生に英語を教えることでした』

「英語学校かなにかか？」

『いえ、塾ですよ。進学塾の英語講師です』

真悟の脳裏で記憶がはじけた。佐和奈々子が通っていた塾で、授業を担当していた講師。覇気なく喋る、眼鏡をかけた長身の優男。たしか、あの男の名は……。

「堂本駿平……」

『そうです。ガイシャの担当講師だった堂本駿平。その男こそ、上原さんが十年前に逮捕した服部駿平です』

「けれど、佐和奈々子があの塾に通いはじめたのは、事件の三ヶ月ぐらい前のはずだ。佐和奈々子が男と交際しだしたのは、もっと前からっていう話じゃ……」

『先ほどガイシャの父親に話を聞きました。たしかに三ヶ月前、塾に通うように指示したのは自分だが、どこの塾に通うかはガイシャ本人に選ばせたそうです』

真悟の唇が歪む。佐和好継が娘を交際相手と会わせないように通わせた塾。しかし、その塾講師こそが佐和奈々子の恋人だった。そして堂本駿平、ゲームマスターは佐和奈々子に狂言誘拐と駆け落ちを持ちかけ、ゲームの駒として利用した。

散らばっていた無数の点が一本の線となっていく。真悟は左手の拳を握りしめた。

堂本駿平こそゲームマスターだ。十年前に、俺に逮捕されエリートコースを踏み外したあの男は、復讐する機会をずっとうかがっていた。そして四年前、桃井一太を操って俺をいたぶり、さらに今度は佐和奈々子を利用して、俺を絶望の淵《ふち》へと追いやった。

「堂本の身柄は押さえていないのか!?」真悟は叫ぶ。

『まだ発見できていません。今日は、塾を無断欠勤しているそうです』

不吉な予感が真悟を襲う。

「早く見つけ出せ。まだなにかおかしなことを計画している可能性もある」

『言われなくても、特捜本部あげてやってますよ。それで、上原さん……』

阿久津が声をひそめる。

『いまってどこにいます?』

「新宿のビジネスホテルだ。自宅はマスコミに張られていて戻れないからな」

『ちょっと会って話せませんか? 堂本のことについて情報交換をしたいんです』

「情報交換なら、電話でいいだろ」

『込み入った話なんですよ。なんなら、俺がそのホテルに行ってもいいですから』

このホテルに? 真悟は部屋を見回す。四畳半ほどの狭い部屋。しかも、スペースの大半はベッドに占領されている。大人が二人もこの部屋に入ったら、息が詰まるだろう。

「ここはちょっと……。いつものバーはどうだ。もう開いている時間だろ」

『了解しました。それじゃあ、三十分後にあの店で待ち合わせでどうですか?』

「三十分後だな。分かった」

『じゃあまたあとで。遅れないようにしてくださいね。すごく大切な話があるんで』

そう言い残して回線は遮断された。スマートフォンを持った手を下ろしながら、真悟は染みの目立つ壁を眺める。

「堂本駿平……」

口から零れたつぶやきが、狭い部屋のくすんだ空気に溶けていった。


原色のネオンが瞬く歌舞伎町の通りを、真悟は警戒しながら進んでいく。今日、堂本は職場を休んでいる。自分の正体がばれていることに気づいたのかもしれない。

身元さえ割れてしまえば、もはや逃げ切ることはほぼ不可能だろう。もう少し証拠がそろえば、特捜本部は全国に堂本を指名手配する。そうなれば逮捕は時間の問題だ。

堂本も、ゲームマスターもそのことは分かっているはずだ。ならば、あの男はその前に、俺との決着をつけようとする。いまこの場で襲いかかってこないとも限らない。

腕時計に視線を落とす。阿久津との約束の時間まで、あと十分ほどになっていた。真悟は人通りの多い大通りを曲がり、暗い路地へと入っていく。待ち合わせのバーはこの路地を抜けた先にある。腰の辺りに振動を感じた真悟は、バイブモードにしておいたスマートフォンを素早く取り出す。阿久津からの連絡だと思った。しかし、液晶画面には〝公衆電話〟と表示されている。

真悟の体に緊張が走る。今度こそゲームマスターからの連絡かもしれない。

「もしもし……」真悟は電話に出ると、抑えた声で言う。

『上原か？』聞き覚えのある声が言う。相手が誰だかすぐに分かった。

「えっ、近衛さん？」

真悟の声が高くなる。かつての上司であり、現在は特殊班の管理官を務める近衛司からの着信だった。

『そうだ。ちょっと話したいことがある』

「なんで公衆電話なんかで……？」

『事情がある。俺がお前に連絡したと知られるわけにはいかないんだ』

近衛の口調に含まれた深刻な響きに、真悟は思わず唾をのむ。

「どんな用件でしょう？」

なにか悪いことが起こった。その予感は、もはや確信に近いものになっていた。数秒の沈黙のあと、近衛は厳《おごそ》かに言った。

『加山楓君が今朝、遺体で発見された』

「……え？」

呆けた声が口から漏れ出す。なにを言われたのか理解できなかった。理解することを全身の細胞が拒絶していた。

『自宅マンションの裏にある駐輪場で、腰と胸を刺されたらしい。ほとんど即死だったということだ』

近衛が説明を続けるが、真悟の耳にはその言葉が入ってこなかった。

楓が、残された時間を俺と過ごしてくれると言った女性が……殺された？

気づくと、真悟はすぐ脇のブロック塀にもたれかかっていた。

「な、なにかの間違いです。楓が死ぬなんて……」

上下の歯がかちかちと音を立て、それ以上言葉を発せなくなる。脳裏には、今朝幸せそうな笑みを浮かべて送り出してくれた楓の姿が、繰り返しフラッシュバックしていた。

『……残念ながら事実だ。私も確認した』

近衛の非情な宣告。後頭部を殴りつけられたような衝撃が襲い掛かってくる。激しい嘔気をおぼえて真悟はえずく。黄色くねばねばとした胃液が口から零れた。強い苦みが口腔内を冒していく。

「なんで……、なんで楓が死なないといけないんだ？　なんで俺じゃなく……」

うわごとのようにつぶやく真悟の耳に、ボイスチェンジャーで変換された声が蘇る。

『罰ゲームだよ』『君の大切なものを全部奪ってあげる』

真悟は立ち尽くす。これも罰ゲーム？　俺を苦しめるために堂本駿平が楓を？

真悟は獣じみた叫び声を上げると、ブロック塀に拳を撃ちつけた。何度も何度も繰り返し。皮膚が破れ、血が滲んでも真悟はやめることができなかった。自分を痛めつけなければ、正気を失ってしまいそうだった。

全部俺のせいだ。俺とかかわらなければ、楓が命を落とすようなことはなかった。

真悟は一際強く拳を塀に叩きつける。しびれるような痛みが脳天に響く。倒れかかるように額をブロック塀につけると、真悟はすすり泣いた。拳頭から血が滴り落ちる。

「すまない。俺なんかのせいで……。楓……」

嗚咽《おえつ》の隙間を縫って、真悟は楓への、愛《いと》しい女性への謝罪の言葉を繰り返す。

どこかから声が聞こえてきた。真悟は虚《うつ》ろな目を向ける。いつの間にか地面に落としていたスマートフォンから、『上原！　上原、聞こえるか！』という声が響いていた。

しゃがみこんだ真悟は、緩慢な動きでスマートフォンを拾う。

「近衛さん。……全部俺のせいなんです。俺のせいで楓は死んだんです」

『……まさか、お前が加山君を殺したっていうんじゃないだろうな？』

近衛の声のトーンが低くなる。真悟は目を剝いた。

「そんなわけないじゃないですか！　なんで俺が楓を殺すんですか！」

『そうか、ならいいんだ』

「ゲームマスターです。堂本駿平が楓を殺したんですよ。俺を痛めつけるために」

『それは間違いないのか？　本当にゲームマスターが加山君を？』

「……はい。間違いなくあいつです。なんで俺は楓を一人にしたんだ。今朝まで一緒にいたのに……」

『……それが問題なんだ』近衛の声がさらに低くなった。

「問題？　なんの話です？」

『マンションの防犯カメラに、今朝、加山君の部屋から出ていくお前が映っていた』

真悟は唖然として立ち尽くす。

「まさか、俺が疑われているんですか!?　俺が楓を殺したと？」

『それについて俺はなにも言えない。そもそも、俺はお前に電話をかけてもいない。……察してくれ』

苦悩が色濃く滲む近衛の声を聞いて、真悟は状況を理解する。自分が楓殺しの最有力容疑者となっていることを知らせるために、近衛は連絡してきたのだ。もしこのことが明るみに出れば、近衛は重いペナルティを受けるだろう。

真悟はゆっくりと顔を上げ、路地の奥を見る。その先にあるバーで待ち合わせをしている阿久津。俺が容疑者になっていることを、殺人班の刑事であるあの男が知らないわけがない。いま思えば、阿久津がわざわざ電話をしてくること自体がおかしい。もはや情報を提供する価値など、俺にはないはずだ。

俺は誘い出されたのか？　そうだとすれば、堂本が有力な容疑者だというのも、偽の情報だろうか？　いや、その可能性は低いはずだ。阿久津は俺がどこから情報を得ているか、詳しくは知らない。堂本について俺が確かめる可能性もあると思っている。虚偽の情報を伝えて、俺に警戒されるリスクは取らないだろう。それよりも、真に有力な情報を餌に俺をおびき出そうとするはずだ。

「……なんでここまでしてくれるんですか？」

真悟には近衛に訊ねる。この電話さえ、罠《わな》ではないかという疑いが頭をかすめる。

『お前と加山君は大切な部下だった。部下のことはなんでも知っている。お前が加山君を殺すわけがない。お前が容疑者として引っ張られて、加山君を殺したホシが野放しになるなんて絶対に許せない』

　近衛の言葉には一切の迷いがなかった。真悟の疑念は一瞬にして消え去る。

　真悟は相手に見えないにもかかわらず、思わず頭を下げてしまった。

「ありがとうございます、近衛さん。楓を殺した奴には俺が報いを受けさせます」

『……頼んだぞ』

　そう言い残して近衛は通話を終わらせた。真悟はスマートフォンを握りしめながら、

「任せてください」とつぶやく。楓の仇《かたき》は俺がとる。もう逮捕なんて悠長なことは言わない。ゲームマスターを、堂本駿平を俺の手で始末してやる。暗い炎が胸に灯る。そのとき、路地の奥に人影が現れた。少ししわの寄ったスーツを着た、人の好《よ》さそうな男。警視庁捜査一課殺人犯捜査六係の刑事、阿久津がそこに立っていた。

「ああ、やっぱり上原さんだったんですか。声が聞こえたから来てみたんですよ」

「阿久津……」真悟は膝を曲げて腰を落とす。いつでも走りだせるように。

「ほら、さっさと店に行きましょうよ」

　阿久津は人懐っこい笑みを見せながら、親指で自分の後方を指さす。

「……二人だけで話したいことって、いったいなんなんだ？」

「それはちょっとここでは……。人に聞かれるわけにはいかない情報なんですよ」

「それで、店に入ったら数人で俺を取り囲んで、任意同行を求めるんだろ。もし拒否したら、公執かなにかで引っ張っていく。そんな段取りかな」

　真悟は皮肉っぽく言う。阿久津の顔から潮が引くように笑みが消えていった。

「……なんのことですか？」

「誤魔化しても分かっているんだよ。捜査本部は俺を楓殺しの容疑者だと思っている。だから殺人班の中で一番俺と親しいお前が誘い出して、確保しようっていうんだろ」

「誤解ですって、上原さん。ちょっと話を聞いてくださいよ」

「誤解？　ならなんで、さっき電話で話したときに楓のことを言わなかった。お前が楓の件を知らないはずがないだろ」

　真悟の追及に阿久津は答えなかった。その顔から薄っぺらい笑みが剝ぎ取られる。

「今朝、加山の部屋から出ていくあなたの姿が、防犯カメラに映っているんですよ」

　うって変わって、温度を感じさせない口調で阿久津はつぶやいた。

「堂本駿平だ。あいつが楓を殺して、俺に罪を擦《なす》りつけようとしているんだ！」

「堂本が？　なんであの男が加山さんを殺すっていうんですか？」

「俺を苦しめるために決まっているだろ。あいつの行動は、すべて俺を痛めつけるためのものだ。だから、楓を……」

　怒りで舌がこわばり、言葉が続かなくなる。

「話は署で聞きます。後ろめたいことがないなら、おかしな抵抗をしないでください」

阿久津が真悟から視線を外すことなく、背後に向かって手招きをした。阿久津の後ろから、スーツ姿の体格のいい男が姿を現す。真悟は慌てて振り返った。しかし、すでに反対側にもスーツ姿の男が二人、道を塞ぐように立っていた。

「だめだ、ゲームマスターはもう自分の正体がばれていることを知っているはずだ。俺が拘束されたら、あの男は姿を消すかもしれない。あれだけ用意周到な男だ。顔も名前も変えて逃げ切る可能性がある」

真悟は正面に向き直りながら言う。阿久津は呆れ顔で小さく肩をすくめた。

「上原さんが拘束されるかどうかが、どう関係があるっていうんですか」

「何度も言っているだろ。あいつの狙いは俺なんだよ。あいつは消える前、俺との決着をつけるために、俺を殺すために姿を現すはずなんだ」

真悟は必死に説得を試みる。阿久津は腕を組んで少し考えたあと、軽く顎をしゃくって真悟の後ろに立つ男に合図を送った。

「まあ、なんにしろ署に行きましょう。お話はそこでゆっくり伺いますから」

この馬鹿が！　もはや交渉の余地が残っていないことに気づき、真悟は胸の中で悪態をついた。数メートル前に立つ阿久津が、じりっと間合いを詰めてくる。その瞬間、真悟は振り返って走りだした。上半身を前傾させ、真悟は必死に足を動かす。路地の反対側の出口に控えていた二人の刑事が、両手を大きく広げて道を塞ごうとした。真悟はその二人を睨め上げる。

逮捕状は出ていないはずだ。ならば、俺はまだ重要参考人でしかない。

参考人への捜査はあくまで任意で行われなくてはならない。刑事たちはのちに裁判になった際のことも考え、あまり手荒なことはしたくないはずだ。そこを突くしかない。

日夜、殺人事件の捜査で駆けずり回っている殺人班の刑事たちは、格闘術の訓練などに時間を割く余裕がない。それに対し、立て籠もり事件での突入・制圧を主要任務とする特殊班は、対人格闘の訓練を徹底的に行っている。特殊班を辞めて四年経ち、癌で体力も衰えているとはいえ、その技術は体に染みついている。

男の一人が真悟に摑みかかろうと、無造作に手を伸ばしてくる。真悟はその手が触れる寸前、左側に体を開いた。虚空を摑んだ男は大きくバランスを崩す。

真悟は男の右手首を摑んで軽く引くと同時に、足を払う。その場に膝をついた男の後頭部に、真悟はそっと手を添えた。男は不思議そうに真悟を見上げる。

悪いな。真悟は胸の中で謝罪しつつ、男の顎に思い切り膝蹴りを叩きこんだ。男は後方に勢いよく倒れ、動かなくなる。

「てめえ、なんてことを！」

倒れた男の後ろに立っていた、髪を角刈りにした刑事が怒声を上げながら真悟に摑みかかってくる。真悟より二回りは体格の大きな男だった。

真悟は伸びてきた腕を手で払おうとするが、腕力の差が大きく捌ききれなかった。男は手を交差させて真悟のコートの襟を深く摑むと、力を込めて引きつけた。頸動脈が両側から圧迫される。十字締め。柔道で使われる絞め技だった。

真悟は男の手をつかんで引き剝がそうとするが、ぴくりとも動かなかった。脳への血液が遮断され、目の前が白くなっていく。このままでは、あと数秒で失神する。

真悟は震える右手を伸ばすと、男の角刈りの髪を鷲摑みにした。髪を引っ張られ、男は「うおっ!?」と声を上げる。首にかかっていた圧力が一瞬弱くなった。その隙を逃すことなく、真悟は力いっぱい右手を振り、男の頭をすぐそばのブロック塀に叩きつける。

重い音が響くと同時に、両襟から手が離れる。真悟は激しく咳《せ》きこみながら背後を振り返った。阿久津ともう一人の刑事がすぐ後ろまで迫っていた。

ふらついている角刈りの男の背後に回りこんだ真悟は、阿久津たちに向かってその背中を思い切り両手で押す。抱き着くように倒れこんできた仲間をよけるわけにもいかず、阿久津たちは角刈りの男の巨体を支えた。その隙に真悟は路地を飛び出す。

なにやらわめいている阿久津の声を背後に聞きながら、真悟はネオンがきらめく歌舞伎町を必死に走り抜けていく。歌舞伎町を抜け、西武《せいぶ》新宿駅の前、大ガード下と走り抜けたところでスピードを緩め、西新宿のオフィス街から新宿駅へと向かう人の波に紛れこむ。ここまで来れば、見つかることもないだろう。真悟は額に浮かぶ汗を拭った。

逃げることを想定していなかったのか、それとも末期癌患者など簡単に制圧できると思っていたのか、それほどの人員は配置していなかったようだ。なんとか逃げ切ることができた。人の流れに乗って新宿駅の南口に向かいながら、真悟は息を整えていく。

逃げたことで、警察は俺への疑いを強くし、本気で身柄を押さえようとしてくるだろう。二人の刑事を叩きのめしたのだ、もはや任意同行などという甘い対応はしないはずだ。見つかれば公務執行妨害の容疑で、問答無用で逮捕される。

もはや逃げ切るのは難しい。猶予はあと二日、いや一日もないかもしれない。

その間にゲームマスターからの接触がなければ、打つ手はない。

真悟は人の流れを抜け出すと、左手にある小田急《おだきゅう》デパートへと入る。小田急線の改札口を横目に、エスカレーターで三階まで上がった真悟は、トイレへと向かう。多目的トイレが開いているのを見た真悟は、中に入って鍵をかけると大きく息を吐いた。

自宅にもホテルにも戻ることはできない。なるべく見つかりにくい場所に潜み、ゲームマスターからの連絡を待たなくては。しかし、一つ大きな問題があった。

真悟はズボンのポケットからスマートフォンを取り出す。

おそらく、ゲームマスターはこのスマートフォンに連絡を入れてくる。電源を落とすわけにはいかなかった。しかし、スマートフォンは通話やメールのやりとりをしていなくても、常に微弱電波を発している。令状さえあれば、警察は電話会社にその微弱電波をたどらせて、場所を特定することができる。

どうすればいい？　片手を額に当てたとき、手の中のスマートフォンが振動をはじめた。画面に〝非通知〟の文字が現れる。真悟は目を見開くと、通話ボタンに触れる。

「……もしもし」

慎重に相手の反応を待つ。もしかしたら、自分に逃げられた阿久津が、どこにいるのか確認しようと電話をかけてきたのかもしれない。

『やあ、上原さん。元気？』

ボイスチェンジャーで変換された甲高い声。思考が怒りで塗り潰された。

「よくも楓を！」

『ああ、そんなに大きな声出せるぐらい元気なんだね。よかったよかった』

人を食ったゲームマスターのセリフに、視界が真っ赤に染まった気がした。

「ふざけるな！　なんで楓を……。彼女はなにも関係なかったのに……」

怒り、悲しみ、後悔、絶望、様々な負の感情が胸にあふれ、言葉が紡げなくなる。

『罰ゲームだよ、上原さん。ずっと待っていたのに、上原さんは僕を見つけられなかった。だから罰ゲームをしたんだよ』

「なら俺を殺せばいい。なんで楓なんだ？　なんで楓を!?」

『だから、それも言ったでしょ。僕はね、上原さんを苦しめたいんだよ。もうすぐ癌で死ぬ上原さんをただ殺しても、意味がないじゃないか。上原さんの大切なものを一つ一つ奪って、いっぱい苦しめて、そのうえで殺さなきゃ』

「なんでそこまで……」奥歯が軋みを上げる。

『なんで？　僕が上原さんを愛しているからに決まっているじゃないか。全ては愛のなせる業さ。可愛さ余って憎さ百倍ってやつかな』

おどけた口調。真悟の頭の中でなにかが切れる音が響いた。

「殺してやる。お前を絶対に殺してやるからな！」

『おやおや、殺すなんて物騒だねぇ』ゲームマスターは忍び笑いを漏らす。

「もうたくさんだ。お前だって俺を殺したいんだろ、……堂本駿平」

真悟は感情を押し殺した声で言った。ゲームマスターが黙りこむ。

「なんだ、まだ正体がばれていないとでも思っていたのか？　お前は堂本駿平、十年前、俺に逮捕されたときは、服部駿平っていう名前だったたな」

『……なんのことかな？』

「誤魔化すなよ。もう全部分かっているんだ。お前はもうすぐ逮捕されて、死刑判決を受けて、吊るされる。お前は終わりだ。もうお前に未来はないんだよ。すべて失った者同士、そろそろ最後の決着をつけるぞ」

真悟は一息に言うと、軽く呼吸を乱しながらゲームマスターの返答を待つ。

スマートフォンからゴムをこすり合わせたような音が小さく聞こえてくる。最初、ゲームマスターがすすり泣いているのかと思った。しかし、その音がどんどん大きくなっていくにつれ、真悟は勘違いに気づく。

ゲームマスターは笑っていた。腹を抱えている姿が見えるような嘲笑。

「なにがおかしい！」

真悟は再び怒声を上げる。ゲームマスターの笑い声がやんだ。

『すべて失った？　いまそう言ったよね』

「そうだ。お前はもうすぐ逮捕される。もう全て失っているんだよ」

『ああ、違う違う。僕が言っているのは、上原さんのことだよ。上原さん、君さ、本当になにもかも失ったと思ってるの？』

「なに白々しいことを！　お前のせいで、仕事も家族も、そして楓も……」

『上原さん、大きな勘違いをしているよ。君にはまだ一つだけ、宝物が残っている。世界で一番大切な宝物がね。そして、その宝物はいま、僕が預かっているんだよ』

ゲームマスターは歌うように言った。なにか恐ろしいことが起きている。想像もしない恐ろしいことが。そんな予感が真悟の体を震わせる。

「いったいなにを……」

『……真悟さん』

真悟の問いは、スマートフォンから聞こえてきた声によって遮られる。ボイスチェンジャーを通した声ではなく、震える女性の声。聞き慣れた声。その瞬間、足元が崩れて、宙空に放り出された気がした。気づくと、真悟は床にへたりこんでいた。

「ゆ、優衣……」口から零れた声は、自分のものとは思えないほどに弱々しかった。

『真悟さん。……助けて』

か細い声が助けを求める。それは間違いなく、一人娘の、優衣の声だった。

「優衣か？　優衣なのか!?」

両手でスマートフォンを持った真悟は、必死に声を張る。しかし、答えたのは鼓膜を引っ掻くような甲高い声だった。

『そう、優衣ちゃん。君の大切な娘さんだよ。この宝物は僕が預かっている。返してほしければ、これから言う場所に今夜零時に来て。ああ、もちろん一人でね』

「わかった！　行く！　なんでも指示どおりにする。だから、優衣だけは……」

相手に見えないにもかかわらず、真悟は土下座でもするように床に這いつくばる。

『約束だよ。もし警察に通報したりしたら、僕は君の宝物を始末して自殺する。そうすることになんの躊躇もないよ。なんと言っても、僕には未来がないからね』

こうべを垂れたまま、真悟はゲームマスターの笑い声を聞くことしかできなかった。

街灯もまばらな多摩川《たまがわ》沿いの道。そこに立ちながら、真悟は有刺鉄線の奥にある建物を眺めていた。四階建てのビル。直方体のその建物は窓の多くが割れ、外壁には染みが目立っていた。有刺鉄線が張り巡らされた柵の向こう側の敷地には、背の高い雑草が生い茂っていて、ところどころに廃材のようなものが横たわっている。狛江《こまえ》市の住宅街から外れた場所にある廃墟《はいきょ》。ここがゲームマスターが指定してきた場所だった。

敷地の脇の車道に白いバンが停車している。真悟は辺りを警戒しつつ、車に近づいていく。そのナンバーは『わ』からはじまっていた。

優衣はこのレンタカーで誘拐され、ここまで連れてこられたのだろうか？　血が滲むほど強く唇を噛んだ真悟は、車のそばの有刺鉄線が切断されていることに気づく。

腕時計に視線を落とす。午後十一時五十七分。あと三分で約束の時間だ。

真悟は有刺鉄線が切られている個所から敷地内に侵入した。建物の入り口に向かって、雑草が踏み倒されてできた獣道が延びている。息を吐いて気を落ちつかせると、真悟はコートのポケットに手を忍ばせつつ、足を進めていく。腰の奥に疼きを覚え、真悟は顔をしかめた。またあの疼痛の発作が起こる気配があった。内ポケットに入っている鎮痛用麻薬の錠剤を内服しない限り、さほど経たないうちにあの激痛に襲われるだろう。しかし、いま麻薬を使い、判断力を鈍らせるわけにはいかなかった。これから堂本駿平と、あのゲームマスターとの決着をつけなくてはならないのだから。

もう少しだけ大人しくしていてくれ。祈りながら敷地を横切り、建物の入り口前までやってきた真悟は、足を止める。入り口の脇には〝園田《そのだ》建築〟と書かれた古びた看板がかかっていた。おそらく、会社が倒産してそのまま放置されていたのだろう。

入り口のドアはガラス製だが、建物内は暗く、内部の様子をうかがうことができなかった。埃で汚れ、ひびの入ったガラス扉のノブに、真悟は手をかける。

悲鳴のような軋みを上げながら扉は開いていった。室内に入ると、足元でじゃりっと音がする。ガラスの破片を踏んだらしい。真悟はしゃがみこんで床を見る。入り口からわずかに差しこむ街灯の光が、散乱している大きなガラスの破片を映し出す。

真悟が立ち上がると同時に、辺りが明るくなった。頭上から光が降り注ぐ。眩《まぶ》しさで目を細めた真悟の喉から、喘ぐような音が漏れる。

二階から四階までの床が半分ほど取り壊され、吹き抜けになっていた。そして、四階のフロアの縁ぎりぎりの位置に、火を灯した二つのランタンと、椅子が置かれていた。猿轡《さるぐつわ》を嚙まされ、後ろ手に縛られた優衣が座る椅子が。

「優衣！」真悟は声を張り上げる。

優衣はなにか言うが、猿轡のせいでくぐもった音が漏れるだけだった。

「待ってろ！　動くなよ。すぐそこに行くからな」

フロアの奥に階段が見えた。あれをのぼれば、優衣のいる四階まで行けるはずだ。

「いやいや、上原さんはそこにいなよ」

唐突に響いた男の声が、真悟の動きを止めた。真悟は再び四階フロアに視線を向ける。優衣の背後にわだかまっている闇の中から、一人の男が姿を現した。

細身の長身。野暮ったい黒縁の眼鏡。少しウェーブのかかった髪が目にかかっている。それは間違いなく、二週間ほど前に品川の塾で会った男だった。

「お久しぶりですね、上原さん。と言っても、二週間ぐらい前に会いましたっけね」

堂本は小馬鹿にするように鼻を鳴らす。

「約束通り来た。だからもういいだろ。優衣を渡してくれ」

「渡す？　そうですねえ、それじゃあ渡しましょうか？」

楽しげにつぶやいた堂本は、優衣の座っている椅子を後ろから押した。椅子の前足が床の端に近づき、優衣が猿轡の下で悲鳴を上げる。

「やめろ！　やめてくれ！」

真悟は必死に叫ぶ。堂本の口角が上がった。

「なんですか？　渡せって言うから、そのとおりにしてあげようと思ったのに」

「頼む。なんでも言うとおりにするから、優衣を傷つけないでくれ」

「最初から、そうやって素直になればいいんですよ。それじゃあ、とりあえず奥の階段でここまで上がってきてください」

真悟はうなずくと、ガラスの破片が散乱する床を慎重に歩きだした。

「ああ、ストップ！」

堂本に声をかけられ、真悟は踏み出しかけた足を空中で止める。

「ここに上がってくる前に、まず上着を脱いでください。ナイフとか隠し持っていたら困りますからね」

「……わかった」真悟はコートを脱いで遠くに放る。

「それだけじゃありません。ズボンのポケットも引っ張り出して、見せてください」

堂本が鋭い声で指示を飛ばす。真悟は言われたとおりポケットを出すと、ズボンの裾も上げてみせる。

「武器なんて隠していない」

「それじゃあこの階まで上がってきてください」堂本は再び闇の中に消えていった。

「優衣。必ず助ける。だから待っていてくれ」

真悟は声を張る。優衣は表情を歪めると、おずおずと頷いた。

フロアの奥まで進んだ真悟は、階段をのぼりはじめる。上の階の床が残っている階段付近は、ランタンの光があまり届かず、足元すらよく見えなかった。真悟は散乱しているガラス片を踏まないように気をつけながら階段を上がっていく。どこに堂本が潜んでいるか分からない。常に辺りを警戒しつつ階段を上がり、真悟は四階フロアに到着した。

「待ってたよ、上原さん」

陽気な声が掛けられる。真悟は声のした方向を睨みつけた。吹き抜けの数十センチ手前、そこに堂本が両手を後ろに回して立っていた。そのそばには、優衣が座る椅子がある。椅子は回転させられ、優衣は真悟の方を向いていた。

真悟は堂本の足元に金属バットとサバイバルナイフが転がっていることに気づく。

あれで襲うつもりか？　真悟は内心ほくそ笑んだ。堂本は身長こそ高いが、細身でそれほど腕力があるようには見えない。金属バットやナイフなら、十分に対応できる。

「このビル、おあつらえ向きだと思わないですか？　倒産して、取り壊すお金も途中でなくなって、こんな状態で放置されたらしいですよ。危ないですよね。ここから落ちたら、さすがにひとたまりもない」

堂本は優衣の椅子に手をかけ、揺らす。優衣の顔が恐怖でこわばった。

「やめろ！　お前が恨んでいるのは俺なんだろ。なら、俺を痛めつければいい」

真悟が言うと、唐突に堂本の顔の筋肉がいびつに歪んだ。

「そうだ、全部お前のせいだ！　お前のせいで俺の人生はめちゃくちゃになったんだ！」

目を血走らせながら叫ぶ堂本を、真悟は観察する。さっきまで子供のようにはしゃいでいたと思ったら、急に激高した。精神的にかなり不安定だ。

特殊班時代に叩きこまれた交渉術の経験が、いま取るべき行動を真悟に教える。

「逆恨みするなよ。お前は法を犯したんだ。その償いをするのは当然だろ」

真悟は挑発的に言う。怒りをあおり、堂本の意識を優衣から自分に移させるために。

「あれは友達に頼まれてしかたなかったんだ！　大した金ももらっていなかった。俺はある意味、被害者だった。なのにあんたは、俺を逮捕して犯罪者みたいに扱ったんだ」

かかった！　真悟はさらに挑発を続ける。

「みたいじゃなくて、お前はれっきとした犯罪者だよ。有罪判決を受けただろ。医学部を退学になったのも、家を追い出されたのも、全部自業自得だ」

「違う！　全部お前だ。お前が俺の人生をめちゃくちゃにしたんだ。ようやく新しい人生を送れるはずだったのに……」

堂本のセリフが支離滅裂になっていく。そのとき、恐怖に耐えきれなくなったのか、優衣が猿轡の下で声を上げた。堂本は素早く振り返って優衣を見る。

「しかし、まったく気づかなかったよ」

真悟は慌てて声を張り上げた。堂本の意識が優衣に移ることは避けたかった。

「あの塾で会った講師が、昔に逮捕した男だったなんてな。というか、さっき殺人班の刑事から聞くまで、お前みたいな小物のこと、きれいさっぱり忘れていた」

「……あのとき、お前を殺してやりたかった。あのときは耐えられたけど、もう限界だ。お前が俺の人生を破壊した。お前さえいなければ、こんなことにならなかったんだ！」

堂本は吠えると、背中に隠していた手を前に回す。その手に握られていたものを見て、真悟の頬が引きつる。武骨なカメラが取りつけられたヘルメットのような器具。特殊班時代、訓練でよく使用したものだった。

暗視ゴーグル。わずかな光を何倍にも増幅し、暗闇を見通すための機器。

しまった！　走ろうとした瞬間、背中に焼けつくような痛みが走った。疼痛の発作。なんでこんなときに。激痛に足を縺れさせる真悟の十メートルほど先で、堂本はしゃがみこむと、足元のランタンを消す。周囲が闇に支配された。漆黒の中、真悟は必死に目を凝らす。しかし、自分の手すら満足に見ることはできなかった。

足音が鼓膜を揺らし、真悟は顔を上げた。堂本が近づいてくる。暗視ゴーグルを装着して、こちらの姿をはっきりととらえている堂本が。

真悟は慌てて両手をあげ、頭部を守る。その瞬間、左の脇腹に強い衝撃が走った。肋《ろっ》骨《こつ》が悲鳴を上げ、内臓が歪む。体がくの字に折れた。

腹を押さえて苦痛に耐えていると、今度は向《む》こう脛《ずね》に硬いものを叩きつけられた。脳天まで響く痛みに膝をつくと、今度は背中を殴りつけられた。真悟はその場に倒れこむ。

「全部お前が悪いんだ！　お前がいなければ、すべてがうまくいっていた！　俺は医者になって、どこかで奈々子と会って、幸せに生きていたんだ！」

闇の中から、金切り声が響く。

「なに言っている！　佐和奈々子はお前に利用され、捨てられたんだろうが！」

「違う！　俺は奈々子を愛していたんだ。心の底から愛していたんだよ！　それなのにお前のせいであんなことに……。お前のせいで奈々子は死んだんだ！」

裏返った堂本の叫び声とともに、肩、腹、腕へと打撃が加えられる。真悟は体を丸くして次々と襲い掛かってくる衝撃から、必死に急所を守る。おそらく金属バットでめった打ちにされているのだろう。殴られるたび骨が軋み、肉がひしゃげた。

もはや堂本は我を失っている。警察に正体を知られた焦り、そして復讐相手が目の前にいるという興奮で恐慌状態に陥っているのだろう。

いや、もともと堂本は正気ではなかったのかもしれない。堂本の絶叫を聞きながら、真悟は考える。この男は佐和奈々子を愛していたと言った。自らの復讐のために操り人形とし、最後には首を切り裂いた少女を愛していたと。

麻薬の売買により逮捕され、人生が一変した十年間。その時間が、堂本の心に怪物を生んだのだろう。ゲームマスターという名の怪物を。

復讐心を糧に成長を続けた怪物は、堂本をあの恐ろしい犯行に走らせ、そしていま堂本を飲みこもうとしている。真悟の胸に、ほんのかすかに堂本に対する同情心が芽生える。そのとき、打撃の雨が止《や》んだ。亀のように体を丸めていた真悟は、横から押されて上を向く。堂本に足蹴にされ、転がされたのだろう。闇に慣れてきたのか、仰向けになった真悟の目が、かすかに人の輪郭をとらえた。

「まだ終わりじゃないよ、上原さん。本番はこれからだ」

息を切らした堂本の声が降ってくる。まだ堂本に自分を殺すつもりがないことは、真悟は分かっていた。もし殺すだけが目的なら、バットなどではなくナイフを使えばいい。なんとか時間を稼ぐんだ。そうすれば、必ずチャンスがやってくる。

耳を澄ました真悟は横を向いて、口の中に溜まった血を吐き出す。

「ねえ、上原さん。あんたはなにも分かっていないんだよ。これからが本番だ。あんたが絶望するのはこれからなんだよ」

はしゃいだ声が響くとともに、堂本が身を翻す気配がした。その瞬間、真悟は力を振り絞り、かすかに見える堂本のシルエットに向かって飛びかかった。

真悟は堂本の体に手を回す。堂本が何をしようとしているのか、予想はついていた。優衣を殺すつもりだ。そして、絶望している俺の命を奪うことで、このゲームは完結するのだろう。絶対にそんなことはさせない。奇声を上げながら暴れる堂本を、真悟は必死に引きずっていく。吹き抜けのある方向は分かっている。あそこまで行ければ四階分の高さから落とすことができる。堂本、……そして自分を。

自分だけ生き残ろうなどとは思っていなかった。あとわずかな時間しか残されていない命、堂本を道連れにして優衣を救えるなら、喜んで捨てるつもりだった。

真悟の意図を悟ったのか、堂本は必死に四肢をばたつかせる。

あと、少し。あと少しで吹き抜けだ。そう思ったとき、真悟のこめかみに激しい衝撃が走った。暴れていた堂本の肘が直撃したのだろう。脳が揺れ、腕の力が抜ける。

真悟の腕から堂本が逃れた。顔を上げた真悟の目に、拳を振り上げるシルエットがかすかに映る。顎に硬いものが叩きつけられ、一瞬意識が飛びかける。

背骨が抜かれたかのように力が入らなくなり、真悟はその場に崩れ落ちた。世界が揺れる。頭部への二発の打撃で、完全に脳震盪《のうしんとう》を起こしていた。

「ちくしょう、ふざけやがって！」

堂本の悪態を聞きながら、真悟は必死に体を起こそうとする。しかし、体が動かない。

視界が明るくなる。見ると、ひざまずいた堂本が再びランタンに光を灯していた。真悟は目だけ動かして、状況を把握する。自分が倒れている場所は吹き抜けのすぐそばだった。手を伸ばせば床の端に届きそうだ。二メートルほど離れた位置に堂本が立っている。そしてその奥には、椅子に縛られた優衣がいた。

堂本は頭部に装着していた暗視ゴーグルを剝ぎ取ると、立ち上がって真悟を睥睨《へいげい》する。

「こいつ、俺を道連れにしようとしやがった。いかれてやがる」

堂本は優衣に近づき、床のナイフを拾う。優衣の表情が恐怖に歪んだ。

「ようやく本番だよ、上原さん。これからあんたは本当の絶望を味わうんだ」

椅子の背中側に回った堂本は、ナイフで優衣の手首を縛りつけていた縄を切る。次に堂本は優衣の口に嚙ませていた猿轡を外した。

「立ってくれるかな」

背後から優衣の喉元にナイフを当て、堂本が囁《ささや》く。優衣は表情をこわばらせたまま、椅子から立ち上がった。堂本と優衣はゆっくりと、倒れている真悟に近づいてくる。

「もう……いいだろ。俺を殺せ。そして、優衣は自由にしてやってくれ」

真悟は動きの悪い舌を必死に動かして、堂本に懇願する。堂本の顔に、虫をいたぶる幼児のような残酷な笑みが浮かんだ。

「いいから黙っていなよ、上原さん。言っただろ、これからが本番だって。黙って、これからなにが起こるか、楽しみにしていてよ」

堂本は視線を真悟から、優衣に向ける。

「さて、優衣ちゃん。上原さんに言うことはないかな？」

優衣の喉にナイフを当てたまま、堂本は促す。優衣の震える唇がゆっくりと開いた。

「……お父さん」

その言葉を聞いた瞬間、全身に電撃が走った気がした。優衣にそう呼ばれたのは何年ぶりだろうか。視界が滲んでくる。

「ほら、他に言うことは……」

そこまで言ったところで、堂本ははっと顔を上げる。

ようやく来たか！　真悟は歯を食いしばると、自らの右足首に手を伸ばした。鼓膜を揺らす聞き慣れた音が大きくなっていく。

「お前、警察を呼んだのか⁉」

堂本が叫ぶ。無数のパトカーが鳴らすサイレン音を聞きながら、真悟は口角を上げた。

自分一人だけで優衣を救い出せれば、それに越したことはなかった。しかし、失敗した場合、警察の介入があったほうが明らかに優衣の助かる可能性が高い。だから二時間ほど前、真悟は近衛にメールで優衣が誘拐されたこと、一人で狛江市のある場所に来るように脅迫されていることを伝えた。そして、廃墟に入る寸前、真悟はこの場所の住所を近衛に送信していた。

スマートフォンは電源を入れたまま、一階に脱ぎ捨てたコートの内ポケットに入っている。微弱電波をたどれば、自分がここにいることは確認できる。そうなれば、近衛は間違いなく特殊班をここに派遣してくれる。そう信じていた。

そして計画どおり、絶妙のタイミングで彼らはやってきてくれた。

「もう諦めろ、堂本。お前は逃げられない」真悟は横になったまま声を張り上げる。

「うるさい！　黙れ！　もともと逃げるつもりなんてないんだよ！　お前を殺せさえすれば、あとはどうなってもいいんだ！」

堂本は声を張り上げる。そう答えることは予想していた。

特殊班に包囲されたからといって、この男が計画を、最後のゲームをやめようとするはずがない。しかし、隙なら作れるかもしれない。真悟は靴の中で足の指先を動かし、脳震盪からの回復具合を確認する。

いける！　そう思ったとき、窓から回転灯の赤い光が差しこんできた。

「畜生！　ふざけやがって！」

堂本の視線が、一階の入り口辺りに注がれる。その瞬間、真悟は靴下に挟んでおいたものを抜きながら跳ね起きた。一瞬反応が遅れた堂本は、大きく目を見開きながらナイフを振ろうとする。しかし、その前に真悟は手にしたものを、堂本の首に突き立てた。

苦痛の声を上げながら、堂本は左手で首に刺さったものを取ろうとする。十センチほどの長さの鋭いガラス片を。この階まで上がってくる途中、真悟は床に落ちていた大きなガラス片を靴下の中に隠していた。いざというときに、武器として使うため。堂本に殴られているときも、その最後の武器だけは壊されないよう、体を丸めていた。

どうだ？　真悟はふらつきながら堂本を見る。持ち手などないガラス片を武器に振ったので、自分の掌の皮膚も裂け、血が溢《あふ》れ出していた。

堂本は首に刺さったガラス片を抜く。首元からだらだらと血が流れるのを見て、真悟の表情がひきつる。頸動脈か気管を切断して、致命傷を与えるつもりだった。しかし、どちらにも届いていない。あの出血具合は静脈からのものだ。

堂本は優衣の体を押しのけると、ナイフを持つ右手を大きく振りかぶった。優衣が倒れるのを見ながら、真悟は腕を掲げる。振り下ろされたナイフの刃が、シャツごと真悟の左腕の皮膚と筋肉を切り裂いた。脳震盪の影響で足に力が入らず、真悟はその場に尻餅をついてしまう。すぐ後ろには吹き抜けが、大きな口を開いていた。

「殺してやる！　ぶっ殺してやる！」

血走った目をぎらつかせながら、堂本は逆手に握ったナイフを大きく振り上げる。もはや堂本の一撃を防ぐすべはなかった。真悟はランタンの光を妖しく反射する刃を呆然と見上げる。そのとき、堂本の背後に、人影が現れた。真悟は大きく目を見張る。そこに立っていたのは優衣、助けるべき最愛の娘だった。

「やあぁ！」

優衣が気合の声とともに堂本の背中を両手で押した。ナイフを振り上げた姿勢のままたたらを踏んだ堂本は、真悟の脇を通過すると、床の端で前のめりになる。

堂本は振り返って優衣を見ながら、必死にバランスを立て直そうとする。

「お前……」ナイフを掲げながら堂本は呆然とつぶやく。

いましかない！　真悟は転がって手を伸ばすと、堂本の踵《かかと》を思い切り払う。均衡を取り戻しつつあった堂本は片足を取られ、吹き抜けに向かって大きく傾いた。

堂本は助けを求めるような表情を真悟に向ける。真悟は堂本の瞳を見つめると、ゆっくりと口を開いた。

「ゲームオーバーだ」

その言葉と同時に、堂本の体がぐらりと揺れ、そして深淵《しんえん》へと引きずりこまれる。

断末魔の叫び声が小さくなっていき、やがてどんっという重い音が響いた。

真悟は這うようにして床の端から身を乗り出し、階下を覗きこむ。首がおかしな方向に曲がった堂本の体が、入り口から差しこむ赤色灯の光にうっすらと浮き上がっていた。

終わった。これで全部終わったんだ。真悟は体を反転させ、仰向けになる。全身から力が抜けていく。安堵と疲労でもはや指一本さえ動かしたくはなかった。

「お父さん！」優衣が覆いかぶさるように抱きついてきた。

「大丈夫、もう大丈夫だ」

優衣の震える体に腕を回す。優衣は真悟の首筋に顔をうずめたまま、何度も頷いた。

「お父さん、ありがとう。お父さん……」

優衣に〝お父さん〟と呼ばれるたびに、温かい満足感が胸に満ちていった。

俺はあの男とのゲームに勝ち、一番大切なものを守ることができた。

なにやら外から拡声器を通した声が響いてくるが、真悟には聞き取れなかった。

真悟は幸せを噛みしめつつ、ただ優衣の柔らかい髪を撫で続けた。

9

『それで真悟君、体調の方はどうなの？』

スマートフォンから、はきはきとした女性の声が響く。

「ああ、もう二週間も経っているからな。手の怪我《けが》の抜糸も済んだよ。まあ、肋骨にひびが入っているから、ときどき痛むけどな」

『そうじゃなくて、なんていうか……あっちの方よ』

「ああ、癌の方か。それもまあ、悪くはないさ」

嘘ではなかった。二週間前までに比べて、体調は明らかによくなっていた。背中の痛みも最近はほとんど感じない。主治医の話では、この二週間は腫瘍の増大も見られないらしい。余命が大きく延びるということはないだろうが、悪くない兆候だということだ。

『そう、それならよかった。ねえ、もしなにか困ったことがあったら、なんでも言ってね。できる限りのことはするからさ』

「ああ、ありがとう。亜紀」

真悟は元妻に向かって礼を言う。二週間前、優衣が誘拐されたという報告を受けた亜紀は、出張先のシンガポールからすぐに東京に戻ってきた。事情を聞いた亜紀は、涙を流しながら、優衣を救ってくれたことを真悟に感謝した。その後、亜紀は優衣が落ちつくまで一緒に過ごし、一昨日再びシンガポールへと戻っていった。

『けど、こうしてまた、真悟君と普通に喋れる日が来るなんて思っていなかったな。なんかさ、お互い意地になっていただけなのかもね』

亜紀は感慨深げに言う。真悟は「ああ、そうかもな」と笑みを浮かべると、コーヒーを一口飲んだ。御茶ノ水にある寂れた喫茶店、そこで人を待っているときに亜紀から国際電話がかかってきたのだ。

『でもさ、こんなこと言うの不謹慎かもしれないけどさ、二週間前に真悟君の顔を見たとき、私、驚いちゃったんだよね。昔の真悟君に戻っているって』

「昔の？」

『うん、そう。刑事時代の真悟君。なんていうか、ギラギラして、輝いていた頃の』

「そんなにギラギラしていたか、俺？」

苦笑を浮かべつつ、そうなのかもしれないと思う。事件の起こったあの日、楓からの電話がかかってくるまで、自分は死人のようだった。再びゲームマスターを追うという目的ができて、俺は生きる意味を見出すことができたのだ。

『ねえ、今度はいつ優衣と会うの？』

「ああ、とりあえず、明後日あたり一緒に夕食をする予定だよ」

頬が緩む。あの日から、真悟は二日とおかず優衣と会っていた。優衣に赦してもらい、再び〝父娘《おやこ》〟に戻れたことが、真悟にはこのうえない幸せだった。

電話から、亜紀の含み笑いが聞こえてくる。

『真悟君が元に戻って一番喜んでいるのは、間違いなく優衣よね』

「え？　どういう意味だ？」真悟は目をしばたたかせる。

『ああ、やっぱり真悟君、気づいていないんだ。ねえ、なんで私が二年半前、離婚を切り出したか分かってる？』

「分かっているよ。抜け殻になった俺に愛想を尽かしたからだろ」

『ううん、不正解。あのときなら、優衣を取られないと思ったからよ』

「優衣を取られない？　なんの話だよ？」

『あのね、生ける屍《しかばね》みたいになっていた真悟君に失望したのは、私じゃなくて優衣だったのよ。あのタイミング以外で離婚したら、優衣は間違いなく私じゃなくて真悟君と生きていくことを望んだ。優衣にとって、真悟君はヒーローだからね』

「俺がヒーロー？」背中がかゆくなり、真悟は身をよじった。

『そう、優衣にとって真悟君はずっとヒーローだったのよ。あんなお父さんにべったりの子、なかなかいないんだから』

「そんなもんか……？」

『そんなものよ。ねえ、優衣ってものすごくモテるって知ってる？』

「なんの話だよ？」

『真悟君は知らないだろうけど、あの子、中学生ぐらいからカリスマ的な存在だったのよ。私に似て顔が整っていて、背が高くて、頭がとってもいいし、あとスポーツも万能なのよ。あっ、あの子がものすごく歌うまいの知ってた？　もうプロの歌手も顔負け』

「優衣が君に似て、優秀なのは十分知ってるよ」真悟は苦笑を浮かべる。

『そう、優衣はすごく優秀なんだけど、それ以上にあの子には人を惹きつける才能があるの。いつも取り巻きみたいな子たちが周りにいて、すごく慕われていた。男からだけじゃなくて、女の子からもよくラブレターもらっていたのよ』

「女の子からも？」困惑で真悟の眉が上がる。

『そう、女の子からも。あの子がそれだけ魅力的だったってこと。けど、優衣はずっと恋人を作らなかった。なんでだと思う？』

「分かるわけないだろ」

『やっぱり真悟君って鈍感よね。お父さん以上に素敵な人がいなかったからよ』

亜紀はくすくすと笑う。真悟は思わず「はぁ？」と声を漏らしていた。

『だからね、簡単に言えばあの子、重度のファザコンなの。真悟君のことが好きで好きでしょうがなかったのよ』

真悟はなんと答えていいか分からず、黙りこんでしまう。

『そんなあの子だから、魂が抜けた真悟君を見ているのが苦痛だったの。離婚後、あなたにあまり会おうとしなかったのも、それが理由』

「そう……なのか」

『けど、いまの優衣は本当に幸せそう。当然よね。真悟君が昔みたいにかっこよくなって、しかも自分の命を救ってくれたんだから。あの子のヒーローが戻ってきたのよ』

「いや、そんな……」気恥ずかしくなって、真悟は言葉を濁す。

『だから真悟君。できるだけ優衣と一緒にいてあげて。あの子にとって、真悟君と過ごす時間は、なにより大切な思い出になるから』

亜紀の声が少し震えた。哀《かな》しげに微笑む元妻の顔が見えた気がした。

「もちろんだよ。亜紀、ありがとうな」

『こちらこそ。あっ、そろそろ仕事に戻らなきゃ。じゃあ真悟君。また連絡するから』

「ああ、またな」

通話を終えてスマートフォンをテーブルに置くと、真悟は大きく息を吐いた。優衣の気持ちを知れて嬉しかったが、なんとも気恥ずかしかった。明後日、どんな顔をして会えばいいのか分からない。気持ちを落ちつかせようと、真悟がコーヒーをすっていると、喫茶店の扉が開き、糊《のり》の効いた背広を着た壮年の男が店内に入ってきた。

「近衛さん」

真悟は店内を見回す特殊班担当管理官、近衛司に声をかける。真悟を見つけた近衛は軽く手を上げて近づいてきた。

「怪我の具合はどうだ？」

ウェイトレスにブレンドを注文した近衛は、向かいの席に腰掛ける。

「ご心配なく。こんな見た目ですが、かなり回復しました」

まだ包帯を巻いている右掌を見せた真悟は、声を低くする。

「それで、事件について教えていただけますか」

今日、近衛から事件の顛末《てんまつ》についての報告を聞くことになっていた。近衛はどこから話そうか迷っているのか、一瞬視線を彷徨わせると、咳ばらいをした。

「とりあえず、佐和奈々子に対する誘拐殺人、加山君に対する殺人、お前の娘さんに対する誘拐、そしてお前に対する殺人未遂の容疑について、堂本駿平を被疑者死亡で書類送検することになった」

「そうですか」真悟は重々しく頷く。

予想どおりのことだったが、近衛から直接報告を受けると、感慨深いものがあった。

「それをもってこの事件の捜査は終了ということになる。まあ、特捜本部を仕切っていた横さんとかは、『また容疑者に死なれちまった』と文句を言っていたけどな」

「たしかに横森管理官としては、たまったものじゃないでしょうね」

真悟が肩をすくめると、近衛の顔に渋い表情が浮かんだ。

「止《とど》めを刺した本人が、他人事みたいに言うな」

「すみません。けれど、しかたがなかったんですよ。あのときは」

重力に引かれてゆっくりと傾いていく堂本の姿を思い出し、真悟は唇を固く結ぶ。

「それはみんな分かっているよ。だから、お前は不起訴になっただろ」

「取り調べはかなりきつかったですけどね」

真悟は苦笑を浮かべる。つられたように近衛も笑みを見せた。

「堂本の周辺は調べたんですよね。あいつがゲームマスターだっていう証拠は、ちゃんと見つかりましたか？」

真悟が質問を重ねると、ウェイトレスがやってきて、近衛の前にコーヒーカップを置いた。近衛はブラックのまま一口含む。

「堂本の部屋からは佐和奈々子のDNAが大量に検出された。佐和奈々子が堂本のアパートに入り浸っていた証拠だ。ただ、パソコンも調べたが、そこには犯行を示すような形跡はなかったということだ。あと、本人のスマートフォンも見つかってはいない。自分が疑われていることを知った時点で処分したのかもな」

そこで言葉を切った近衛は、真悟に視線を向けた。

「あと、堂本がお前を切りつけたナイフが、加山君を刺した凶器だと証明された」

「楓を……」真悟の表情がこわばる。左腕の傷がずきりと疼いた。

楓の葬儀は先週実家のある山形で行われた。家族葬ということで、真悟をはじめとする警察関係者は、葬儀に参加することができなかった。

「墓の場所は分かっているんだろ。落ちついたら報告にいってやれ。加山君も喜ぶ」

「……はい」テーブルの上に視線を落としながら、真悟は震える声で答えた。

「さて、ここからが本題だ」

近衛は軽く身を乗り出す。真悟は「本題？」と顔を上げた。

「そうだ。四年前の女子中学生誘拐殺人事件についてだ」

「それも堂本の犯行だっていう証拠は見つかりましたか？」真悟の表情が引き締まった。

「いや……」近衛は首を左右に振る。「四年前の事件は堂本駿平の犯行ではなかった」

「え!?　なにを言っているんですか!?」声が裏返る。

「いや、あの事件については、堂本のアリバイが確認された」

「アリバイ……？」真悟は呆然《ぼうぜん》とその言葉をつぶやく。

「ああ、四年前の事件が起こった際、堂本はその頃に勤めていた塾の勉強合宿に参加していた。場所は北海道で、堂本は朝から夜まで授業を行っていたということだ」

「アリバイ工作の可能性はないんですか？」

「ないな。しっかり記録を当たったし、その合宿に行った他の講師たちにも確認した。四年前、被害者の少女が誘拐されてから遺体が発見されるまでの間、堂本は北海道にいた。あの犯行に堂本はかかわっていない」

「そんな……、じゃあ、四年前の事件は誰が？」真悟は混乱する頭を押さえる。

「従来考えられていたとおり、桃井一太の単独犯だった。それが我々の結論だ。四年前の事件で君が打ちのめされたことを、どこかで知った堂本は、それを利用して君に復讐しようと考えた。そして今回の誘拐事件の計画を立て、実行に移した」

「待ってください！　そんなはずない！　堂本は間違いなくゲームマスターでした。あいつは四年前、俺とゲームマスターが交わした会話、俺とゲームマスターしか知らないはずのことを知っていたんですよ」

「それについてはお前の勘違いか、偶然だったんじゃないか？」

「偶然って、そんな適当なことで……」

椅子から腰を浮かして抗議しかけた真悟は、近衛の鋭い視線に貫かれて口をつぐむ。

「適当でもしかたがないんだ。被疑者が死亡しているんだからな」

被疑者が死亡した場合、その後は最低限の捜査しか行われず、曖昧なまま事件は幕が引かれる。重大事件は日々発生し、そして警察のマンパワーは限られているのだ。

「飲みこめよ、上原。今回の事件のホシが堂本駿平だったことは間違いない。そして、その男はもうこの世にはいない。それで十分じゃないか。あんな男にこだわるより、もっと大切なことに気を向けたほうがいい。例えば……娘さんとの時間とかな」

諭すように近衛が言う。しかし、真悟はすぐには頷くことができなかった。近衛はカップに残っていたコーヒーを一気にあおると、立ち上がって伝票を手に取った。

「俺はそろそろ行くよ。仕事が溜まっているからな。ここは俺が払っておく」

慎吾は顔を上げることなく、「……ありがとうございます」と硬い声でつぶやいた。

出口に向かいかけた近衛が、足を止めて振り返る。

「ああ、そうだ。一つお前に伝えておかないといけないことがあった」

真悟は力なく顔を上げた。

「加山君のことだ。亡くなる寸前、加山君はお前に電話をしようとしたらしい。地図と一緒に落ちていたスマートフォンに、お前の電話番号が表示されていたということだ」

「俺に電話を？　いったいなんで？」

「さあな。それが分かるとしたら、きっとお前だけだろ。俺が彼女について言えるのは、素晴らしい刑事だったということだけだ」

真悟は目を閉じる。脳裏に幸せそうに微笑む楓の姿が浮かんだ。

「ええ、……素晴らしい女性でした」


くぐもった歌声が響き渡る。狭いホールの後方に立ち、騒音にしか聞こえない音楽を全身に叩きつけられながら、真悟は細かく飛び跳ねている客たちを眺めていた。その多くがまだ学生であろう少女たちで、彼女らが発する熱気でホールは汗ばむほどだった。

かなり客入りがよくなったじゃないか。ステージで演奏しているマスクをした四人組の少女たちを見て、真悟は口元を緩ませる。

先日、CDを購入することと引き換えに、佐和奈々子について話してくれたMASKというバンド。近衛と別れた数時間後、真悟は渋谷のライブハウスでその演奏を聞いていた。三日前、バンドのリーダー格であるメイという少女から、またライブをやるのでよかったら聞きにこないかと連絡があったのだ。

汗をはじけさせながら必死に演奏するバンドのメンバーたちを眩しそうに目を細めながら眺め続けた真悟は、演奏が終わりホールの客がはけたあと、前回と同じようにステージ裏の楽屋に向かった。

「あっ、おじさんじゃん！」ノックして楽屋に入ると、メンバーたちから歓声が上がる。

「久しぶり。今日は満員だったな。すごいじゃないか」

「おじさんのおかげだよ。この前、買ってくれたCDさ、ファンの子たちに無料で配ってみたんだよ。そしたら、それが話題になって急に人気出てきたの」

近づいてきたメイが、真悟の手を取ってぶんぶんと上下に振る。

「こんなに客入ったの、このマスクスタイルで演奏をするようになってから初めてだよ！　昔を思い出しちゃった」

「昔？　昔はいつもこれくらい入っていたのかい？」

真悟が反射的に訊ねると、はしゃいでいたメンバーたちが急に黙った。部屋に微妙な空気が流れる。なにか答えにくい質問をしてしまったのかもしれない。

「一年位前まで私たち、カリスマバンドだったたって言ったじゃん」

「ユメキスってバンド名だった頃のことかな？」

メイの言葉を聞いて、真悟は佐和奈々子の部屋に貼ってあったポスターを思い出す。きっと佐和奈々子も、その〝熱狂的なファン〟の一人だったのだろう。

「そう、その頃。色々あって人気落ちていたんだけどさ、やっと盛り返してきたよ」

人気が落ちたから、マスクをつけて演奏しはじめ、バンド名もＭＡＳＫに変えたんだったな。しかし、どこからマスクをつけて演奏するなどという突飛なアイデアが出てきたのだろう？　興味はあったが、なんとなく訊ねづらい雰囲気だった。

「なんにしろ、ライブの成功おめでとう。この調子ならきっと昔よりも人気が出るよ」

真悟が言うと、少女たちは満面の笑みを浮かべた。

「ねえ、おじさん。再来月もライブやる予定だからさ、よかったらまた聞きにきてよ」

再来月か、そのとき俺は、まだライブに来られるような状態なのだろうか……。

屈託ない笑みを浮かべているメイに向かって、真悟は曖昧に頷いた。


冷たい風が首元から体温を奪っていく。真悟はコートの襟元を合わせる。

ライブからの帰り道、駅から自宅マンションに向かって夜道を歩きながら、真悟は昼に近衛と交わした会話を頭の中で反芻していた。

四年前の事件に堂本駿平はかかわっていなかった。それがいまだに信じられなかった。今回の事件と四年前の事件のゲームマスターは別人だというのか？　そんなことがあり得るのだろうか？　堂本駿平と桃井一太はグリーングリーンで繋がっていた。つまり、堂本は四年前の事件のことを桃井から詳しく聞いていたということだろうか？

どうにもすっきりしない。真悟はがりがりと髪を掻き乱す。

分からないことはそれだけではない。佐和奈々子の遺体が見つかったあと、ゲームマスターは電話で、ゲームに失敗したから人質を殺したと言った。つまり、真悟が出した皇居という解答を不正解だと言ったのだ。

『君は本当の答えを見つけられなかったんだよ。すぐそばにある本当の答えをね』

あのときゲームマスターが囁いた言葉が耳に蘇る。〝本当の答え〟、それはいったいなんだったのだろう。〝真ん中にある五角形〟とは？

分からないことが多すぎる。真悟は足を止めて天を仰いだ。空気が冷たく澄んでいるせいか、東京の空だというのに、いくつもの星が瞬いている。

堂本駿平が死んだいま、もはやすべての謎が解き明かされることはないのだろう。近衛の言うとおり、もう忘れた方がいいのかもしれない。堂本駿平、そして桃井一太、この二人が死んだいま、ゲームマスターはもはやこの世に存在しないのだから。

正面を向いた真悟は再び歩きだす。自宅マンションはもうすぐそこだった。

楓は刺される寸前、なぜ俺に連絡をしようとしたのだろう。近衛から聞いた楓の最期の状況を思い出し、彼女との記憶が蘇る。鼻の奥が熱くなり、真悟は目元を押さえた。

もしかしたら、楓はなにかに気づき、それを俺に伝えようとしていたのではないだろうか？　ふとそんな考えが頭に浮かぶ。刺された楓のそばには、スマートフォンとともに地図が落ちていたらしい。もしかしたらその地図を見て……。

二人で過ごした最後の夜、楓と交わした会話を思い出す。たしか楓は、なぜ最後にゲームマスターが佐和邸に戻るように指示したか分からないと言った。

俺が佐和邸に戻された理由と地図。真悟は東京二十三区の地図を思い浮かべる。

俺は池袋、豊洲、代々木八幡、そしてスカイツリーの立つ押上《おしあげ》を結んでできた四角形の中心付近に位置する皇居こそ〝真ん中にある五角形〟、ゲームマスターが探せと指示した場所だと思った。しかし、それは違っていた。もしかしたら、それらに佐和邸のある白金を含んだ五ヶ所を結んで〝五角形〟を作るということなのだろうか？　そのために、ゲームマスターは佐和邸に戻るよう俺に指示したのか？

しかし、それではあまりにも範囲が大きすぎるし、〝真ん中にある〟という言葉の意味が分からない。

それなら……。頭の中の地図上で自分が回った場所をたどっていた真悟は足を止め、大きく身を震わせた。

「順番……」無意識に口から言葉が漏れる。

そう、順番だ。自分が回った五ヶ所の順番。そこに意味があるとしたら……。

真悟はアスファルトを蹴って自宅マンションに向かって走りだした。

息を切らせながら自室についた真悟は、靴を脱ぐこともせず部屋に走りこみ、電灯をつけると、酸素をむさぼりながら本棚の前に立つ。額から滴る汗を拭う余裕もなかった。

すぐに目的の本は見つかる。『大判　東京二十三区地図』。

机の上に二十三区全体が描かれているページを広げた真悟は、筆立てから赤いボールペンを手に取り、そのペン先を白金、佐和邸のある場所に当てた。

「まずは……白金から池袋」

息を整えながらつぶやくと、真悟は白金から池袋まで直線を引いた。

「そして、豊洲……」

池袋から豊洲へと線が伸びる。

「代々木八幡、そしてスカイツリー」

豊洲から代々木八幡、そして代々木八幡から押上と線を引いていくにつれ、真悟は自分の想像が正しかったことを確信する。

「……だから、佐和邸に戻るように俺は指示された」

最後にスカイツリーから白金へと線を引くと、真悟はペンを脇に置き、呆然と地図を眺める。そこには赤色の線で五芒星《ごぼうせい》が描かれていた。そして、一筆書きで書かれた五芒星の中心には、きれいな五角形が浮かび上がっている。

「これが〝真ん中の五角形〟……。ゲームマスターが探せと指示してきた場所……」

きっと楓はこの五芒星に気づいたのだろう。そして、そのことを俺に伝えようとした。

しかし、『真ん中の五角形を探せ』とはどういうことだ? 真悟は両手で頭を抱える。

地図に浮かび上がった五角形の中には、千代田区の大半と港区の一部が含まれている。

そんな広い範囲を探すわけにはいかないだろう。

もう少し、もうほんの少しであのゲームの答えにたどり着く。それにもかかわらず、

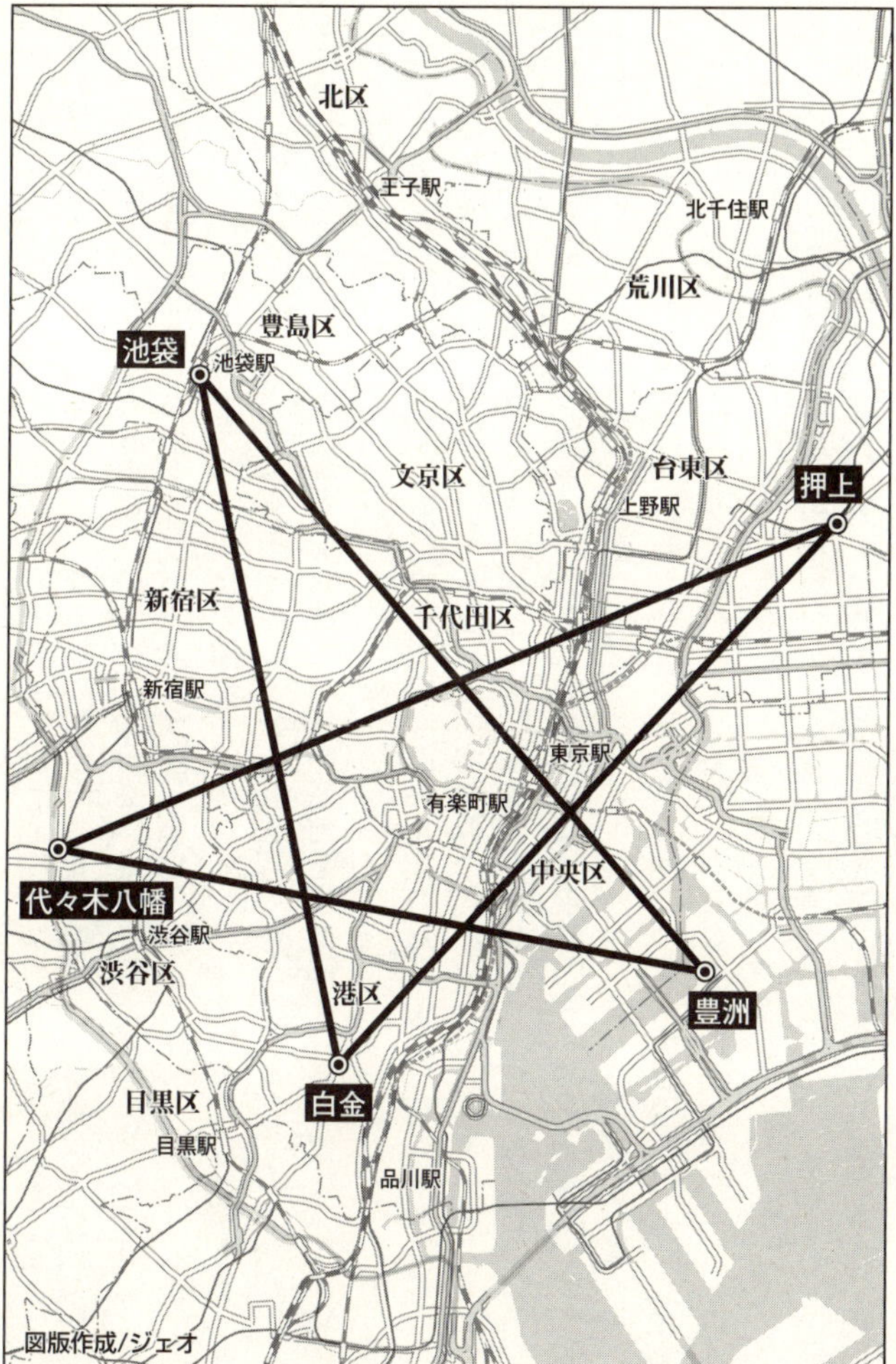
北区
王子駅
北千住駅
荒川区
豊島区
池袋
池袋駅
文京区
台東区
押上
上野駅
新宿区
千代田区
新宿駅
東京駅
有楽町駅
中央区
代々木八幡
渋谷駅
渋谷区
港区
豊洲
白金
目黒区
目黒駅
品川駅
図版作成/ジェオ

胸の中では高揚感ではなく、粘つくような不安感が湧き上がっていた。

この謎は解くべきじゃない。そんな本能の警告を無視しながら、真悟は事件について考えようとする。しかしなぜか頭に浮かぶのは、さっきライブを聞いたバンドのことだった。脳が暴走しているかのようにパルスを交換し続ける。

どうして、彼女たちはマスクをつけて演奏していたのか？　俺はあんな演奏スタイルだから、彼女たちがＭＡＳＫと名乗っているのだと思っていた。けれど、もしかしたら逆だったのではないか。真悟はバンドメンバーの名前を思い出す。

メイ、アカネ、スズ、キッコ。

四人の名前をローマ字で記した際の頭文字、それを並べると……〝ＭＡＳＫ〟。

彼女たちは、自分たちのイニシャルを一文字ずつ取ってバンドの名前を付け、そこからインスピレーションを得て、マスクをしながら演奏するというスタイルを思いついたのではないだろうか？　そうだとしたら、なぜ一年ほど前にバンドの名前が変わったかも、人気が急に落ちたのかも想像がつく。メンバーが代わったからだ。

熱狂的なファンを惹きつけていたカリスマメンバーが、バンドを脱退した。それにより人気の凋落《ちょうらく》が起き、さらにバンド名を変えなくてはならなくなった。

わざわざバンド名を変更しなければならなかった理由は明白だ。前のバンド名も、メンバーたちの名前にちなんだものだったからだろう。

〝ユメキス〟というバンド名。メイ、スズ、キッコの最初の音がその名に含まれている。

ということは……。真悟は喉を鳴らして唾を飲みこむ。

一年前に脱退したそのメンバーの名は〝ユ〟からはじまるものだった。そのメンバーは若い女性で、人々を惹きつけるカリスマ性に溢れていた。そして、佐和奈々子はそのメンバーに心酔していた。

そのとき、頭の中で五芒星の映像がはじけた。強いめまいに襲われ、真悟はよろける。

あの誘拐事件の中で、俺は五芒星を見ている。

「まさか……、そんな……」

心臓の鼓動が痛いほどに加速していく。真悟はゆっくりと視線を机の抽斗へと落とすと、細かく震える手でそこを開ける。

そこにはチェーンが引きちぎられたペンダントが収められていた。

代々木八幡の喫茶店で突き返された、五芒星のペンダント。五芒星の各頂点を結ぶ銀のラインが形作る中心部の五角形には、きらきらと光る琥珀が埋めこまれている。

ゆっくりペンダントを取り出した真悟は、筆立てのペーパーナイフに手を伸ばした。

やめろ！　やめるんだ！　頭の中で本能が最大音量で警告を発する。しかし、手の動きを止めることができなかった。ペーパーナイフの刃先を琥珀と台座の隙間に差しこむと、力を込めて手首を返す。

拍子抜けするほど簡単に取り外された琥珀が落下し、乾いた音を立てて床で跳ねた。

しかし、真悟の目はフローリングを転がっていく琥珀を追うことはなかった。視線は琥かかれた紙片が、真悟は慎重にその紙片を取り出し、開いていく。そこには090からはじまる電話番号が、細かい字で記されていた。


珀の下から現れたものに吸いつけられていた。

琥珀が外れた台座部分、そこに小さく折りたたまれた紙がはめこまれていた。

「真ん中にある五角形を探せ……」

かすれ声でつぶやきながら、真悟は慎重にその紙片を取り出し、開いていく。そこには090からはじまる電話番号が、細かい字で記されていた。

これがゲームの正解……。視界から遠近感が失われる。その十一桁の数字が襲いかかってくるような気がした。

ポケットからスマートフォンを取り出した真悟は、紙片に記された数字を打ちこんだあと、通話ボタンに触れようとする。しかし、指がこわばって動かなかった。

唇を嚙み、目を固く閉じて真悟は指を動かす。すぐにコール音が聞こえてきた。

一回、二回、三回……。しかし、回線は繫がらない。数十秒経ってもコール音は響いたままだった。きっと、この数字には意味なんてないんだ。全部、俺の妄想だったんだ。そう結論づけて電話を切ろうとした瞬間、唐突にコール音が途切れた。真悟は耳にスマートフォンを当てたまま、息を吞む。

たしかに回線は繫がっている。しかし、相手はなにも言ってこなかった。

「……もしもし」自分のものとは思えないほど弱々しい声が、口から漏れる。

『やあ、上原さん』

その声を聞いた瞬間、視界がぐらりと揺れた。ボイスチェンジャーによって変換された甲高い声。

「ゲーム……マスター……」

『そうだよ、ゲームマスターだよ。やっと正解にたどり着いたんだね。上原さんなら、きっと気づいてくれると信じていたよ』

心から楽しそうに、電話の声は言った。

「違う！　お前が生きているはずがない。堂本駿平も桃井一太も、もう死んだんだ！」

喘ぐように真悟は叫ぶ。耳障りな笑い声がスマートフォンから響いた。

『僕は堂本駿平でも桃井一太でもないよ。この電話番号を見つけたんだ。もう気づいているんでしょ、上原さん。……僕の正体に』

「そんなわけない！　ゲームマスターは堂本駿平だ。四年前も今回も、あいつが犯人だったんだ！」

『ちがうよ。四年前の事件には、僕も堂本駿平もかかわっていないんだ。四年前の女子中学生誘拐殺人事件、あれは桃井一太の単独犯だったんだよ。ごめんね、上原さん。僕が四年前のゲームマスターと同一犯だって言ったの、あれは嘘だったんだよ。僕はいわば、〝ニューゲームマスター〟だったんだ』

「嘘だ！　俺とゲームマスターしか知らないはずのことを、お前は知っていた。お前はゲームマスター、四年前の事件の犯人だ！」

『上原さん。四年前の事件の犯人じゃなくても、そのことを知ることはできたんだよ』

「どうやってだ!? 本当にそんな方法があるなら言ってみろ！」

真悟は声を荒らげる。頭の中に浮かんでいる人物がゲームマスターではないという唯一のよりどころ、それを守ろうとして。

『……ノート』スマートフォンの向こう側から、囁き声が聞こえてくる。『上原さんは、事件についての全てを、事細かにノートに書いていた。そして、そのノートは普段、自分の部屋の金庫の中に隠してあった。上原さんが離婚して家を出るまで、僕はいつでも部屋に入って金庫の中にあるそのノートを見ることができたんだ。スペアの金庫の鍵が、本棚の上に置いてあることは知っていたからね。だから、四年前の事件について全部を知ることができた。上原さんと犯人だけの秘密も』

「でも、堂本はそんなこと……」

思考がまとまらないまま真悟がつぶやくと、相手の声に明らかな苛立ちが混じる。

『だから、堂本なんてどうでもいいんだよ。あいつは今回の計画のために、適当に選んだ駒なんだから』

「適当？ そんなはずない。あいつは十年前に逮捕されて、ずっと俺を恨んで……」

『いいや、あいつは上原さんのことを大して恨んでいなかったよ。二年前までね』

「なにを言って……？」

『あの男も上原さんのノートから見つけたんだよ。上原さん、四年前の誘拐だけじゃなく、十年前の麻薬事件のこともノートに詳しく書いていたでしょ。僕はそのノートをコピーしていたから、上原さんに逮捕された人たちを探すことができた。ネットで検索するだけで、かなりの人数が見つかったよ。いまの時代、みんなＳＮＳをやっているからね。そして僕はその中から堂本駿平をピックアップしたんだ。堂本は苗字を変えていたけど、ＳＮＳで友人関係を洗っていけば、彼が麻薬売買で逮捕された服部駿平だって簡単につきとめることができた。ＳＮＳって本当に便利だよね』

「なんで……、堂本を？」

『僕には昔から本能的に分かるんだ。どうやったら他人の行動をコントロールできるか、そしてどんな人間が支配し易《やす》いか。堂本を一日見て感じたよ。この男なら簡単に操り人形にできるってね』

バンドのメンバーとして多くのファンを魅了したカリスマ性。それは突き詰めれば、他人の行動をコントロールする能力から来ていたというのだろうか。真悟は言葉を挟むことができず、電話の相手が、ゲームマスターが語る内容に耳を傾け続ける。

『僕は家庭教師のバイトをはじめて、堂本の同僚になった。あの塾は、家庭教師の派遣もしていたからね。そして、堂本をゆっくりと洗脳していったんだよ。いまの自分の状況をみじめに思うように、そしてその原因となった世間を恨むようにね。時間をかけてゆっくりと、堂本の怒りを育て上げていったんだ』

「佐和奈々子は？　彼女もお前が洗脳したのか？」

『ああ、奈々子ちゃんね。僕の熱狂的なファンの中で、彼女が一番条件に合ったんだ。

家がお金持ちで、白金にあった。なかなか可愛《かわい》かった。そして思いこみが強くて、簡単にコントロールできた』

ゲームマスターは自慢話でもするように話し続ける。

『僕はまず、堂本と奈々子ちゃんを会わせたうえで、お互いに相手が運命の人だと暗示をかけた。簡単に二人はくっついたよ。そして、その交際が世間的には絶対に許されないものだ、もし他人にばれたらきっと引き剝がされるって二人に思いこませた。二人ともロミオとジュリエットになったみたいに、自分たちの関係に酔っていたよ』

笑い声が聞こえてくる。スマートフォンを持つ真悟の手に力が籠もった。

「そして、お前は佐和奈々子を焚《た》きつけた。狂言誘拐で金を得て、駆け落ちするように」

『あの子にプリペイド携帯の一つを渡して、いつも相談に乗ってあげていたんだ。二人が幸せになるためには、駆け落ちするしかないと思うように誘導してあげた。その資金を手に入れる方法として、狂言誘拐を吹きこんだんだよ』

「二人がホテルに入る写真を佐和家に送ったのも、お前なんだな?」

『うん、そうだよ。さすがに駆け落ちと狂言誘拐なんて大それたこと、簡単には実行しないからね。でもあの写真で、本格的に親に監視されはじめ、奈々子ちゃんは決意した。このままじゃ、いつか堂本と別れることになる。その前に計画を実行しようって。まあ、そう思うように僕がそそのかしたんだけどね』

「堂本はその計画には嚙んでいなかったのか？」

『堂本と二人で同時に消えたら、駆け落ちだってばれて見つかりやすくなる。それにもし失敗したら、大人である堂本にすべての罪がかぶせられる。奈々子ちゃんにはそう言って、堂本には計画を隠させたんだ。ああ、堂本は事件当日、家から出ないようにしておいたよ。あの男にアリバイがあったら、計画がめちゃくちゃになるからね』

「どうやって、そんなことを？」

『簡単だよ。「その日、家出していくかもしれない、だからずっと部屋にいて」、奈々子ちゃんにそう言わせたの。身代金を奪って消えたあと、落ちついてから連絡を入れて堂本を呼び寄せる。そういう計画だと奈々子ちゃんは思いこんでいたんだ』

手に入れるつもりもなかった身代金を運ばせたのは、その計画を真実だと佐和奈々子に思いこませるためか。真悟は唇を嚙む。

「かかってきた脅迫電話。あの中には、佐和奈々子が掛けていたものもあったんだな？」

『そう、どうしても僕が掛けられないときは、奈々子ちゃんが代わりにゲームマスター役を引き受けてくれたんだ。なかなか上手《うま》くできていたでしょ。何度も繰り返し予行演習したからね』

「そして最後に、佐和奈々子の首を切り裂いた……」

ゲームマスターは小さく忍び笑いを漏らすだけで、なにも答えなかった。

「マスコミに俺の情報を流したのもお前なのか？」

『そうだよ。なかなか僕を見つけてくれなかった罰ゲームとして。そして……あの女の居場所を見つけるためにね』

「楓か……」真悟の胸に鋭い痛みが走る。

『うん。だから上原さんの情報だけ流して、彼女の情報は流さなかったんだ。そうすれば、彼女がマスコミから上原さんを助けるかもって思った。彼女の部屋に上原さんが匿《かくま》われるかもってね。僕はどうしても、あの女の家が知りたかったんだよ』

聞こえてくる声が低くなる。その口調には明らかな怒気が含まれていた。

『……そして、僕が予想したとおりになった』

「どうして楓の住所が分かったんだ。俺を助けた楓は、猛スピードでバイクを走らせてマスコミをまいたんだぞ。尾行なんてできるわけない」

『手の中にあるものだよ、上原さん』

真悟は「手？」とつぶやくと、横目で耳元にあるスマートフォンを見る。

『いま使っているそのスマートフォン、それを設定してあげたのは誰だっけ？』

「……まさか」

『そうだよ、上原さん。ねえ、自分がどこにいるか、ずっと僕に知られているような気がしていなかった？　そのとおり、僕には全部分かっていたんだ。そのスマートフォンの中にはスパイアプリが仕込まれている。スパイアプリ、知ってる？　上原さんがどこにいるのか、誰と電話やメールをしたのか、全部僕のスマートフォンに情報が送られてくるんだよ。事件よりずっと前からね』

真悟は自分の両肩を抱くように身を縮める。

「なんで、楓にあんなことを……」

『私から真悟さんを奪ったからに決まっているでしょ！』

声量がボイスチェンジャーの限界を超えたのか、ハウリングを起こす。鼓膜に痛みが走り、真悟は顔をしかめた。

『あ、ごめんね。ちょっと興奮しちゃって。でもそういうことなんだ。分かるでしょ？』

すぐにゲームマスターの声は元の調子に戻る。

〝私〟、そして〝真悟さん〟……、ゲームマスターが口にした単語が示す意味から目を背けつつ、真悟は質問を続けていく。

「堂本が俺を殺そうとしたのは……？」

『ああ、そのことね。運命の人だと思いこんでいた奈々子ちゃんが死んで、堂本は絶望して放心状態だったの。ちなみに、上原さんが話を聞きにきたときは、刑事が普通の捜査に来たと思っていたみたい』

「……もしもあのとき、堂本が俺に十年前のことを言ったらどうするつもりだったんだ。もしくは、俺が昔逮捕した奴だって気づいたら」

『そんなことあり得なかった。堂本は名前を変えてまで十年前のことを隠したかったんだから。もし自分に麻薬関係の前科があるってことが知られたら、必死に手に入れた塾講師の定職もなくなってしまう。そのために、名前と外見を変えていた堂本に、上原さんが気づくはずもない』

たしかにそのとおりだった。真悟は口元に力を込める。阿久津から情報がくるまで、俺は十年前に逮捕した服部駿平のことなど、きれいさっぱり忘れていた。

『けどそのあと、上原さんのせいで奈々子ちゃんが殺されたっていう記事が出た。まあ、僕がリークしたんだけどね。僕はそれを堂本に見せることで、彼の上原さんに対する怒りを爆発させたの。二年間、私がずっと吹きこんで、熟成に熟成を重ねた濃厚な怒りを全部、上原さんに向けさせた。そして、それは簡単に殺意にまで昇華した』

事件の説明もクライマックスに差し掛かり、ゲームマスターの声に興奮が滲んでくる。

『「この男を殺してやる！」って叫んだ堂本に、僕は協力を持ち掛けたんだよ。僕と上原さんの関係を説明してね。堂本は驚いたみたいだけど、僕を疑うことはなかった。二年間でそれだけの信頼を得ていたし、怒りで頭が回らなくなって、冷静な判断ができなくなっていたから。馬鹿だよね、普通に考えたらそんな偶然あるわけないのに』

小馬鹿にするように、鼻を鳴らす音が聞こえる。

「いくら冷静さを失っていても、お前が俺の殺害に協力するなんて言ったら、おかしいと思うはずだろ」

真悟は必死にゲームマスターの言葉の矛盾点を突こうとする。そうしなければ、残酷な現実に耐えられそうになかった。

『それは大丈夫。二年前からことあるたびに、僕は堂本にとある人物のことを愚痴っていたから。子供の頃、その人に虐待された。殺してやりたいぐらい恨んでいるって』

真悟の表情が歪む。その気配を察したのか、ゲームマスターは楽しげに笑った。

『そんなに動揺しないでよ、上原さん。あくまで堂本を信じこませるためのでまかせだってば。まあ、そんな感じで堂本に協力を申し出た僕は、ある作戦を提案したんだ』

「……ゲームマスターを名乗って俺をおびき寄せ、殺すっていう作戦か」

『そう、そのとおり。二年間の洗脳で私の言いなりになっていた堂本は、なんの疑いもなく私の計画に参加した』

あの吹き抜けに落ちる前、ほとんど動けなくなった俺に堂本がなにを伝えようとしていたのか、ようやく分かった。自分はゲームマスターなんかじゃない。そして……助けにきた人質こそ、実はすべてを計画した主犯なのだと。

そう伝えて俺を絶望させたうえで、とどめを刺すつもりだったのだろう。けれど……。

「けれど、お前に裏切られ、殺された……」

『そう。最初の一発で吹き抜けに落とせなかったときはすごく焦った。けど、結果オーライだったね。堂本はゲームマスターとして死んで、警察の捜査は終了した』

「……桃井一太の実家にグリーングリーンを置いたのもお前なのか？」

桃井初子は数ヶ月前に空き巣に入られたが、なにも盗まれなかったと言っていた。

『うん。奈々子ちゃんから、あの地下室のことは聞いていたからね。「狂言誘拐を確実に成功させるためには、誘拐を成功させた人を調べる必要がある」って言いくるめて、彼女に桃井一太の実家を調べさせたの。桃井一太の母親は奈々子ちゃんによっぽど気を許していたのか、毎週一回、決まった時間に、施設に入っている父親に会いにいっていることも教えてくれた。その時間に家に忍びこんだ僕は、地下室にグリーングリーンを置いて、ノートを何冊か盗んでいった。そうすれば、桃井一太と堂本の繋がりを匂わせることができるから。ちなみにグリーングリーンは、金を積めばネットで普通に手に入れられたよ。怖い世の中だよね。さて、まだ分からないことはあるかな？』

おどけるようにゲームマスターは言う。この悲惨な誘拐事件、その裏に隠れていた真実はほぼ明らかになった。しかし、一つだけ分からないことがあった。最も根源的な謎、いまだにその答えだけが出ていなかった。

「なんで……」真悟は震える唇を開く。「なんで、お前はこんなことをしたんだ？」

長い年月をかけて、緻密《ちみつ》に練り上げられたこの計画。気の遠くなるような労力と、人生を棒に振るかもしれないリスクをかけてまで、いったいなぜこんな事件を起こす必要があったというのだろう？

『まだ分からないの⁉　あなたに会いたかったからに決まっているじゃない！』

ボイスチェンジャーで変換されたその声には、悲痛な響きがあった。

『私はまたあなたに会いたかった。あなたに戻ってきてほしかったの！』

「俺に、戻って……」真悟は戸惑い、言葉に詰まる。

『三年前、桃井一太に死なれて、あなたは別人になった。抜け殻みたいに生気を失って、ただ惰性《だせい》で毎日を過ごすようになった。そんなの本当のあなたじゃない！　本当の上原真悟はいつも自信に溢れて、輝いていたの！』

スマートフォンから響く声の熱量に、真悟は立ち尽くすことしかできなかった。その声はいつの間にか、人を食ったゲームマスターの口調とは全く異質なものとなっていた。

『私はあなたに〝刑事〟に戻ってほしかった。そのためには、事件が必要だった。あなたが必死に捜査する事件が……』

「そのためにゲームマスターに……」

『そう、あなたを打ちのめしたあの犯人。あいつが生きているかもしれないと思えば、あなたは絶対に捜査に参加する。そして、自分の手で犯人を捕まえようとする』

真悟の半開きの口からうめき声が漏れる。たしかに自分はそのとおりの行動に出た。

『二年以上前から計画を立てていた私は、堂本に接触して下準備を整えた。けど、最初は本当に実行するか迷っていたの。そんなことしなくても、いつか真悟さんはもとに戻るかもしれないと思っていたから。心を決めたのは一年前、あなたが癌だって知ったから』

「……癌のことを知っていたのか？」

『言ったでしょ、そのスマートフォンにスパイアプリが入っているって。二年前から、真悟さんが送受信したメールは全部私にも送られてくる。だから、全部知っていたの。癌になったことも、あの女と昔に不倫していたこともね』

スマートフォンから聞こえてくる声が低くなる。

『このままだと、二度と本当の真悟さんに会えなくなる。そう思ったから私は計画を実行したの。ねえ、表参道のカフェで誘拐の一報を受けたときの真悟さん、……とってもかっこよかったよ』

夢見ているかのような口調。真悟は腹の底が冷えていくのを感じる。

『真悟さんも感じたでしょ。事件の最中、昔の自分に戻っているって。刑事時代の輝いていた自分に』

そのとおりだった。あの事件が起こったからこそ、生きる意味を見出すことができた。

『私はすごく幸せだった。だって、真悟さんがずっと私を探してくれていたから。私だけが真悟さんを独占していたから。あの加山っていう人を殺してから、その気持ちはさらに強くなった。あの廃墟で真悟さんが抱きしめてくれたとき、私がどんな気持ちだったか分かる？』

真悟は吐き気をおぼえ、片手で口元を押さえる。

たしかに、丹念に練りこまれた緻密な犯行だった。しかし、その一方で完璧な犯罪とは言い難いものでもあった。最後まで計画どおりにいったのは、偶然に過ぎなかった。

あまりにも緻密であるがゆえ、ほんのわずかなミスがあれば、どこかでボタンを一つ掛け違えれば、瞬く間に計画は破綻《はたん》する危険性を孕《はら》んでいた。そのことに、気づいていなかったわけがない。

あの子はそれでもいいと思っていたのだ。それだけのリスクを冒したとしても、俺をもとに戻したかった。犯行が成功するかなど、あの子には瑣末《さまつ》なことだったのだ。俺に追われ、そして俺を元に戻すことこそが、本当の目的だったのだから。

……それほどまでに俺に執着していた。

『ねえ、真悟さん。本当の〝最後のゲーム〟をしようよ』

唐突に電話から聞こえてきた声が変わった。

ボイスチェンジャーを通した声ではなく、若い女の声。

聞き慣れた愛おしい声。

「最後の……ゲーム……」

『私を捕まえてよ、真悟さん。追いかけて、見つけて、そして私を捕まえて。そうしたら、真悟さんが一番欲しいものをあげる』

「待て、待ってくれ！」

真悟は声を上げる。しかし、それ以上、言うべき言葉が見つからなかった。

『愛しているよ、……お父さん』

柔らかく温かいその言葉を残してゲームマスターの、水田優衣の声が聞こえなくなる。

回線が切れる音が鼓膜を揺らした。

「優衣！」

真悟は力の限り叫ぶ。しかし、もはや誰もその声に答えてはくれなかった。

俺が本当に欲しいもの……。真悟は虚ろな目で天井を見上げた。

命が尽きる瞬間、優衣にそばにいてほしいと、できるなら手を握っていてほしいと、ずっと願っていた。

それが俺の願い……。俺の最期の、本当の望み……。

スマートフォンをズボンのポケットにしまった真悟は、ふらふらと左右に揺れながら玄関に向かって歩きだす。どこに行けばいいか分からなかった。これから、どうすればいいか分からなかった。

ただ、優衣を見つけなければという思いが体を突き動かしていた。彼女を見つけたとき、自分がどうするのか分からないまま。

玄関扉を開けて外廊下に出た真悟は、星が瞬く夜空を見上げる。

「優衣……」

口から零れた声が、白く凍《い》てつきながら暗い空にのぼっていった。

エピローグ

人気《ひとけ》のない路地から出た水田優衣は、手にしていたプリペイド携帯を脇にあるゴミ捨て場へと放った。

肌に痛みを感じるほど空気は冷え切っているが、体は火照っていた。

あの人はきっと、警察に通報したりしない。命を燃やして私を追ってきてくれる。優衣にはそれが分かっていた。

あの人に残されたわずかな時間、私はそれを独占することができる。優衣は唇を舐めると頭に手を伸ばす。

肩まである明るい茶髪のウィッグが脱げ、黒いショートカットの頭が露わになった。数日前、美容院でこのヘアスタイルにしてもらっていた。優衣は髪を掻き上げる。

これからどこに行くかは、決めていなかった。

きっとどこに行こうとも、あの人が私を見つけ出してくれる。そしてそのときは……。

優衣は人の流れに入りこむと、ダウンコートのポケットに手を入れ、そこにある硬い感触を確認する。刃渡り十センチの飛び出しナイフがそこには収められていた。

あの人が私を見つけてくれたそのときは、このナイフで私が止《とど》めを刺そうか？　それとも、あの人の手によって私の命にピリオドを打ってもらう方がいいだろうか？

手を取り合って、一緒に最期を迎えるのもいいかもしれない。

そのときのことを想像すると、下腹部が熱くなってくる。

バッグから取り出した伊達眼鏡をかけた優衣は、顔を上げる。数十メートル先に、多くの若者で溢れかえっているスクランブル交差点が見えた。

どれだけ遠くにいようが、どれだけ多くの人混みに紛れこもうが、あの人はきっと私を探し出してくれる。

だって、お父さんは私のヒーローなんだから。

雑踏へと歩を進めながら優衣は微笑んだ。

幸せを噛みしめながら。

参考文献

『警視庁捜査一課特殊班』毛利文彦著　角川文庫　（二〇〇四年）
『警視庁捜査一課殺人班』毛利文彦著　角川文庫　（二〇〇八年）

『あなたのための誘拐』（祥伝社、二〇一六年刊行）を改題・改稿しました。

本作品はフィクションであり、実在の個人・団体とはいっさい関係ありません。（編集部）

実業之日本社文庫 ち15

誘拐遊戯《ゆうかいゆうぎ》

2019年10月15日　初版第1刷発行
2019年10月20日　初版第2刷発行

著　者　知念実希人《ちねんみきと》

発行者　岩野裕一
発行所　株式会社実業之日本社
〒107-0062　東京都港区南青山5-4-30
CoSTUME NATIONAL Aoyama Complex 2F
電話［編集］03(6809)0473［販売］03(6809)0495
ホームページ　http://www.j-n.co.jp/
DTP　ラッシュ
印刷所　大日本印刷株式会社
製本所　大日本印刷株式会社

フォーマットデザイン　鈴木正道(Suzuki Design)

ISBN978-4-408-55542-3（第二文芸）